AF498238

Julius Wolff

Der Sachsenspiegel
(Historischer Roman - Eine Geschichte aus der Hohenstaufenzeit)

e-artnow 2018

Levin Schücking
Der Kampf im Spessart (Historischer Roman)

Georg Ebers
Die Gred - Historischer Roman aus dem alten Nürnberg

Julius Wolff
Das schwarze Weib (Historischer Roman aus dem Bauernkriege)

Ernst Wichert
Der Bürgermeister von Thorn (Historischer Roman aus dem 15. Jahrhundert)

Sophie Wörishöffer
Onnen Visser: Der Schmugglersohn von Norderney (Historischer Abenteuerroman)

Julius Wolff

Der Sachsenspiegel (Historischer Roman - Eine Geschichte aus der Hohenstaufenzeit)

e-artnow, 2018
Kontakt: info@e-artnow.org

ISBN 978-80-273-1207-8

Inhaltsverzeichnis

Erstes Kapitel. 11

Zweites Kapitel. 16

Drittes Kapitel. 21

Viertes Kapitel. 27

Fünftes Kapitel. 33

Sechstes Kapitel. 39

Siebentes Kapitel. 43

Achtes Kapitel. 46

Neuntes Kapitel. 51

Zehntes Kapitel. 56

Elftes Kapitel. 61

Zwölftes Kapitel. 64

Dreizehntes Kapitel. 69

Vierzehntes Kapitel. 74

Fünfzehntes Kapitel. 79

Sechzehntes Kapitel. 85

Siebzehntes Kapitel. 89

Achtzehntes Kapitel. 92

Neunzehntes Kapitel. 99

Zwanzigstes Kapitel. 103

Einundzwanzigstes Kapitel. 108

Zweiundzwanzigstes Kapitel. 113

Dreiundzwanzigstes Kapitel. 119

Vierundzwanzigstes Kapitel. 123

Fünfundzwanzigstes Kapitel. 128

Sechsundzwanzigstes Kapitel. 132

Siebenundzwanzigstes Kapitel. 138

Achtundzwanzigstes Kapitel. 142

Neunundzwanzigstes Kapitel. 147

Erstes Kapitel.

Etwa drei Pfeilschüsse vom Waldsaum entfernt lag ein einsames Gehöft an der Kreuzung zweier Landstraßen, deren befahrenste mäßig ansteigend in das Harzgebirge hineinführte. Viele von denen, die wegemüd daherkamen, Karrner und Handelsleute, Reiter und Fußgänger, machten hier halt, um sich und ihren Pferden einige Rast und Stärkung zu gönnen oder auch um für die Nacht Herberge zu nehmen. Denn über dem Eingange zu dem zweistöckigen Hauptgebäude aus Holzfachwerk mit vorspringendem Strohdach hing an einem ausgestreckten, schmiedeeisernen Arm ein Fassreif mit einer darin stehenden verrosteten Blechkanne zum Zeichen, dass dies Haus ein Gasthaus sei. Den gepflasterten Hof dahinter umgaben in weitem Viereck Speicher, Schuppen und Stallungen und daran schloss sich ein großer, mit einem Lattenzaun umhegter Garten, in welchem unzählige Apfel- und Birnbäume jetzt mit ihrer vollen Blüte prangten.

Von dieser umfangreichen Hofstatt aus hatte man einen freien Blick in die Landschaft, auf eine vieltürmige Stadt mit ragender Kaiserpfalz, auf Dörfer, grüne Getreidefluren und gelbe Rapsfelder und auf Höhen und Hügel mit vereinzelten Warten. Rechts und links zogen sich zackige Klippen in meilenlang ausgedehnter, aber durch Zwischenraume unterbrochener Kette durch die wellige Ebene dahin, und in bläulich dämmernder Ferne erhob der gewaltige Blocksberg seinen sagenumwobenen Gipfel.

In dem Baumgarten befanden sich fest eingerammte Tische und Bänke, in deren Platten und Bohlen mancherlei Figuren geritzt waren, gotischen Runen oder alten sächsischen Hausmarken ähnlich, und etliche Schreibkundige hatten ihren Namen oder nur seine Anfangslettern eckig und ungestalt eingeschnitten. Das war das Fremdenbuch des »Gasthauses am Scheidewege«.

Unter den hunderten von Bäumen. fiel ein großer Apfelbaum besonders auf, an dessen rundum breit ausladenden Zweigen sich Blüte dicht an Blüte drängte, einzeln, in Sträußchen und Büscheln, weiß und blassrot von wunderbarer Zartheit und Schönheit, dass es eine wahre Pracht und Augenweide war. Dort boten, abseits von den andern, ein kleinerer Tisch und zwei Schemel mit bunt bemalten Rücklehnen einen bevorzugten Ruheplatz für vornehmeren Besuch als die Fuhrleute, Viehtreiber und Krämer waren, die auf den tannenen Bänken beim Biere schwatzten und lärmten.

An diesem Tische saß bei schon sinkender Sonne ein bespornter, hochgewachsener Mann, dem man trotz seiner schlichten Reisetracht den ritterbürtigen Herrn deutlich genug ansah. Er mochte ungefähr in der Mitte der dreißiger Jahre sein, und seine ernsten, ausdrucksvollen Züge mit der schön gemeißelten Stirn zeigten die Spuren angestrengter Geistesarbeit. Den Ellenbogen aufgestemmt, das Haupt mit der Hand gestützt, starrte er träumerisch vor sich hin und regte zuweilen die Lippen wie in unhörbar geflüstertem Selbstgespräch. Vor ihm auf dem Tische standen ein Steinkrug und zwei Zinnbecher, und abwechselnd tat er einen Trunk bald aus dem einen, bald aus dem andern, vorher mit beiden leise anklingend.

So hatte er lange in fern schweifenden Gedanken gesessen, als er plötzlich, darin gestört, den Kopf zur Seite wandte und horchte. Er hatte auf der Straße herannahendes Getrappel von acht eisenbeschlagenen Pferdehufen vernommen, das vor der Tür des Gasthauses anhielt, sich bald darauf dem Hofe zubewegte und allmählich verhallte. Es mussten also zwei Reiter gekommen und abgestiegen sein. Das war nichts Ungewöhnliches an diesem belebten Kreuzwege und hatte auch für den Einsamen keine Bedeutung, denn er erwartete keinen Gefährten hier. Dennoch hob ein tiefer Atemzug seine Brust, und wehmütig blickte er auf den leeren Platz sich gegenüber.

Nach einer kleinen Weile erschien ein neuer Gast in dem Baumgarten, sah sich nach einem bequemen Sitz um, stutzte und schritt dann schnell auf den Zweibechermann zu, ihn mit den Worten begrüßend:

»Täusche ich mich, oder bist du es wirklich, Eike von Repgow?«

»Graf Hoyer von Falkenstein!« rief der andere aufspringend und dem Ankömmlinge beide Hände entgegenstreckend. »O wie freue ich mich dieses unverhofften Wiedersehens!«

»Du hast Gesellschaft,« sagte der Graf, auf den zweiten Becher weisend.

»Nein, ich bin allein,« gab der Befragte zur Antwort.

»Allein? Ja, was tust du denn hier?«

»Trinken und träumen, Herr Graf! Weiter nichts. Der Stuhl ist frei, der Becher aber nicht.«

Verwundert schaute Graf Hoyer den Jüngeren an und ließ sich, ohne eine Erklärung der ihm unverständlichen Rede zu fordern, auf dem unbesetzten Schemel nieder.

Er war ein Mann von mittelgroßer Gestalt mit grauem Haar und mochte wohl sechzig Jahre oder mehr auf seinen breiten Schultern tragen. Aus seinem durchfurchten Gesicht mit buschigen Brauen über den herrisch blickenden Augen sprach befehlerische Willens kraft.

Die Wirtin brachte einen dritten Becher, den Eike sofort mit Wein aus dem irdenen Kruge füllte, worauf die beiden Herren sich freundlich zutranken.

»Haben uns lange nicht gesehen, Eike!« begann der Ältere.

»Seit etwa zehn Jahren nicht, Herr Graf!« erwiderte der Jüngere.

»Aber ich kenne dich schon aus der Zeit her, da du die Kinderschuhe noch nicht ausgezogen hattest und mir mit dem Scheitel kaum an die Hüfte reichtest,« bemerkte Graf Hoyer. »Das war, als ich meinen lieben Freund, deinen Vater — Gott hab' ihn selig! einmal in Reppechowe besuchte. Da hab' ich dich auf meinen Knien reiten lassen. Das rechte war dein Schlachtross, das galoppieren musste, weil du mir das Schienbein weidlich mit den Hacken sporntest, und das linke war dein Reisegaul, auf dem du hin und her schwanktest weil er, wie ich dir weismachte, einen sehr holprigen Feldweg trotten musste. Erinnerst du dich?«

»Gewiss!« bejahte Eike die Frage. »Und nicht lange danach war ich einmal bei auf dem Falkenstein, wohin mein Vater mich mitgenommen hatte. Da zeigtet Ihr mir auf dem Burghofe den Ziehbrunnen mit dem Haspel und dem Eimer an einer eisernen Kette und sagtet mir, dass er über zweihundert Fuß tief wäre und da unten ein Neck hauste, den man zu Zeiten lustig plätschern und singen hörte, was dann immer als Ankündigung von etwas Erfreulichem aufgefasst würde.

Manchmal aber rumorte er auch unwirsch, und dann wäre stets ein Unheil im Anzuge. Ihr. warntet mich auch einen Stein in den Brunnen zu werfen, denn das erboste den Neck und dann würde er tückisch.«

»Stimmt alles,« sagte der Graf, »nur dass ich den Neck niemals singen oder rumoren gehört habe. Es ist ein Märlein wie so viele hier im Harz erzählt werden. Vor allem künde mir eines, Eike!« fuhr er dann fort, »hast du daheim ein liebes Weib?«

»Nein, ich bin Junggesell, Herr Graf. Habe zum Werben und Freien noch keine Zeit gehabt und, offen gestanden, auch wenig Neigung dazu.«

»Schade! Solltest dir doch bald eine Herrin in deinen Burgstall führen. Nun, so berichte mir jetzt von deines Lebens einspänniger Fahrt.«

»Gern, doch erst müssen wir wieder Wein haben, denn in dem Kruge ist kein Tropfen mehr,« sprach Eike und winkte der im Garten waltenden Schenkin.

»Und einen kräftigen Imbiss soll sie uns auch bringen,« fügte Graf Hoyer hinzu. »Mich hat auf dem langen Ritt nicht bloß Durst, sondern auch ein grimmiger Hunger überfallen.«

»Woher kommt Ihr?« fragte Eike.

»Von Wernigerode, wo ich einen Enkel des Grafen Christian über die Taufe gehalten habe. Da wurde wacker gebügelt gestern, denn es waren viel ritterliche Herren aus der Umgegend mit trinkfesten Kehlen dort.«

Nachdem das blitzsaubere Mädchen den frisch gefüllten Krug und ein einfach ländliches Abendbrot aufgetischt hatte, hub Eike von Repgow an:

»Dass ich eine Reihe von Jahren erst als Edelknabe und dann als Knappe beim Markgrafen Dietrich von Meißen war, wo ich höfischen Brauch, Waffenhandwerk und nebenbei noch mancherlei anderes, mehr als mich verlangte, aus dicken Büchern und aus dem Munde umständlich dozierender Magister und Mönche lernen sollte, wisst Ihr wohl.«

»Von deinem Aufenthalt dort weiß ich, und das Übrige kann ich mir denken,« lachte der Graf. »Ging wohl hoch her bei dem künstlerisch angehauchten Markgrafen, dem ehrgeizigen Gönner fahrender Sänger und Spielleute?«

»Hoch ging es nicht her, sondern manchmal sogar ziemlich dürftig. Man nannte ihn nicht umsonst Dietrich den Bedrängten, weil er von seinen nächsten Verwandten viel Anfechtung und Drangsal auszustehen hatte, aber wir junges Volk waren allweg guter Dinge, und ich denke gern an jene Zeit zurück.«

»Na, und dann?«

»Dann blieb ich zu Hause in Reppechowe, wo ich doch wieder die Nase in Bücher und Schriften steckte, die ich mir oft von weiter verschaffte, denn, mir war in Meißen ein schulfüchsiger Wissensdrang angeflogen, der mir keine Ruhe mehr ließ. Diese Bücherschnüffelei trieb ich so lange, bis mich mein Vater auf meinen dringenden Wunsch nach Bologna schickte.«

»Nach Bologna? Was hattest du denn in Bologna zu suchen?«

»Die Rechte zu studieren. Und das kam so. Mein Vater hatte einen Rechtsstreit anhängig gemacht, bei dem er ins Unrecht gesetzt wurde, weil in Reppechowe, das jenseits der Elbe liegt, ein anderes Recht gilt als diesseits, wo der Gegner heimisch war, und doch wohnten beide, Kläger und Beklagter in Anhalt, nur wenige Wegstunden voneinander. Damit uns nun solche Unbill nicht noch einmal widerfahre, wollte ich mich des Studiums der Rechte befleißigen. Außerdem hoffte ich auch, dermaleinst den Schöffenstuhl meines Vaters in Salbke einnehmen zu können, und wollte mich darauf gründlich vorbereiten, um später einmal ein guter Urteilsfinder zu sein.«

»Soso! Das muss ich loben,« sagte der Graf. »Gefiel dir's in Bologna?«

»Es war die weitaus glücklichste Zeit meines Lebens. Auf der hohen Schule dort waren zu tausenden die Söhne aus aller Herren Ländern. Man sprach des halb immer lateinisch, und die hochgelahrten Herren *doctores juris*, die *judices*, wie sie sich nannten, hielten auch die *Collegia* in Latein, das ich wie meine Muttersprache beherrschte. Wir schwärmten, zechten, fochten — «

»Und liebten, — nicht zu vergessen! Nicht wahr?«

»Ich nicht, ich nahm es ernst mit der Arbeit, so wenig mir auch das dort ausschließlich behandelte römische Recht behagte, an Stelle dessen ich ein allgemeines deutsches Recht für unser Volk ersehnte und...«

Eike brach jählings ab, obwohl ihm offenbar noch etwas auf der Zunge schwebte, was er verschwieg.

Graf Hoyer wartete vergeblich auf den Schluss des Satzes. Dann fragte er:

»Und als du von Bologna heimkehrtest, was tatest du da?«

Eike zögerte auch jetzt mit der Antwort und sagte dann etwas verlegen:

»Ich, ich lernte zuhause fleißig weiter und gab mir, viel im Lande umherreitend, alle Mühe, mich mit den alten sächsischen Gewohnheitsrechten bekannt zu machen, immer im Hinblick auf den mir von ferne winkenden Schöffenstuhl.«

»Nun, Schöffe bist du ja geworden, soviel ich weiß,« sprach der Graf. »Wie stehst du denn in der Heerschildordnung? Hast du nicht irgendwo die Schwertleite erhalten?«

»O ja. Um den mir angeborenen Schild auch durch eine Waffentat in Panzer und Sturmhut zu erwerben, nahm ich als Knappe Kriegsdienst beim Fürsten Heinrich von Anhalt und kämpfte unter ihm und für ihn in seiner blutigen Fehde gegen die aufrührerischen Lehnsleute im Hasgau, nach deren endlicher Besiegung er mich zum Ritter schlug. Ich dachte, er würde mich nun zu seinem Kanzler oder *Justitiarius* machen, aber daraus wurde nichts, nur als Schöffen hat er mich nach meines Vaters Tode mit Brief und Siegel bestallt.«

Graf Hoyer hob den Becher, trank seinem schöffenbaren jungen Freunde zu und sagte:

»Heil dir, Ritter Eike von Repgow! Aber jetzt erkläre mir: was hat es zu bedeuten, dass du hier einsam und allein aus zwei Bechern trinkst?«

Über Eikes Gesicht flog ein Schatten, und mit schwerem Ton kam es von seinen Lippen:

»Ich trinke hier mit einem Abgeschiedenen, einem Toten.«

»Was?!« rief der Graf, »gibst du dir hier ein Stelldichein mit einem Zechbruder aus jener Welt? Den möcht' ich sehen, Eike! Kannst du ihn nicht beschwören, dass er erscheint? Mich gelüstet's, einmal mit einem ritterlichen Spukgespenst nicht die Klingen, aber die Becher zu kreuzen.«

»Er würde meiner Beschwörung nicht Folge leisten,« erwiderte Eike. »In die Wirklichkeit kehrt er niemals wieder, nur in meiner Einbildung sitzt er dort an der Stelle, wo Ihr jetzt sitzt und wo ich früher manche Stunde fröhlich mit ihm becherte.«

»Heraus mit der Geschichte! ich werde nicht lachen und spotten.«

»Gut, so höret! Kurz nach meiner Ankunft in Bologna lernte ich dort einen Altersgenossen kennen, der gleich mir dem Studium der Rechte an der hohen Schule oblag und mit dem ich bald innige Freundschaft schloss. Er hieß Hinrik Warendorp, entstammte einem alten Geschlecht der nunmehr freien Reichsstadt Lübeck und war der Sohn eines hochangesehenen Rats- und Handelsherren. Wir trieben unser Fach fortan gemeinsam, verließen nach dreijährigem Aufenthalt die Hochschule auch an demselben Tage und zogen zusammen nach Deutschland zurück bis hierher, zum Gasthaus am Scheidewege. Dann trennten sich unsere Pfade; er ritt nordwärts zur Trave, ich ostwärts zur Elbe, nachdem wir ausgemacht hatten, uns jedes Jahr zur Apfelblütezeit hier zu treffen und ein paar Tage lang unsere köstlichen Erinnerungen zu pflegen.

Dreimal glückte das, dann blieb er aus. Auf einer Fahrt nach Wisby war sein Schiff in einen furchtbaren Sturm geraten. Eine gewaltige Sturzsee hatte ihn über Bord gerissen, und unrettbar war er in den tobenden Wellen versunken. Und diese Botschaft erhielt ich hier an diesem Tische, an dem ich, nichts ahnend, seiner Ankunft harrte.«

Der Erzähler hielt inne, um erst seines Schmerzes Herr zu werden, ehe er weiter sprechen konnte:

»Nun komme ich alljährlich einmal allein her zum Gedächtnis meines lieben Trautgesellen, sehe ihn hier leibhaftig vor mir, rede mit ihm, stoße mit meinem Becher an den seinigen, als schwänge seine Hand ihn mir zu, und trinke aus beiden.«

Graf Hoyer von Falkenstein saß regungslos still. Dann sagte er:

»Jetzt stoße ich mit dir an zu Ehren des Toten, dem du eine so treue Freundschaft bewahrst. Deine Erzählung hat mich gepackt,« fuhr er nach dem Trunke fort, »und auch ich habe eine Kunde, die dich nicht unberührt lassen wird. Du feierst hier das Angedenken eines, der deinem Herzen nahe stand, aber ganz Germanien hat jetzt einen Größeren zu betrauern.«

»Wen?« fragte Eike schnell, »doch nicht etwa Kaiser Friedrich den Hohenstaufen?«

»Nein, — Herrn Walter von der Vogelweide.«

»Walter von der Vogelweide ist tot?« rief Eike in jähem Schrecken aus und griff sich an die Stirn, als könnt’ er’s nicht fassen.

»In vergangener Woche ist er aus dieser Zeitlichkeit geschieden, und im Kreuzgang des Neumünsters zu Würzburg haben sie ihn begraben.«

»O mein Gott! mein Gott! Und ich Narr, ich blöder Tor habe Jahr auf Jahr die Fahrt zu ihm verschoben, den ich aufsuchen wollte, um mir bei ihm Mut und Rat für ein großes Werk zu holen. Und nun ist es zu spät, nun ist sein weiser, weithin tönender Liedermund, der dem Kaiser und dem Papste die Wahrheit sagte und an dem unser ganzes Volk mit freudiger Bewunderung hing, auf ewig verstummt. — Ich kannte ihn, Graf Hoyer, und er war mir hold und gewogen, der ritterliche Minnesänger.«

»Du hast ihn gekannt?«

»Ja freilich! Er war mondelang in Meißen der hoch willkommene Gast des Markgrafen Dietrich, während ich dort nicht mehr Edelknabe, sondern schon Knappe war. Ich habe sein Antlitz geschaut mit den strahlenden Augen, habe seine Stimme gehört, und meine Hand hat oft in der seinen gelegen. Und wie hab’ ich ihm gelauscht, wenn er von Wien berichtete und dem Herzog *Leopoldus gloriosus* oder von dem glänzenden Hofe des Landgrafen Hermann von Thüringen und dem großen Sängerkrieg auf der Wartburg!«

»Ich könnte dich darum beneiden, Eike, dass du diesen gottbegnadeten Mann gekannt hast,« sagte der Graf.

Mittlerweile war die Dämmerung immer stärker geworden, in der die vielen Tausende von weißen Blüten an den Fruchtbäumen noch hell schimmerten wie kleine, in die Kronen gehängte Lämpchen. Am Himmelszelt blinkten schon einzelne Sterne, zu denen sich allmählich mehr und mehr gesellten. Ein Knecht des Gasthauses steckte in die Ringe der im Garten aufgestellten Pfähle lange brennende Kienspäne, die im nächsten Umkreise eine spärliche Beleuchtung spendeten. An den Biertafeln war es stiller geworden, denn einer nach dem andern der vorher so lauten Gäste hatte sich sacht davongeschlichen zu dem Strohlager, das ihnen für mehrere gemeinsam in den Schuppen bereitet war.

Eike blickte zu den Sternen empor und sprach:

»Es ist klarer Himmel, wir werden morgen einen guten Tag haben zu unserer Weiterreise.«

»Wie sagtest du?« fragte der Graf mit einem halb unterdrückten Gähnen.

»Es war nur eine Bemerkung über das Wetter,« erwiderte Eike. »Ihr seid müde, Herr Graf; wollt Ihr nicht zur Ruhe gehen? Ich trinke den Krug hier noch aus.«

»Hast recht, Eike; ich bin müde,« musste der Graf zugeben. »Es ist gestern spät geworden bei dem Taufschmause. Der Halberstädter Domherr Konrad von Alvensleben fand, als wir Männer unter uns waren, bis tief in die Nacht hinein kein Ende mit seinen lustigen Geschichten und Schwänken. Nur eines möchte ich noch wissen, ehe ich schlafen gehe. Du erwähntest vorhin ein großes Werk, über das du Walter von der Vogelweide hättest um Rat bitten wollen. Was planst du denn für ein Werk?«

»Herr Graf, heute nichts mehr davon!« entgegnete Eike. »Wir sehen uns wohl morgen noch, bevor wir voneinander scheiden.«

»Doch, sag' es mir! Sonst grübele ich darüber und schlafe trotz aller Müdigkeit nicht ein.«

»Nun denn, — ich plane ein neues, einheitliches Gesetzbuch für ganz Sachsenland.«

»Eike! Eike! Ein einheitliches Gesetzbuch für ganz Sachsenland?! Wie meinst du denn das?«

»Morgen, Herr Graf, will ich Euch Rede stehen.«

Damit lehnte Eike jede weitere Auskunft heut' Abend entschieden ab. Sie erhoben sich beide und schüttelten sich die Hände zur guten Nacht. Der Graf begab sich in das Haus und murmelte vor sich hin:

»Ein Gesetzbuch für ganz Sachsenland! Ein verwegener Gedanke!«

Eike von Repgow saß wieder allein am Tische unter dem blühenden Apfelbaum und trank den Krug langsam aus.

Es reute ihn. fast, seinen Plan dem Falkensteiner verraten zu haben, und er erteilte sich selber, nur leider zu spät, die kluge Mahnung:

»Von einem wichtigen Für nehmen soll man nicht vorher sagen: ich *will* das tun, sondern nach dem Vollbringen: ich *habe* es getan. Denkst du nicht auch so, Hinrik Warendorp?«

Zweites Kapitel.

Als sich in der Frühe Graf Hoyer und Eike zum Morgenbrot trafen, das sie wieder im Garten an dem selben Tisch einnahmen, an dem sie gestern Abend gesessen hatten, und Eike den Falkensteiner fragte, wie er geruht hätte, erwiderte dieser:

»In der ersten Hälfte der Nacht ganz gut, aber nachher hat mich dein Gesetzbuch doch ein paar Stunden Schlaf gekostet, denn es lag mir schwer wie ein Alp auf der Brust, und ich musste fort und fort daran denken.«

»Nun, ein großer, dickleibiger Foliant wie das *corpus juris* Justinians wird es nicht werden, Herr Graf,« lächelte Eike. »Ich werde mich kurz fassen, dass es handlich ist und Schöffe, Schultheis und Fronbote es in der Tasche mitnehmen können, wenn sie sich zur Dingstatt begeben.«

»Ich bin sehr neugierig darauf,« gestand der Graf, »und schlage vor, dass wir uns hier beim Frühmahl nicht lange versitzen, sondern bald aufbrechen und du mich ein Stück Weges begleitest. Das Gescheiteste wäre, wenn wir selbander langsam zu Fuß wanderten, wobei du mir dein sonderbares Vorhaben in aller Gemächlichkeit auseinandersetzen könntest. Ich schicke meinen Leibknecht mit den Pferden voran, und dein Ross kann sich derweilen noch ausruhen, denn du hast heute noch einen weiteren Ritt zu deiner Nachtherberge als ich nach dem Selketal und zur Burg hinauf.«

Diesem Vorschlage stimmte Eike gern zu, und als sie ihr Frühstück, bei dem sie von dem Buche nicht sprachen, beendet hatten, machten sich die Herren zu ihrem Gange bereit und traten ihn wohlgemut an.

Alsobald sie auf der Landstraße sanft ansteigend den Saum des Waldes erreicht hatten, blieben sie stehen, wandten sich um und schauten noch einmal zurück.

Da lag in geringer Entfernung das große Gehöft des Gasthauses am Scheideweg in der Maienpracht seiner Blütenbäume so malerisch vor und unter ihnen, dass sie sich von dem fesselnden Anblick kaum trennen konnten. Aus einem Schornstein wirbelte blauer Rauch kerzengerade in die Höhe, denn es regte sich kein Lüftchen, und die Flügel der Windmühle auf dem Hügel da rechts harrten vergeblich der treibenden Kraft. Auf dem Hofe, den man von hier aus übersehen konnte, spannten die Fuhrleute ihre Gäule an die Wagen, und ihr Reden und Rufen hallte durch die Stille deutlich zu den Rastenden herauf. Von den Dörfern in der Umgegend führten die Hirten ihre Herden auf die Weide, und über die lachenden Fluren streckte sich weit und breit der Friede eines gesegneten Wohlstandes.

»Vorwärts!« gebot der Graf, und sie schritten wieder fürbass und in den frühlingsduftigen, taufunkelnden Wald hinein, wo das junge Laub der Sträucher und Bäume, von den Sonnenstrahlen hell durchleuchtet, mit dem frischesten, saftigsten Grün alle Wipfel und Zweige füllte, dass unten auf Gras und Moos scharf begrenzte Lichter und Schatten wechselten. Und nicht lautlos war es in Geäst und Gebüsch. Muntere Vogelstimmen erklangen ringsum.

Amseln flöteten, Pirol und Kuckuck riefen, Finken schlugen, und Grasmücken sangen lockende, werbende Liebeslieder.

Nachdem die Wanderer, mit vollen Zügen die wonnesame Waldluft atmend, eine Zeitlang schweigend nebeneinander hergegangen waren, begann Graf Hoyer:

»Nun sprich, Eike! Aber fang' von vorn an, wie der Plan des neuen Gesetzbuches in deinem Kopf allmählich gereift ist. Entstanden ist er also, wie du gestern sagtest, infolge des Ungerichtes, das dein Vater einst über sich ergehen lassen musste.«

»Nein, Herr Graf! Der übel verlaufene Rechtshandel meines Vaters war nur der Anstoß zu meinem Besuche der hohen Schule in Bologna,« entgegnete Eike. »Dort erst, je mehr ich mich in das Studium vertiefte, sah ich ein, dass das römische Recht nun und nimmer unserem Volke frommen kann. Aber ich war damals schon alt und gewitzt genug, um auch die großen Schäden und Mängel unserer eigenen Rechtsverhältnisse zu erkennen und dass sie einer gründlichen Wandlung dringend bedürften. 'Gewalt fährt auf der Straße, und Fried' und Recht sind sehre wund', singt Walter von der Vogelweide.

Und er hat wahrhaftig Recht; die widerspruchvollsten Satzungen zur Entscheidung über Schuld und Unschuld laufen bei uns durcheinander und gegeneinander wie die kribbelnden Tierlein in einem Ameisenhaufen. Was ist das für ein jämmerlicher Zustand, dass hinter jedem Grenzstein, in jedem Gau und jeder Stadt ein anderes Recht gilt, so, dass zwischen Mann und Frau, die ehelich zusammenhausen, oft weit voneinander abweichende Bestimmungen zur Anwendung kommen, wenn die beiden aus zwei verschiedenen, noch so nahe belegenen Ortschaften gebürtig sind! Unsere Rechtspflege, das Verfahren vor dem Schöffenstuhl auf der Dingstatt, Gerüste und Klage, Eidstabung, Verfestung und Urteilsspruch liegen im Argen und müssen geändert werden. Dem Volke muss das natürliche Rechtsgefühl und damit auch die Rechtssicherheit wiedergegeben werden in einheitlichen und einfältigen Gesetzen, die sich aus den Erscheinungen und Ereignissen des täglichen Lebens selber entwickeln, statt in verknöcherten Institutionen, starren Paragraphen und verzwickten Kautelen, die dem gemeinen Sinn unfassbar und dunkel sind.«

Der Graf hatte dem erregt Sprechenden aufmerksam zugehört, nickte beifällig und fragte nun:

»Und welche Rechtsgebiete hast du dir zur Verbesserung ausersehen?«

»Alle, mit denen Herr und Knecht, Bürger und Bauer in Berührung kommen und die dem höchsten wie dem Geringsten im Reich an Leib oder Seele gehen,« gab Eike stolz zur Antwort. »Land- und Lehnrecht, Hof- und Erbrecht und was sonst noch mit diesen Gruppen irgendwie zusammenhängt.«

»Ein weites Feld, eine gewaltige Aufgabe!« sagte der Graf, »wirst du sie lösen können?«

»Ich hoffe es zuversichtlich, denn ich bin gut gerüstet mit allem für meinen Zweck Wissenswerten.«

Graf Hoyer schwieg nachdenklich. Dann kam aus seinem Munde die Frage:

»Hast du deinen Plan außer mit mir noch mit einem andern Menschen besprochen?«

»Jawohl, mit meinem getreuen Kumpan Hinrik Warendorp, und er hat mir mannigfach dabei geholfen, hat mir, so lange er lebte, eigene Wahrnehmungen und Erfahrungen über alte Volks- und Gewohnheitsrechte in seiner Vaterstadt Lübeck und in Stormarn und Holstein mitgeteilt und mir schriftliche Auszüge aus Urkunden, Handfesten und Verbriefungen gesandt, wie ich mir solche auch selber aus allen Teilen Altsachsens in Menge herbei geschleppt habe.«

»Und sonst hast du niemand eingeweiht?«

»Doch! Noch einen,« erwiderte Eike noch stolzer als vorher, »aber Ihr werdet nicht raten, wen.«

»Nun?«

»Kaiser Friedrich von Hohenstaufen.«

»Mensch! Das hast du gewagt?« rief der Graf erschrocken aus, »dem Kaiser hast du's offenbart? Du selbst ihm selber?«

»Auge in Auge! Und ich bin froh, dass ich's getan habe, denn der gewagte Schritt war kein verlorener.«

»Wie bist du nur an ihn herangekommen? Was sagte er zu deinem kühnen Unterfangen? Wie nahm er's auf?«

»Über alles Erwarten huldvoll und gnädig,« versicherte Eike. »Lasst Euch erzählen. Während meines letzten Studienjahres in Bologna hatte der Kaiser einen Reichstag nach Cremona einberufen, um die sich trutzig gegen ihn auflehnenden Städte des lombardischen Bundes gefügig und unterwürfig zu machen und auch um den Kreuzzug endlich in die Wege zu leiten, den er dem Papste Honorius bei Strafe des Bannes hatte geloben müssen. Da nahm ich die günstige Gelegenheit wahr, ritt von Bologna nach Cremona und trug dem groß denkenden Hohenstaufen meinen schon fest aufgebauten Plan freimütig und ausführlich vor. Er schenkte mir geduldiges Gehör und gab mir unverhohlen seine Zustimmung zu erkennen. Ich sehe ihn noch, wie er ernst und hoheitsvoll mir gegenüberstand und, so lange ich redete, den durchdringenden Blick nicht von mir abließ. 'Du willst', hub er an, als ich geendet hatte, 'mit deinem Buche den Sachsen einen Spiegel des Rechtes vorhalten, eines einheitlichen Rechtes, nach welchem alle Lebenden auf sächsischer Erde ohne Ansehung des Standes und der Geburt mit gleichem Maße gemessen und gerichtet werden sollen. Das gefällt mir, Eike von Repgow! Ich selber habe schon mehr als einmal zu einer solchen Gesetzgebung, wie sie dir im Sinn liegt, den Anlauf genommen, aber bei meinen unaufhörlichen Streitigkeiten mit den Päpsten und den harten Kämpfen hier in der Lombardei und in Apulien gebricht es mir an Zeit zu einer so umfassenden Arbeit. Jetzt hetzen sie von Rom zum Kreuzzuge, um mich aus Italien loszuwerden und nach Belieben hier schalten und walten zu können. Nun schaffe du, was ich als deutscher Kaiser und König nicht vermag. Doch Schutz und Schirm will ich dir gewähren und, soweit mein weltlicher Arm reicht, die Hand über dir halten.

Wenn ich dein Buch, wie ich hoffe, gutheißen kann, will ich ihm allen Vorschub leisten und ihm Kraft und Geltung verleihen in Herzogtümern und Grafschaften, in Stadt und Land. Also Gott befohlen, Eike von Repgow! Geh' mutig und getrost ans Werk, lass' dich durch nichts beirren und berufe dich auf mich'. — So, Graf Hoyer,« schloss Eike seinen Bericht, »so sprach der hochsinnige Kaiser zu mir; all mein Lebtag werd' ich's nicht vergessen.«

Graf Hoyer war immer langsamer gegangen und hatte seinen Wandergenossen, von dem Gehörten ganz erfüllt oft prüfend und wägend angeschaut. Jetzt sprach er:

»Den Friedrich von Hohenstaufen gesehen und gesprochen zu haben ist für jedermann ein Glück und eine Ehre. Möge dir seine gnädige Verheißung von Nutzen sein! Meine beiden Söhne, Otto und Arnulf, auch längst zu Rittern geschlagen, stehen bei des Kaisers Heer in Apulien und haben ihn vielleicht auch schon zu Gesicht bekommen.

Aber jetzt lass' uns ein wenig ruhen, Eike,« fügte er im tiefen Walde stehenbleibend und sich verschnaufend hinzu. Damit streckte er sich auf Gras und Kraut in den Schatten einer mächtigen Eiche, und sein junger Gefährte tat das gleiche.

Der Graf schob sich beide Hände unter den Kopf und dehnte mit Behagen die müden Glieder.

»Wie gut liegt sich's hier!« sagte er. »Unter dieser Eiche hat in den sieben Jahrhunderten, auf die ich ihr Alter schätze, gewiss mancher Waidmann bei seinem Pirschgange gerastet, hat den Eschenspeer und den Eibenbogen an den Stamm gelehnt, aus der Dachsfelltasche den spärlichen Imbiss hervorgeholt und ihn mit seinem treuen Stöberhunde redlich geteilt. Und nun liegen wir hier, und auch uns zu Häupten rauscht die Eiche und raunt von längst verklungenen Zeiten, da die Frankenkönige und die Sachsenherzöge das Land durchritten, in allen Gauen selber zu Gericht saßen und mit eigenem Munde über männiglich, über Freie und Hörige Recht sprachen ohne geschriebene Gesetze.«

Er hielt sinnend ein Weilchen inne und fuhr dann fort:

»Wenn ich dich recht verstanden habe, so hast du alles, was du an Schriften und Aufzeichnungen zu deinem Werke gebrauchst, schon hübsch beieinander und kannst nun die Feder ansetzen, um das, was sich als Stoff und Inhalt des Buches drängend und treibend in dir angehäuft hat, zu Papiere zu bringen. Ist es nicht so?«

»Ja, so ist es,« erwiderte Eike, »dies war meine letzte Reise, auf der ich mir noch etwas Fehlendes heranzuschaffen hatte. Jetzt kann's losgehen mit der Schreiberei.«

»Gut!« sprach der Graf, »und wenn du mir nun eine Freude machen willst, Eike, eine große Freude, so komm' schnurstracks zu mir und schreibe dein Gesetzbuch bei mir auf Burg Falkenstein!«

»Graf Hoyer!« rief Eike und schnellte aus seiner liegenden Stellung empor, so dass er nun aufrecht saß.

»Das ist ein sehr freundliches Anerbieten von Euch, aber mit allem Danke muss ich die Einladung ablehnen, um Eures Burgfriedens willen.«

»Was schert dich denn mein Burgfriede? für den lass mich sorgen!«

»Ich würde Euch Unrast und Ungelegenheiten schaffen mit allerlei Rücksichten, die Ihr in Eurer Güte meinetwegen vielleicht nehmen zu müssen glaubtet, und mein Einlager würde von langer Dauer sein, wenn ich mein Buch von Anfang bis zu Ende bei Euch —«

»Bleibe so lange du willst und rede nicht von Ungelegenheiten,« unterbrach ihn der Graf. »Davon wirst du nichts spüren, wirst dich wohl fühlen in unsern Bergen und Wäldern, wohler und frischer als in dem staubigen Flachland an der Elbe.«

»Daran zweifle ich nicht, aber es geht nicht.«

»Warum denn nicht? Dein festes Haus in Reppechowe werden sie dir nicht wegtragen, auch wenn du's nicht selber bewachst.«

»Ach, abkömmlich wäre ich schon; ich habe einen tüchtigen Meier, der mir mein kleines Lehngut bestens verwaltet und in Ordnung hält.«

»Nun also!«

»Es wird mir sehr schwer, nein zu sagen, Herr Graf, aber —«

»So sage doch ja!« lachte der Graf, »wozu denn die Ausflüchte?«

Eike schaute den so herzlich auf ihn Eindringenden überlegsam an. Dann hellten sich seine Züge auf wie nach einem gefassten Entschluss, und völlig überwunden erklärte er: »Nun denn, — in Gottes Namen, ja! Ich komme.«

»Abgemacht!« rief der Graf, und Hand schlug fest in Hand. »Du wirst auf der Burg vollkommene Ruhe zur Arbeit haben, kannst auch, wenn du Lust hast, pirschen gehen und dich überhaupt mit deiner Zeit ganz nach deinem Gefallen einrichten. Die Gräfin und ich werden dir alles zu Liebe tun, was wir wissen und können, sollst Feuer ohne Rauch, ein krachendes Bett und einen immer gefüllten Becher finden, aus dem du so lange trinken kannst, bis du eine Taube auf dem Dache für zwei Krähen ansiehst. Bei der Arbeit sollst du nie gestört werden; vielleicht kann ich dir aber hier und da mit Wink und Weisung an die Hand gehen, denn als Gerichtsherr der Grafschaft bin auch ich des Sachsenrechtes nicht ganz unkundig.«

»Rat und Hilfe werde ich dankbar von Euch annehmen, Herr Graf.«

»Zur Hilfe bei deiner Schreiberei stelle ich dir meinen *Secretarius* zur Verfügung, einen jungen Menschen aus dem Burggesinde, für den ich ohnehin zu wenig Beschäftigung habe. Geschickt und brauchbar ist er.«

»Auch sicher und zuverlässig?«

»Wenn man ihn kurz und unter strenger Fuchtel hält, ist mit ihm auszukommen, denn er hat nicht zu verachtende Fähigkeiten, aber auch den Kopf voll Schnurren und Flausen,« versetzte der Graf. »Wilfred Bogner heißt er und ist der Sohn meines verstorbenen Wild- und Waffenmeisters, der im Kampfe mit einem von ihm an geschossenen Bären sein Leben einbüßte. Ich nahm mich des gänzlich verwaisten Jungen an und schickte ihn auf die Klosterschule zu Gröningen bei Halberstadt, weil ich den Abt des Benediktinerstiftes kenne. Einige Jahre lang tat der Wilfred dort gut, lernte leicht und fleißig, und es wäre vielleicht noch einmal etwas Ordentliches aus ihm geworden, wenn sie ihn nicht eines dummen Streiches wegen weggejagt hätten.«

»Was hat er denn ausgefressen?«

»Sie hatten im Kloster einen schwarzen Pudel; den hat sich der Bengel aus reinem Übermut eines Tages vorgenommen und ihm heimlich eine regelrechte kreisrunde Tonsur von einem Ohre zum andern geschoren, kahl bis auf den Schädel. Die *Patres* waren natürlich empört über dieses Sakrileg, das nicht ungerochen hingehen durfte.«

»Aber wie wurde denn der Verbrecher entdeckt?«

»Durch den Pudel selber. Dieser war zu allen im Kloster, Mönchen und Schülern, freundlich und zutulich.

Von Stund' an aber benahm er sich gegen Wilfred äußerst feindselig und bissig und ließ sich nicht mehr von ihm anfassen. Das fiel auf, und in ein gründliches Verhör genommen, musste der Bösewicht nach hartnäckigem Leugnen seinen Frevel endlich eingestehen. Da wurde er erst so lange in den Karzer gesteckt, bis dem armen Pudel seine geschorene Platte wieder dicht und krauswollig zugewachsen war. und dann von der Klosterschule relegiert. Darauf hat er sich, ich weiß nicht wie lange, als Vagant in der Welt umhergetrieben, bis er plötzlich abgerissen und verlottert auf dem Falkenstein erschien und um Aufnahme bettelte. Ich ließ mich erweichen und nahm den windschaffenen Gesellen in Erinnerung an die treuen Dienste seines Vaters in Gnaden wieder auf, und seitdem hat er sich während der ganzen Zeit hier nichts zuschulden kommen lassen. Den sollst du zum Schreiber haben, Eike, aber pass' ihm auf die Finger, rat' ich dir.

Wann wirst du dich einfinden?«

»Ich denke, in einigen Tagen, Herr Graf,« versprach Eike. »Ich muss zuvörderst mein Haus bestellen und meine Schriften ordnen. Dann komme ich mit Sack und Pack bei Euch eingeritten.«

»Bist allstunds willkommen, aber jetzt muss ich weiter. Hilf mir auf!«

Eike unterstützte den Grafen mit seiner jungen Kraft. Als dieser aber auf den Füßen stand, drückte er die Hand aufs Herz und sagte:

»Ich kann nicht länger gehen, ich muss in den Sattel. Vor vierzehn Jahren traf mich auf einem Turnier in Frankfurt ein Lanzenstoß, der das Herz streifte und die Lunge berührte. Davon ist mir eine Herzschwäche zurückgeblieben, die sich mit dem zunehmenden Alter immer häufiger und stärker fühlbar macht. Lange Zeit hat sie mich verschont gelassen, aber heut' ist sie wieder im Anzuge, wahrscheinlich veranlasst durch das andauernde Trinkgelage in Wernigerode. — Ich habe mein Hifthorn nicht bei mir; kannst du auf dem Finger pfeifen, Eike?«

»Versteht sich. Herr Graf!«

Ein gellender Pfiff Eikes durchdrang die Stille des Waldes, und sofort ertönte von fern auch die Antwort in derselben Weise.

»Das ist Folkmar, der auf uns wartet,« sprach der Graf.

Bald hörten sie Hufschlag und sahen den Reitenden mit den Pferden nahen.

Als er bei ihnen anhielt und abgestiegen war, schwang sich Graf Hoyer in die Bügel, was trotz seiner Atemnot ganz leidlich vonstattenging.

»Also auf Wiedersehen auf dem Faltenstein!« rief er, Eike vom Sattel aus die Hand reichend.

»Auf Wiedersehen! Und ich bitte. der Frau Gräfin meinen ehrerbietigen Gruß zu bestellen.«

Der Graf nickte, gab aber keine Antwort darauf und ritt mit seinem Dienstmannen langsam davon.

Eike von Repgow blickte den Reitern sinnend nach, solange er sie sehen konnte.

»Auf dem Falkenstein, der waldumrauschten Bergfeste, soll ich mein Buch schreiben; einen herrlicheren Schreibsitz kann ich mir nicht wünschen,« sprach er zu sich selber. »Nun mit aller Kraft freudig ans Werk, und Schaffenslust soll mit die Gedanken beflügeln!«

Drittes Kapitel.

In einem unbeschwerlichen Ritt, meist auf schattigen Waldwegen, langte Graf Hoyer nach mehrtägiger Abwesenheit spät nachmittags auf seiner einen hohen Berg krönenden, alle Wipfel überragenden Burg Falkenstein an. Von seiner Gemahlin begrüßt und nach seinen Erlebnissen befragt, berichtete er ihr, sowie er vom Pferde gestiegen war, zunächst von der Taufe in Wernigerode, welche anderen Gäste er dort getroffen und welchen Verlauf das glänzende Fest genommen hatte. Dann erzählte er ihr von seiner zufälligen Begegnung mit dem Sohn eines lieben, alten Freundes, dem Ritter Eike von Repgow, den er in einem einsamen Gasthause beim Weine sitzend vorgefunden hätte. Da hätten sie ein freudiges Wiedersehen gefeiert, auch beide in der Herberge genächtigt und heute Morgen eine sehr erfrischende Fußwanderung durch den Wald miteinander gemacht, soweit ihn sein junger Gefährte, den er von Kindesbeinen an kennte, hätte begleiten können. Dann rückte er damit heraus, dass er den Anhaltiner, der in der Gegend von Aken, aber jenseits der Elbe, auf seinem Lehngute hauste, zu einem längeren Besuch auf dem Falkenstein eingeladen hätte, damit der Gast ein von ihm geplantes, groß angelegtes Werk, ein neues Gesetzbuch über das Sachsenrecht schriebe.

»Ein Gesetzbuch?« sprach die Gräfin verwundert. »Ist er denn ein Rechtsgelehrter? Du nanntest ihn doch Ritter.«

»Er ist beides,« bestätigte der Graf, hat auf der hohen Schule zu Bologna die Rechte studiert und fühlt nun als schöffenbar freier Mann den unüberwindlichen Drang, seine erworbenen Kenntnisse zum Wohle unseres Sachsenvolkes zu verwerten, dessen sehr verwickelte Rechtszustände nach seiner und meiner Ansicht einer durchgreifenden Änderung bedürfen. Aber du magst das alles aus seinem eigenen Munde hören, denn in einigen Tagen wird er hier eintreffen.

Die Gräfin schwieg, und ihrem unfrohen Gesichtsausdrucke nach schien ihr die Ankündigung wenig Freude zu bereiten. Ein trockener, langweiliger Gelehrter, dachte sie, der, statt als Ritter mit Schwert und Lanze kampfliche Abenteuer zu bestehen, sich als Gesetzgeber aufspielen will und sich dünkelhaft vermisst, nach seinen verschrobenen Begriffen das Volk zu beglücken und die Welt zu verbessern.

»Ist er verheiratet und bringt er seine Frau etwa mit?« fragte sie spitz.

»Nein,« entgegnete der Graf, »er ist noch ledig. Du darfst dir also seine Huldigungen ruhig gefallen lassen.«

»Mich verlangt nicht nach seinen Huldigungen.«

»O, er weiß, was sich edlen Frauen gegenüber schickt und ihnen nach höfischer Sitte gebührt, Gerlinde!«

»Wo sollte er denn das gelernt haben? Etwa in Bologna?«

»Nein, aber beim Markgrafen Dietrich von Meißen und beim Fürsten Heinrich von Anhalt, der ihn für rühmliche Waffentaten zum Ritter geschlagen hat,« bedeutete sie der Graf in verweisendem Tone.

Darauf gab Gräfin Gerlinde keine Antwort. Sie war verstimmt in der ihr unliebsamen Aussicht auf die dauernde Gesellschaft eines ihr völlig Unbekannten, zu dessen Art und Wesen sie nach der erhaltenen Mitteilung kein rechtes Vertrauen zu fassen vermochte. Eine dunkle Ahnung stieg in ihr auf, dass der Besuch allerhand Störungen und Misshelligkeiten veranlassen könnte, und sie nahm sich vor, sehr zurückhaltend zu sein gegen diesen halb Ritter, halb Gelehrten, den ihr Gemahl von der Landstraße aufgelesen und flugs zu sich eingeladen hatte, nur weil er der Sohn eines alten Freundes war, dessen der Graf ihr gegenüber niemals Erwähnung getan hatte.

Schweigend hörte sie auch sein Ersuchen an, für den Gast ein behagliches Zimmer mit einem großen Schreibtisch und mit Büchergestellen sowie ein bequemes Schlafgemach herrichten zu lassen, aber bei der Ausführung dieses Auftrages, die sie selbst leitete, kamen ihr andere Gedanken.

Der Besuch, auf den sie schon neugierig zu werden anfing, war doch immerhin eine Abwechslung in der Eintönigkeit ihres Lebens, und möglicherweise war der Herr — wie hieß er?

Eike von Repgow, Eike, ein merkwürdiger Name! —ein Mensch, an dessen Gegenwart man sich gewöhnen konnte, zumal wenn man musste.

»So mag er denn kommen, der Weltverbesserer! Die Burgfrau wird dem gelehrten Gaste eine sorgliche Wirtin sein, und die Dame wird sich auch mit dem verschrobensten Ritter leidlich abzufinden wissen.« —

Beinah eine Woche später als Graf Hoyer ritt Eike von Repgow das Selketal entlang und hatte seine Freude an dem herrlichen Eichen- und Buchenwalde, der nirgends im Harze schöner und üppiger zu sehen ist als an den Berghalden zu beiden Seiten dieses Tales, das jetzt schon zum größten Teil im Schatten lag, während der Rücken des Höhenzuges und seine hie und da aufragenden Kuppen noch von der Sonne beschienen wurden. Der Wald reichte bis unmittelbar an die Umwallung des Falkensteins heran, dessen trutziger Bergfried dem Nahenden in rosig schimmernder Beleuchtung winkte und in ihm die Erinnerung an seine Reise hierher als Knabe mit dem Vater weckte.

Unweit einer klappernden Mühle bog der Weg zur Burg von der Talstraße ab, und Eike musste der Steilheit wegen bald absitzen und sein Pferd am Zügel führen, denn dieses hatte einen großen, mit Kleidern und noch mehr mit Schriftstücken vollgepfropften Mantelsack zu tragen.

Es dauerte wohl eine Stunde, ehe er sein Ziel er reichte, doch eine kleine Strecke vor dem Burggraben hielt er noch einmal an, weil er hoch über sich in einer alten Buche, deren Aste bis tief hinab dem mächtigen Stamm entwuchsen, Töne vernahm, wie aus einer Vogel kehle herausgeschmettert. Aber ein Vogel konnte es nicht sein, denn zu so weit vorgerückter Tageszeit sang kein Vogel mehr außer Nachtigall und Amsel, und so süß berückend klang die Musika doch nicht. Es musste ein Mensch sein, der, dem Spähenden nicht sichtbar, im Gezweige des Baumes hockte und auf einem Instrumente blies, von dem sich Eike keine klare Vorstellung machen konnte.

»Heda! Du floitierender Buchfink,« rief er hinauf, »komm' mal heruntergeflattert aus deinem dichten Laubzelt, ich möchte den Schnabel sehen, der so verlockend trillern kann.«

Da ward es still in der Buchenkrone. Dann hörte Eike, wie jemand an Stamm und Zweigen herabrutschte, und bald sprang ein schlanker junger Mensch ihm gerade vor die Füße, der ihm eine ungelenke Verbeugung machte und ihn mit blinzelnden Augen dreist anstarrte.

Zwischen den Nesteln seines Wamses steckte ein mit Löchern zum Blasen versehener Stängel Schilfrohr. Das war also die Schalmei, auf welcher der im Grünen Versteckte gedudelt hatte.

»Hat man auf dem Falkenstein so viel freie Zeit, dass man wie ein Affe auf die Bäume klettert und wie ein Starmatz zwitschert?« redete ihn Eike an.

»O, ich hätte nichts dagegen einzuwenden, Herr, wenn ich noch mehr Freiheit hätte, um zu tun, was mir beliebt,« erwiderte der andere keck und unverfroren.

»So bist du gewiss der Wilfred Bogner,« sagte Eike, worauf der richtig Erkannte zustimmend nickte. »Nun, ich kann dir von deinem Überfluss an Muße ein Erkleckliches abnehmen, ich habe Arbeit für dich.«

»Ach du lieber Gott! Da seid Ihr wohl gar der Ritter Eike von Repgow?« fragte der erst so Fürwitzige nun erschrocken.

»Du lieber Gott! Ja, der bin ich, wenn du's mir zugutehalten willst,« sprach Eike belustigt.

»Darum hat auch der Neck im Ziehbrunnen vor drei Tagen so grausam rumort, und nun ist —«

»Und nun ist das Unheil da, willst du sagen; danke für den freundlichen *prospectus*!« lachte Eike. »Der Herr Graf hat mich wohl dem Herrn Sekretarius schon angekündigt?« .

»Ja freilich, Herr! Ich weiß Bescheid, schreiben soll ich,« gab Wilfred kleinlaut zur Antwort.

»Richtig! Jetzt komm' mit und geleite mich durch Umwallung und Tor zu deinem gnädigen Burgherrn,« gebot Eike.

Er schwang sich in den Sattel, denn er wollte nicht wie ein Säumer mit seinem Packtier, sondern ritterlich hoch zu Ross in die Burg einziehen.

Wilfred schlich de und wehmütig wie ein geprügelter Hund hinter dem Reiter her. Sie mussten über die Zugbrücke und dann mehrere Tore durchschreiten. Gleich hinter dem ersten enteilte einer der Burgmannen, wahrscheinlich, um die Ankunft des Gastes zu melden.

Im Burghofe wies Eike zum Brunnen hin und sagte:

»Nun horche mal hinab, ob der Neck da unten nicht singt vor Freude, dass ich gekommen bin.«

Wilfred beugte sich über den Rand des Brunnengemäuers und tat so, als ob er dem Befehle Folge leistete.

»Ich höre nichts,« sprach er mit einem boshaften Grinsen.

Eike sprang aus den Bügeln, ein Knecht nahm ihm das Pferd ab und schnallte den Mantelsack los. Als Eike sich umwandte, trat ihm aus einer Tür Graf Hoyer mit ausgestreckten Armen entgegen.

»Bist du endlich da, Eike?« rief er freudig, »mit welcher Ungeduld haben wir deiner geharrt! Komm', die Gräfin erwartet dich oben.«

Als Eike sah, dass der Knecht sein Pferd in den Stall brachte, fragte er:

»Auf welche Weise kann ich den Braunen morgen nach Hause schicken?«

»Den lass' nur hier,« erwiderte der Graf. »Er soll bis an den Bauch im Stroh und bis über die Naslöcher im Hafer stehen. Ein tüchtiger Reiseklepper!« fügte er hinzu, das starkknochige Tier musternd.

»Ich habe viele Meilen zwischen Rhein und Elbe mit ihm zurückgelegt,« sprach Eike, »bin bei Schöffen, Schultheißen und Bauermeistern mit ihm gewesen, und er hat bei mancher Unterredung aus dem Stegreif über Land und Lehnrecht die Ohren gespitzt.«

Sie stiegen eine steinerne Wendeltreppe hinan. Oben führte der Graf den Freund in ein reich ausgestattetes Empfangsgemach, und Eike stand, betroffen, sprachlos vor Staunen, einer schönen, jungen Frau gegenüber.

»Auch die Burgfrau heißt den Gast ihres Gatten will kommen,« sagte sie, nicht steif und hoffärtig, aber doch etwas gemessen und sichtlich selber überrascht über die stattliche, fast jugendliche Erscheinung des Ankömmlings, den sie sich ganz anders gedacht hatte.

Eike konnte ihr nur mit einigen kurzen, verbindlichen Worten danken, auf die sie erwiderte:

»Ich möchte Euch, ehe Ihr hier Platz nehmt, Euer Losament zeigen, Herr Ritter von Repgow. Bitte, folgt mir.«

Sie schritten alle drei, die Gräfin voran, durch einen langen, schmalen, mittels zahlreicher Luken erhellten Gang, den Fräuleingang geheißen, wie der Graf erklärte, zu dem nach seinen Angaben höchst behaglich eingerichteten Zimmer. die Gräfin öffnete die Tür und lud mit einer Handbewegung den Gast zur Besitznahme ein.

Eike, sich darin umschauend und dann an eines der drei Fenster tretend, rief aus:

»Was? Hier soll ich wohnen? Das ist ja viel zu prächtig für mich. Hier wird mir die Arbeit schwer werden, diese herrliche Aussicht in das Tal vor Augen mit den Bergen und Wäldern und den grünen Wiesen, durch die sich der erlenbekränzte Fluss in gefälligen Windungen schlängelt. Da muss einem ja das Herz aufgehen vor Entzücken, aber die Schreiberei wird dabei zu kurz kommen, gnädigste Gräfin!«

Mit einem zufriedenen Lächeln antwortete Gräfin Gerlinde auf diese begeisterten Äußerungen:

»Nicht beeinträchtigen, sondern Eure Arbeit fördern möge der freie Blick in diese schöne Natur, und ich wünsche Euch Heil und Segen dazu hier unter unserem Dache.«

Dann zog sie sich zurück und ließ die beiden Männer allein.

Als sie den Fräuleingang wieder durchwandelte, flüsterte sie:

»Wie ein Gelehrter sieht er eigentlich nicht aus, aber ein Ritter ist er.« —

»Ich habe deine Verwunderung bemerkt, als du die Gräfin sahest,« begann Graf Hoyer unter vier Augen mit Eike. »Sie ist meine zweite Frau, was ich dir neulich mitzuteilen vergaß. Nachdem mir vor acht Jahren der Tod meine liebe Bertrade entrissen hatte, ward es mir öd und einsiedlerisch hier, denn ich war allein, meine Söhne waren damals schon auswärts. Da, als ich zwei Jahre später auf einer Fahrt durch Franken einmal zu einem mir befreundeten Ritter auf Burg Schwanenfeld kam, wurde mein Herz von einer schnellen Neigung zu einer seiner fünf Töchter erfasst. Ich zauderte nicht und warb um sie. Auch das damals zweiundzwanzigjährige Mädchen besann sich nicht lange und nahm meinen Antrag an, denn die Familie lebte bei geringem Besitz einsam, wie abgeschieden von der Welt, und die Freier blieben aus. Der Braut-kauf mit dem Vater war bald geschlossen, und sowohl der Muntschatz wie die Morgengabe und die Leibzucht, die ich zu bestellen gelobte, waren reichlich bemessen. So ward Gerlinde mein Weib, und mich hat es nicht gereut, denn mit ihr kam wieder Sonnenschein und Leben auf den Falkenstein, obwohl wir keinen regen Verkehr mit Standesgenossen haben und ich, der ich so viel älter bin, der noch jungen Frau wenig bieten kann. Ob sich Gerlinde an meiner Seite glücklich und zufrieden fühlt, weiß ich nicht. Dir wird es leicht werden, dich gut mit ihr zu stellen, denn sie ist eine offenherzige, zugängliche Natur und besitzt eine nicht gewöhnliche Geistesbildung. nimm dich ihrer, wenn du Lust und Zeit dazu hast, ein wenig an; sie und ich werden es dir Dank wissen.«

»Ich werde mich nach besten Kräften um die Huld der Frau Gräfin bemühen,« sprach Eike mit einem verlegenen Lächeln, »aber ich bin in zartem Frauendienst nicht erfahren und geübt, Graf Hoyer, und die Frau Gräfin wird viel Nachsicht mit mir haben müssen, bis ich mir ihre Gunst und Gewogenheit errungen habe.«

»Auf das *experimentum* bin ich gespannt, Eike,« lachte der Graf. »Jetzt ruhe dich aus, bis Folkmar dich zum Abendessen ruft; lange wird es nicht mehr dauern. Du bleibst wie du da bist; meine Frau ist nicht anspruchsvoll, und wir drei sind ja Gottlob! unter uns allein, worauf ich mich unbändig freue. Auf Wiedersehen!«

Damit ging er. —

»Seine zweite Frau und achtundzwanzig Jahre, wenn ich richtig rechne!« sprach Eike, sich auf eine Ruhebank hinstreckend. »Daher auch die fehlende Antwort, als ich ihm bei unserem Abschied unter der Eiche einen Gruß an seine Gemahlin auftrug, nicht ahnend, dass Frau Ber-trade längst nicht mehr unter den Lebenden ist. — Und er weiß nicht, ob sich Frau Gerlinde an seiner Seite glücklich fühlt? Wie ist es nur möglich, so etwas nicht zu wissen! Hat sie es ihm nie gezeigt, ihm niemals unwillkürlich verraten? Da müsste sie ja ein sehr kühles Men-schenkind sein, und dagegen sprechen ihre glutsprühenden Augen. — Um ihre Gunst soll ich mich bewerben. Als ob ich nicht andere Dinge im Kopf hätte! Wenn mich der erste, flüchtige Eindruck nicht täuscht, ist sie aller Verehrung wert, und die will ich ihr auch gern darbringen, mehr aber nicht, und mehr wird sie auch nicht von mir erwarten. Eine hochmütige Tyrannin, die bedingungslose Unterwerfung fordert und gefallsüchtig von früh bis spät umschmeichelt sein will, ist sie sicher nicht. Ihre Augen freilich, die sind gefährlich, — mir gefährlich? Ach ich bin gepanzert mit dreifachem Erz. Wenn aber nun —«

Es klopfte.

»Seid Ihr es, Folkmar?«

»Jawohl, Herr Ritter, die Frau Gräfin lässt zu Tische bitten,« klang es durch die Tür zurück.

»Ich komme sogleich.«

Der Tisch stand im Speisesaale gedeckt, nur die Speisen und das Getränk nebst den Trink-geschirren fehlten noch darauf. Daher empfing Gräfin Gerlinde den neuen Burgbewohner mit den Worten:

»Ein wenig müssen wir uns noch gedulden, Herr von Repgow, und ich will Euch unterdessen mit unserer gewohnten Zeiteinteilung bekannt machen. Das Morgenbrot wird Euch Melissa, meine Gürtelmagd, in Euer Gemach bringen zu jeder Stunde, die Ihr bestimmen werdet. Zu Mittag essen wir, wann die Sonne am höchsten sieht, und abends so wie heute. Im Übrigen seid Ihr völlig frei und an nichts gebunden. Ist Euch das recht so?«

»Edle Frau, Ihr habt zu befehlen, ich bin mit allem zufrieden. Jeglicher Ordnung, die in diesen Mauern herrscht, werde ich mich willig fügen und mit Freuden Euren leisesten Winken gehorchen,« erwiderte Eike sich ritterlich verneigend und der Gräfin die Hand küssend.

»Das heißt,« fiel Graf Hoyer ein, »wenn du in der Zwischenzeit einmal Hunger verspürst, legst du ihn meiner Frau ans Herz, und sooft dich Durst anwandelt, wendest du dich an mich, Eike; ich habe Verständnis für dergleichen Gefühle.«

»Aber auch Ihr müsst das richtig verstehen, Herr Ritter,« fügte die Gräfin schalkhaft hinzu. »Euer Durst wird meinem Gemahl stets ebenso willkommen sein wie sein eigener, schon der guten Gelegenheit wegen, mittrinken zu können.«

»Sonst darf ich's nämlich nicht, denn sie erlaubt mir selten einen biederen Trunk außer der Reihe,« lachte der Graf. »Wenn ich aber einen Genossen dabei habe, dem ich mit dem Becher Bescheid tun muss, drückt sie ein Auge zu.«

»Beide!« sprach die Gräfin nachdrücklich mit einem Seufzer, der etwas Drolliges hatte. »Ah, da kommt unsere Mahlzeit,« rief sie gleich darauf vergnügt, als sich die Tür öffnete.

Folkmar trat ein, aber mit leeren Händen.

»Folkmar, du bringst weniger als nichts, du bringst etwas Unangenehmes,« sagte der Graf stirnrunzelnd. »Was ist geschehen?«

»Herr Graf, der Ritter Dowald von Ascharien ist soeben angekommen,« meldete der Diener mit einem Gesicht, so grämlich wie drei Tage Regenwetter.

»Dass dich der Donner und Hagel erschlag'!« brauste der Graf zornwütig auf. »Ist denn die Zugbrücke noch nicht aufgezogen?«

»Goswig wollte es eben tun, da war aber der Ritter mit seinem Rosse schon mitten darauf.«

»Was? Zu Rosse ist er? Aus wessen Stalle mag er sich das wohl geliehen haben! Denn geschenkt hat es ihm niemand und verkauft erst recht nicht,« brummte der Graf. »Und heute just! Dass er uns gerade heut' auf den Hals kommen muss! Wo steckt er denn nun?«

»Er bittet, sich erst umkleiden zu dürfen, ehe er vor den Herrschaften erscheint, denn so wie er wäre, könnte er sich nicht zeigen,« erwiderte Folkmar.

»Das will ich ihm unbesehen glauben; es wird mit seiner Ausstaffierung schäbig genug bestellt sein,« höhnte der Graf. »Schaff' ihn in das kleine Turmgemach und hilf ihm, brauchst dich aber damit nicht zu beeilen. Melissa mag uns inzwischen bedienen, denn warten werden wir auf den alten Schmarotzer nicht, und sie soll nun die gewöhnlichen, zinnernen Becher aussetzen.«

Des Grafen Freude war zerstört, seine gute Laune dahin.

»Dieser Dowald von Ascharien,« wandte er sich zu Eike, der das alles staunend mit angehört hatte, »ist ein fahrender Ritter, ein edles Blut, das wenig hat und viel vertut. Er nennt sich einen Vetter des Fürsten von Anhalt, mit dem er aber nur sehr weitläufig versippt ist und vor dem er sich seines verworfenen Umhertreibens wegen nicht blicken lassen darf. Er besaß früher einen kleinen Hof bei Aschersleben, der ihm jedoch längst abgepfändet worden ist, hat nicht Hind, nicht Kind, ist ein unleidlicher Schwätzer, bis über die Ohren verschuldet und kriegt nirgend mehr einen Heller geborgt. Nun brandschatzt er alle Burgen im weitesten Umkreise, pokuliert und prahlt mit den unglaublichsten Abenteuern, in denen er selbst stets den siegreichen Helden spielt.

Daneben behauptet er, überall eingeladen zu sein, aber wer sein Nahen wittert, lässt schnell die Brücke ausziehen und verleugnet sich vor ihm, denn wo er sich einmal zu Labe und Ruhestatt eingenistet hat, da wird man ihn sobald nicht wieder los.«

Graf Hoyer wäre in dieser wenig schmeichelhaften Schilderung noch fortgefahren, wenn der so übel Beleumundete jetzt nicht geräuschvoll in den Speisesaal eingetreten wäre, wo sich die drei bereits zu Tische gesetzt hatten. Während er fast stürmisch die Gräfin überfiel, die seinen sprudelnden Wortschwall sehr gelassen hinnahm, flüsterte der Graf, mit einem tadelnden Seitenblick auf den achselzuckenden Diener, Eike zu:

»Das nennt er sich umkleiden! Einen Rock von mir hat er angezogen, den ich nun niemals wiedersehe.«

Dem Grafen schüttelte Ritter Dowald die Hand, als ob er sie gar nicht wieder loslassen wollte, und als er mit Eike die unumgängliche Begrüßung tauschte, betrachtete er diesen mit missfälliger Miene wie einen hier sehr Überflüssigen.

Er war fast kahlköpfig mit einem roten, gedunsenen Gesicht, rechts und links lang starrendem, grauweißem Schnurrbart und von vierschrötigem Gliederbau. Ohne eine Aufforderung dazu abzuwarten, ließ er sich an dem inzwischen für ihn gedeckten Platze nieder und griff sofort nach allem gierig zu, was an Speise und Trank auf getragen war. Dabei sprach er so viel, dass niemand ein Wort dazwischen reden konnte, berichtete, von wannen er käme und dass man dort vergeblich alles aufgeboten, ihn noch länger zu halten; aber eine unbezwingliche Sehnsucht nach seinem lieben alten Freunde Hoyer hätte ihn hergetrieben, wozu der Graf ein sauersüßes Gesicht machte und die Gräfin ein spöttisches Lächeln nicht unterdrücken konnte.

Auf diese ungemütliche Weise wurde den anderen der Abend verdorben, und ihr trauliches Beisammensein, auf das sie sich so gefreut hatten, ging ihnen durch die aufdringliche Schwatzhaftigkeit des ungebetenen Gastes, der stets seine eigenen, oft ziemlich gewagten Späße wiehernd belachte, verloren.

Nach Verlauf von zwei langsam schleichenden Stunden hob Gräfin Gerlinde die Tafel auf, auch Graf Hoyer entschuldigte sich, und Eike schützte Müdigkeit von seinem Reiseritt vor, so dass dem Ascharier nichts übrig blieb, als für heute auf einen weiteren fleißigen Becherschwung zu verzichten und sich innerlich grollend in sein Turmzimmer hinauf zu begeben. Die drei wünschten ihm laut gute Nacht, heimlich aber etwas ganz Anderes.

Viertes Kapitel.

Am nächsten Morgen machte sich Eike an das Auspacken seines großen Mantelsackes, und Wilfred, der ihm dabei helfen musste, staunte über die Menge umschnürter und mit Aufschriften versehener Bündel, die nach ihrem Inhalte reihenweise geordnet und in das Büchergestell gelegt wurden, damit man Gewünschtes ohne langes Suchen mit dem ersten Griffe herausfand. Das Staunen des Schreibers wurde aber noch überwogen von seinem Unbehagen angesichts der Fülle von Schriften und der Stöße von Papier und Pergament, die ihm ein bedrohliches Maß von zu leistender Arbeit weissagten. Dazu kam die seine Sorge noch verstärkende Frage Eikes, ob er auch wohl einen reichlichen Vorrat von Schreibsaft in Bereitschaft hätte.

»Jawohl!« versicherte Wilfred mit leisem Stöhnen, »eine ganze Kruke voll, aus Galläpfeln, Wasser und Vitriol zusammengequirlt, kohlpechrabenschwarz wie der Teufel, vergilbt nicht, verlischt nicht, jedes Wort damit wie für die Ewigkeit geschrieben. Auch roten für die Initialen und Majuskeln. Tinte mischen und Eselshaut zu Pergament glätten habe ich in der Klosterschule gelernt.«

»Und Pudeln eine Platte scheren auch, nicht wahr?«

Wilfred, durch diese Erinnerung an seine Gröninger Freveltat gereizt, gab keck zur Antwort:

»Allerdings, und wenn Ihr einmal Bischof werdet, Herr, empfehle ich mich Euch als Tonsor; unterm Krummstab lebt sich's lustig.«

Ein frecher Bursche! dachte Eike und forschte weiter, ob er auch Federn geschnitten hätte.

»Auch das,« erwiderte der Schreiber ungeduldig, »Gänsefedern und Rabenfedern, spitze und breite, je nach Bedarf, und Pinsel hab' ich auch nebst Farben und Goldpigment, alles fix und fertig.«

»Schön!« sprach Eike, »hier hast du Papier. Nun setze dich und schreibe, was ich dir vorsage; ich möchte deine Handschrift sehen.«

Der Schreiber nahm Platz, und Eike diktierte: »Zwei Schwerter ließ Gott auf Erden, zu beschirmen die Christenheit. Dem Papste ist gesetzt das geistliche, dem Kaiser das weltliche. Dem Papste ist auch gesetzt, zu beschiedener Zeit auf einem weißen Rosse zu reiten, und der Kaiser soll ihm den Stegreif halten, auf dass der Sattel sich nicht wende.«

»Ei, dann möchte ich lieber Papst als Kaiser sein,« meinte Wilfred, als er die Zeilen beendet hatte.

»Hüte dich, dass du nicht einmal rückwärts auf einem Esel reiten musst, statt des Zaumes den Schwanz des Bruder Langohr in der Hand,« duckte Eike den Vorlauten, während er das Geschriebene betrachtete.

Wilfred schwieg, kaute an der Feder und dachte: Hoppla! Der gelehrte Ritter dünkt sich wohl im kuralischen Sessel zu fahren; da wird es noch Tänze geben zwischen uns.

»Mit deiner Schrift bin ich zufrieden, sie ist gut,« lobte Eike.

»Das Papier ist aber auch gut,« erklärte Wilfred.

»Hat ein großes Handelshaus in Lübeck für mich aus Burgund bezogen,« berichtete Eike.

»Aus Burgund? Da war ich auch einmal auf meinen Wanderfahrten. Der Wein dort ist köstlich und billig, wenn man ihn nicht bezahlt,« lachte Wilfred, dem das übermütige Vagantenblut noch in den Adern prickelte.

Sie schichteten und ordneten weiter, wobei Wilfred die Aufschriften der Bündel las, Namen von Gesetzen und Rechten, Willküren, Weistümern und Regesten, die er noch niemals in seinem Leben gehört hatte. Ihm graute davor, sich in sie hineinfinden und mit ihnen vertraut machen zu sollen. Das kann eine recht erbauliche Sache werden, sagte er sich, wo bleibt da meine schöne Mußezeit? Und es war so hübsch ruhig und· friedlich hier auf der Burg, ehe dieser aus der Art geschlagene Ritter auf den unglücklichen Gedanken kam, hier, ausgesucht hier auf dem Falkenstein ein Gesetzbuch schreiben zu wollen.

Als sämtliche Schriftenbündel in dem Bücherrück übersichtlich untergebracht waren, sprach Eike zu seinem Gehilfen:

»Ich irre wohl nicht, wenn ich annehme, dass dein dringendstes Arbeitsbedürfnis für diesen Vormittag gestillt ist.«

»Ich bin jederzeit zu Euren Diensten, Herr,« erwiderte Wilfred höflich und zugleich erfreut über die damit kundgegebene Absicht des Gestrengen, die Kramerei einstellen und die Schreiberei noch nicht beginnen zu wollen. Trotzdem fügte er mit erheucheltem Pflichteifer hinzu:

»Es ist aber noch lange nicht Mittag.«

»Weiß wohl,« sagte Eike, »aber zu dem, was ich jetzt zu tun habe, kann ich deines Beistandes entraten. Ich muss mir die zunächst benötigten Schriftstücke aussuchen und zurechtlegen, und dabei kann mir niemand helfen. Du bist also vorläufig deines schätzbaren Dienstes ledig.«

Nach einer stummen Verbeugung verließ Wilfred das Zimmer mit einer bemerkenswerten Geschwindigkeit.

Er wollte sich nach seinem im Turm befindlichen Kämmerlein hinaufbegeben und tat dies ganz leise, denn er scheute die auf dem Wege dahin leicht mögliche Begegnung mit einem, dem er lieber auswiche. Der Ritter Dowald von Ascharien, von dessen überraschender Ankunft gestern Abend er gehört hatte, war derjenige, mit dem er ein Wiedersehen vermeiden möchte, denn die beiden konnten sich von einem, allerdings schon einige Zeit zurückliegenden, für Wilfred aber sehr unrühmlichen Abenteuer her. Das sollte ihm nun freilich nicht gelingen. Aufwärts schleichend vernahm er zu seinem Schrecken schon ganz nahe die schweren, hallenden Schritte des noch höher im Turm Wohnenden die Wendeltreppe herabkommen, und gleich darauf standen sie sich gegenüber. Nun konnte er dem Gefürchteten nicht mehr entrinnen. Zum Umkehren war es zu spät, das hätte wie feige Flucht ausgesehen, und an ein schattenhaft stilles Vorbeihuschen war auch nicht zu denken, weil des Ritters feiste Gestalt den engen Treppengang von Wand zu Wand ausfüllte.

Dowald erkannte den zufällig Gestellten sofort und rief höchst verwundert aus:

»Wen sehen meine Augen? Wie kommst denn du hierher, du spitzbübischer Landstreicher?«

»Ich bin hier auf der Burg geboren, Herr Ritter, und bin der *Secretarius* des Herrn Grafen von Falkenstein,« erwiderte Wilfred, der seine Unverfrorenheit schnell wieder gefunden hatte.

»Ist die Möglichkeit! Der Sekretarius des Herrn Grafen. Gibt es denn hier so viel Tintenkleckserei zu besorgen?«

»Augenblicklich bin ich der *Amanuensis* des Herrn Ritters Eike von Repgow.«

»Ah, das ist der Fremde, den ich gestern Abend hier antraf. Was tut denn der hier?«

»Wir schreiben hier ein neues Gesetzbuch,« brüstete sich Wilfred, »ein großes Hauptwerk über die sonderbarsten Rechte.«

»Wir? Wer sind wir?«

»Na, ich und der Ritter Eike von Repgow.«

»So! Du und der Ritter. Was du sagst! Also ihr schreibt hier ein neues Gesetzbuch. Das ist ja sehr merkwürdig.«

»Ich weiß nicht, ob ich Euch das anvertrauen darf, und, Herr Ritter, ich hab' eine Bitte an Euch,« sprach Wilfred jetzt demütig und bescheiden. »Verratet nichts von der Judengeschichte damals am Kattenbach. Erinnert Ihr Euch?«

»Ganz genau, hab' ein gutes Gedächtnis, Wilfred Bogner. Aber ich bin verschwiegen, werde nichts verraten, weder von dem neuen Gesetzbuch noch von der Judengeschichte. Jetzt lass' mich vorbei, ich will in den Stall, nach meinem Rosse zu schauen.«

Wilfred musste umkehren und die Stufen hinabgehen bis zu einem Treppenabsatz, der so viel Raum bot, dass die beiden einander ausbiegen konnten.

»Ein Unglück kommt selten allein,« knurrte Wilfred, als er wieder treppauf stieg. »Erst der Reppechower, für den ich mir die Finger krumm und lahm schreiben soll, und dann der Ascharier, der den verflixten Vagantenstreich von mir weiß. Aber er will ja schweigen, hat er versprochen.« —

Kurze Zeit nach dieser für Wilfred peinlichen Begegnung trat Graf Hoyer in Eikes Gemach, um sich bei seinem lieben Gaste umzusehen und ihn zu fragen, ob ihm nicht irgendetwas fehle, worauf ihm Eike die Versicherung gab, dass er sich hier vollkommen wohl und behaglich fühle und ihm nichts zu wünschen übrig bleibe.

Danach begann der Graf unvermittelt:

»Eike, mir geht etwas im Kopf herum. Wie werden wir den dickfelligen Ascharier wieder los?«

»Ich habe auch schon darüber nachgesonnen, Herr Graf,« erwiderte Eike, »und mir ist ein Einfall gekommen, der freilich, wenn seine Ausführung missglückte, in das Gegenteil des erstrebten Zweckes umschlagen könnte.«

»Lass' hören!« sagte der Graf gespannt.

Eike fuhr fort:

»Ritter Dowald sieht mir nicht danach aus, als ob er sich viel aus schriftlicher Arbeit machte.«

»Der? Nein!« bestätigte der Graf lachend. »Auf einem Sitz hält er nur aus im Sattel oder beim vollen Humpen. Er schlägt eine gute Klinge und führt auch die Lanze tadellos, aber der Gänsekiel taugt nicht für seine Eisenfaust. Worauf willst du denn damit hinaus?«

»Auf eine List, Graf Hoyer. Sagt ihm, wir könnten uns hier nicht um ihn kümmern, hätten Tag für Tag von früh bis spät mit der Abschrift eines seltenen und berühmten Kodex zu tun, ein äußerst mühseliges Geschäft, weil die alte Handschrift sehr schwer zu entziffern wäre. Was das für ein Kodex ist, braucht er ja nicht zu wissen, darf überhaupt von dem Gesetzbuche nichts erfahren.«

»Hm! Und du glaubst, damit würden wir ihn los, dass wir uns nicht um ihn kümmern? Du kennst ihn nicht, Eike! Der setzt sich hier wochenlang fest und vertreibt sich die Zeit mit Essen und Trinken. Ob wir da bei mittun oder nicht, danach fragt er so wenig wie das Kamel nach dem Purpur.«

»Aber er soll bei unserem Zeitvertreib mittun; abschreiben soll er uns helfen!« rief Eike.

»Uns abschreiben helfen? Das ist ein köstlicher Gedanke,« lachte der Graf.

»Um unter dieser Bedingung dürfte er hier bleiben, müsst Ihr ihm sagen, wir brauchten notwendig noch eine fleißige Schreibhand. Haltet Ihr es für möglich, dass er darauf eingeht?«

»Nun und nimmermehr! Ja, wenn es sich um einen gewagten Heckenritt handelt, so einen beuteverheißenden Schnapphahnzug, — da steht er seinen Mann, aber vor Geschreibsel in Klausur nimmt er Reißaus und lässt uns seines Rosses Eisen sehen.«

»Und dann haben wir gewonnen Spiel,« lachte nun auch Eike aus frohem Herzen.

»Eike, wenn das glückt,« sagte der Graf, »lass' ich hoch oben am Bergfried als Abschiedsgruß für den fahrenden Ritter eine Fahne heraushängen. Heute Mittag bei Tische werd' ich's ihm beibringen, und dann pass' einmal auf, wie schleunig er Fersengeld gibt. Und sobald er zum Tore hinaus ist, lasse ich die Brücke ausziehen, damit er sich draußen nicht etwa eines anderen besinnt, umkehrt und wieder hereinkommt. Und dann, heut' Abend, da trinken wir eins auf seinen Ritt ins Blaue, denn wo er zu Nacht Unterschlupf suchen soll, weiß er gewiss selber nicht; er findet ja nirgend eine offene Tür.« —

Die Mittagsstunde kam heran und sollte für den Grafen und Eike zunächst eine unliebsame Überraschung bringen, auf die sie nicht gefasst sein konnten und die in ihrem Angriffsplan eine kleine Verschiebung verursachte.

Kaum hatten sich die drei Herren mit der Gräfin zu Tische gesetzt, als Ritter Dowald anfing:

»Euer *Secretarius* Wilfred Bogner hat mir die seltsam lautende Mitteilung gemacht, Graf Hoyer, dass er mit dem hier gegenwärtigen Herrn ein neues Gesetzbuch über höchst sonderbare Rechte ausarbeitet. Was soll denn das, wenn ich fragen darf, für ein Gesetzbuch werden, Herr von Repgow?«

Die beiden Männer stutzten erst und krausten unwillig die Stirnen, brachen aber dann in ein schallendes Gelächter aus, in das auch Gräfin Gerlinde belustigt mit einstimmte.

»Der Fred ist wohl verrückt geworden,« schäumte danach Graf Hoyer auf, »der und an einem Gesetzbuche mitarbeiten! Der Schreibknecht meines gelehrten jungen Freundes ist er, und für ihn abschreiben soll er, weiter nichts. Aber wie seid Ihr denn mit dem Windbeutel zusammengekommen?«

»O, wir sind gute Bekannte,« erwiderte Dowald, »ich traf ihn einmal weit von hier, auf einsamen Wegen, abseits von der Landstraße, die ich, einer unabweislichen Einladung folgend, da hinritt. Da hörte ich aus geringer Entfernung plötzlich ein fürchterliches Zetermordiogeschrei und sprengte schnurstracks darauf los, um vielleicht schwer Bedrängten, von Räubern Angefallenen zu Hilfe zu kommen. Es war auch so, wie ich vermutete. Eine Bande nichtsnutzigen Gesindels hatte zwei wandernde Juden ausgeplündert, ihnen ihre ganze Barschaft abgenommen, sie dann Rücken an Rücken mit Stricken zusammengebunden und war eben im Begriff, die vor Todesangst Zitternden in den vorüberfließenden Bach zu werfen. Ich, wie der Blitz aus den Bügeln, packte den Rädelsführer, Euren Wilfred, am Kragen und zwang ihm mit gezogenem Schwerte das geraubte Geld, ein rundes, nicht zu verachtendes Sümmchen, wieder ab, während das übrige Gelichter sich eilig aus dem Staube machte. Dann band ich die beiden Juden los, die nicht wussten, wie sie mir danken sollten und allen Segen des Gottes Israels auf mein Haupt herabbeschworen.«

Die Tischgenossen hatten dem Erzähler aufmerksam zu gehört und harrten nun des noch Fehlenden, denn dies konnte unmöglich das Ende der Geschichte sein, und dass der hier als preislicher Held auftretende Ritter damit zurückhielt, kam ihnen verdächtig vor. Sie wollten darum alles wissen, und um von dem Ruhmredigen den Austrag des Überfalles zu erfahren, richtete zuerst Eike die Frage an ihn:

»Habt Ihr denn den Rädelsführer nicht weidlich durchgeprügelt oder ihm sonst einen unvergesslichen Denkzettel erteilt?«

»Nein, mich tätlich an ihm zu vergreifen hielt ich unter meiner Ritterehre,« versetzte Dowald stolz. »Aber er musste mir seinen Namen nennen, und ich sagte ihm auch den meinigen mit dem Zusatz, ich wäre Gerichtsherr in dem Gau und würde mir sein Malefizgesicht auf das Genaueste merken. Darob erschrak er gewaltig und flehte mich himmelhoch an, Gnade zu üben und ihn laufen zu lassen. Das tat ich denn auch, die Juden aber nahm ich mit, das heißt, ich ließ sie neben meinem Pferde einhertrotten so lange, bis sie vor den vielleicht in der Nähe auf sie lauernden Strichvögeln sicher sein konnten.«

»Und das geraubte Geld gabt Ihr den beiden Juden natürlich zurück,« sagte der Graf.

»Zur Hälfte,« erwiderte Dowald, »die andere Hälfte behielt ich als verdienten Lohn für die Lebensrettung.«

»Nur die Hälfte behieltet Ihr? Wie großmütig!«

»O sie waren sehr erfreut, soviel wiederzubekommen.«

»Hatten gar nichts erwartet, nicht wahr?«

»Es schien mir in der Tat so,« gab Ritter Dowald zu ohne den Sinn dieser fast beleidigenden Frage zu verstehen.

»Nun aber bitte ich Euch, Eurem Schreiber den jugendlichen Schelmenstreich nicht nachzutragen,« schloss.er.

»Deswegen könnt Ihr ruhig schlafen,« erwiderte der Graf. »Dieser jugendliche Schelmenstreich, wie Ihr die Beraubung harmloser Wanderer mit gewohnter Milde nennt, wird wohl nicht der einzige von ihm verbrochene sein. Er hat aus seiner Vagantenzeit gewiss mehr solcher Stücklein auf dem Kerbholz, von denen ich nichts weiß und nichts wissen will.«

»Recht so, Graf Hoyer! Wir sind doch auch einmal jung gewesen.«

»Ja freilich! Und Ihr seid es beinahe noch, so tapfer und geschäftklug habt Ihr Euch bei dem Handel benommen,« sprach der Graf mit anzüglichem Tone.

Dowald fühlte den ihm versetzten Stich und schwieg.

Ihm ward durch diese recht deutliche Anspielung doch allmählich klar, dass er sich mit der Erzählung der abenteuerlichen Begebenheit in ein sehr ungünstiges Licht gerückt hatte.

Auch die anderen saßen unter diesem Eindrucke eine Weile stumm da, bis Gräfin Gerlinde das Gespräch wieder aufnahm mit der Frage:

»Habt Ihr bei Eurem unverhofften Wiedersehen mit dem ehemaligen Strichvogel die Erinnerung an jenes erste Zusammentreffen aufgefrischt Herr Ritter?« —

»Nur ganz beiläufig erwähnten wir es unter uns, gnädigste Gräfin,« erwiderte Dowald verlegen, nun auch noch in dem erwachenden Bewusstsein seines Wilfred gegenüber begangenen Wortbruches, da er doch Verschwiegenheit gelobt hatte. Um weiteren Erörterungen über den heiklen Gegenstand vorzubeugen, wandte er sich schnell an Eike und sagte:

»Mit Eurem Gesetzbuche könntet Ihr übrigens ein gutes Werk tun, Herr von Repgow.«

»Inwiefern Herr von Ascharien?« fragte Eike wissbegierig.

»Ihr solltet Euch der armen fahrenden Ritter an nehmen und in Eurem Buche die Bestimmung festlegen, dass wir mit Sorgen und Nöten schwer Beladenen überall nur die halbe Zeche, kein Wegegeld, keinen Brückenzoll, keine Zinsen für Schulden und vor allem keine Steuern und Beden zu bezahlen hätten.«

»Dowald! Ihr Zeche und Zinsen bezahlen?« lachte der Graf frei heraus.

Auch Gräfin Gerlinde lächelte verstohlen und biss sich auf die Lippen, um einen lauten Heiterkeitsausbruch zurückzuhalten.

Eike aber erwiderte scheinbar ganz ernsthaft:

»Kein übler Vorschlag von Eurem Standpunkte aus. Aber was würden wohl die Wirte, die Gläubiger, und die kaiserlichen Säckelmeister dazu sagen?«

»Die kaiserlichen Säckelmeister mögen sich die Steuern und Abgaben zu des Reiches Nutz und Notdurft aus den Taschen des geringen Volkes, der Handels- und Gewerbsleute, Handwerker und Pfahlbürger holen, aber nicht der edlen Ritterschaft aufbürden, der man mit so etwas nicht kommen darf, weil sie ihr Geld zu ihrem eigenen standesmäßigen Auftreten braucht,« schnarrte der selbstsüchtige Ascharier.

»Was Ihr da verlangt, edler Ritter, wäre für die in meinem Gesetzbuch angestrebte Rechtsgleichheit ein Schlag ins Gesicht,« entgegnete Eike empört.

Auch Graf Hoyer fühlte sich in seiner echt vornehmen Denkungsart durch das unerhörte Ansinnen tief verletzt, wollte sich aber auf einen Streit darüber mit dem verbohrten Querkopf nicht einlassen und hielt es jetzt für an der Zeit, mit dem verabredeten Plane zur Abschüttelung des Überlästigen einzugreifen. Er begann:

»Wir halten uns vorgenommen, Euch über Repgows Buch genauen Bericht zu erstatten, und nun ist uns Fred damit zuvorgekommen. Aber es gibt ein Mittel, Euch gründlicher in das Werk einzuführen als es die weitschweifigste Belehrung vermöchte. Ich habe Euch nämlich einen dringenden Wunsch ans Herz zu legen, dessen Erfüllung Ihr mir schwerlich versagen werdet, Dowald.«

»Ich kann mir keinen Wunsch denken, den ich Euch nicht mit Freuden erfüllen würde, Graf Hoyer,« versicherte der Ritter mit einem Tone, der auf bedingungslose Bereitwilligkeit zu allem schließen ließ.

»Das freut mich, und ich habe auch nichts anderes von Euch erwartet,« fuhr der Graf fort. »Seht mal, wir beide, Repgow und ich, haben mit dem Gesetzbuch alle Hände voll zu tun und wissen gar nicht, wie wir allein damit fertig werden sollen, denn die Sache drängt zur größten Eile. Wie wäre es nun, wenn Ihr uns einige Wochen lang beim Schreiben fleißig helfet?«

Dem Ascharier blieb vor Schreck der Bissen im Munde stecken. Er legte das Messer nieder und starrte den Grafen sprachlos an. Dann ermannte er sich und brachte nun stotternd vor:

»O wie gerne, wie sehr gerne tät' ich das, lieber Graf! Aber - jammerschade! leider, leider muss ich heut' Nachmittag fort nach der Heimburg, wo mau mich bestimmt und ungeduldig erwartet, denn ich habe dem zweitgeborenen Regensteiner, der dort oben auf dem Kegel horstet, meinen Besuch hoch und heilig versprechen müssen.«

Graf Hoyer wiegte das Haupt hin und her wie mit dem tiefsten Bedauern und in der bittersten Enttäuschung.

»Das trifft sich schlecht,« sprach er, sich mühsam beherrschend, »ich hatte schon meine Hoffnung auf Euch gesetzt. Dass Ihr des Schreibens kundig seid, weiß ich, und es braucht ja nicht so schön zu werden wie eine kunstvoll gedrechselte Mönchschrift. Könnt Ihr uns nicht wenigstens heute Nachmittag noch ein paar Stunden helfen?«

»Nein, nein! Es geht nicht, es geht nicht,« beteuerte Dowald, Angstschweiß auf der Stirn.
»Es ist ein weiter Ritt nach der Heimburg und schon die höchste Zeit zum Aufbruch, ich sollte
längst in den Bügeln sein. — Folkmar,« rief er dem Diener zu, »lass' mir mein Ross satteln,
aber schnell! — Mit diesem Abschiedstrunke dank' ich Euch, Graf Hoyer, und Euch, Gräfin
Gerlinde! Ich wäre so gern noch geblieben und weiß, Ihr hättet mich gern hier behalten, aber
diesmal geht's nicht, ich komme bald einmal wieder und dann will ich bleiben so lange wie Ir
wollt; heute geht's nicht, ich muss fort, muss gleich fort.« —

Als kaum ein Viertelstündchen später Ritter Dowald aus der Burg hinaus war, jubelte Eike:

»Der Streich wäre gelungen, Graf Hoyer! Nun heraus mit der Fahne am Bergfried!«

»Nein!« entschied der Graf, »ich ärgere mich.«

»Worüber?«

»Dass der alte Schwätzer durch Freds alberne Prahlerei von deinem Buche weiß.«

»Ja, den berühmten Kodex konnten wir ihm danach freilich nicht aufbinden.«

»Ach, das ist Nebensache, aber der Ascharier kann's Maul nicht halten,« stieß Graf Hoyer
grimmig hervor.

»Er wird es allenthalben herum tratschen, dass hier auf dem Falkenstein ein neues Gesetzbuch geschrieben wird, und nun werden sie uns von allen Seiten mit törichten Fragen und
aufdringlichen Ratschlägen kommen.«

»Mögen sie kommen!« sprach Eike, »dagegen bin ich gefeit, und den unbequemen Einlieger
sind wir glücklich los.«

»Fein eingefädelt habt ihr Euer boshaftes Fürnehmen gegen ihn,« bemerkte die Gräfin.

»Bedanke dich bei Eike!« bedeutete sie der Graf, »der hat's ausgeheckt.«

»Ein Meisterstück, Herr von Repgow! Aber hartherzig und grausam.«

»Schmerzt Euch sein Scheiden?«

»Durchaus nicht! Aber der arme Mensch dauert mich. Ihr habt ihn verjagt und vertrieben
durch Eure schändliche List, indem Ihr ihn bei seiner schwachen Seite fasstet wo soll er nun
hin, der nicht Heim, nicht Herd, kein Obdach und keinen Gastfreund hat, dem er willkommen
wäre!«

»Du hast Recht, Gerlinde,« sprach der Graf. »Ein armer, bedauernswerter Mensch ist, wer
keinen Freund, keinen wahren Herzensfreund hat. Innerlich einsam geht er durchs Leben, ob
er auch hundert Gesellen hat, die mit ihm bechern und bankettieren, ihn umschwärmen und
umschwänzeln, ihn aber nicht lieben und achten.«

Fünftes Kapitel.

Von dem kleinen Garten innerhalb der Burgumwallung führten Stufen zu einem geräumigen Altan empor, der mit einer gemauerten Brustwehr umgürtet war. Aus dieser erhoben sich in gleichmäßigen Abständen steinerne Säulen, ein Gitterwerk von Latten tragend, das den ganzen Altan mit einem luftig durchbrochenen Dach überspannte. Denn sowohl die Säulen als auch das waagerechte Spalier waren mit Efeu und anderen Schlinggewächsen berankt, deren Blätter zwar hier und da den Sonnenstrahlen einen Durchschlupf erlaubten, aber den größten Teil der Plattform beschatteten. Nur wenn sich die Sonne am Spätnachmittage tiefer senkte, konnte sie ungehindert eindringen, jedoch befanden sich zwischen den Säulen leinene Vorhänge, die zugezogen werden konnten und dann vor Blendung schätzten.

Hier von der Hochwacht hatte man einen herrlichen Blick in das Tal und auf den dichten, krausen Wald, dessen Laub vom hellsten bis zum dunkelsten Grün in wohltuendem Gemisch und Wechsel üppig prangte. Weit umfassend war die Aussicht nicht, weil sie durch die Krümmungen des Tales und die sich voreinander schiebenden Berge beschränkt war. Fern im Westen aber zeigte sich bei klarem Wetter der Gipfel des Brockens, mit seiner stolz geschwungenen Linie die nahen Berge hoch überragend.

Außer unermüdlichen Vogelstimmen jeglicher Art, rufend und flötend, lockend und girrend, tönte kein Laut von unten herauf. Nur in den vom Winde geschaukelten Wipfeln und Zweigen der Bäume regte sich zuweilen ein Brausen und Rauschen oder ein Lispeln und Säuseln wie Liebesgeflüster oder wie geheimnisvolles Raunen von alten Mären und Sagen. Wer das deuten und verstehen wollte, hörte bald ein Grollen und Drohen, bald ein heißes Sehnen und leises Klagen heraus, oder legte der Lauschende das alles selber hinein, wie es in den von Gefühlen bewegten Saiten seines eigenen Herzens erklang? —

Gräfin Gerlinde stand an der Brüstung, und ihre schlanke Gestalt in hellem Gewande hob sich von dem satten Waldesgrün drüben wirkungsvoll ab.

Sie gedachte der unwilligen Äußerungen ihres Gemahls heute Mittag nach dem Abzuge des Ritters Dowald von Ascharien und konnte sich seinen Verdruss über dessen Mitwissen von dem Gesetzbuche nicht erklären.

Enthielt es denn etwas Verfängliches, Gefährliches, dessen Bekanntwerden den Männern Sorgen schaffen konnte? Es war doch nach seiner Vollendung für die weiteste Verbreitung im Sachsenlande bestimmt, und jetzt wollte man es vor dem keineswegs scharfsinnigen Ascharier wie ein Geheimnis hüten?

Allerdings, sie wusste so gut wie nichts davon. Der Graf hatte sie schon bei seiner Ankündigung von Eikes Besuch vertröstet, dass sie alles, was ihr von dem Inhalt zu wissen nötig oder wünschenswert wäre, aus des Verfassers eigenem Munde hören sollte, und ihre verzeihliche Neugier wäre gewiss schon gestern befriedigt worden, wenn das Hereinplatzen jenes ungebetenen Gastes di offene Aussprache nicht unterdrückt hätte.

Heut' Abend jedoch und hier auf dem Altan stand ihr der Genuss bevor, in das groß angelegte Werk, wie es ihr Gemahl genannt hatte, eingeweiht zu werden. Der Genuss? Wird es wirklich ein Genuss für sie werden? fragte sie sich. Trockene Rechtsgelehrsamkeit zählte nicht zu ihren Liebhabereien, und sie konnte dem Dozierenden keineswegs ein aufmerksames Gehör versprechen.

Indessen — Repgows ritterliches Wesen bürgte ihr einigermaßen dafür, dass er sie nicht mit geistlosen, spitzfindigen Tüfteleien über verzwickte Rechtsverhältnisse langweilen würde.

Also wollte sie es darauf ankommen lassen, was sie von dem ihr bis jetzt durchaus wohlgefälligen Manne für Weisheiten vernehmen würde, und, falls er sie damit nicht zu fesseln vermochte, frühzeitig müde werden und vor seinen weitläufigen Auseinandersetzungen die Flucht ergreifen.

Die Schatten wurden länger und länger; im Tale herrschte tiefe Ruhe und ein alles Lebende hold beschirmender Friede. Die Sonne ging in Gold und Purpur zu Gnaden, und die Hitze des Tages wich allmählich einer angenehmen, leis' fächelnden Kühle, in der sich wonnig atmen ließ. Auch aus dem ganzen Bereiche der Burg, dem Hochbau, den Wohnräumen der Mannen und des Gesindes, dem Hof und den Ställen drang kein störendes Geräusch zu der ablegenen Empore, auf die sich die Herrin des Schlosses wie auf eine umhegte Freistatt gern zurückzog, wenn sie mit ihren Gedanken allein sein wollte.

Jetzt nahten Schritte und veranlassten die Einsame, die sich inzwischen einen Schemel an die Brustwehr gerückt hatte, umzuschauen. Folkmar und Melissa kamen mit allerhand Gerät die Stufen herauf, um hier den Tisch zum Abendessen zu decken. Folkmar stellte die selten in Gebrauch genommenen silbernen Pokale auf, was sicherlich nicht ohne den ausdrücklichen Befehl des Grafen geschah und seine Absicht verriet, der kleinen Tafelrunde einen etwas prunkhaften Anstrich zu geben. Dann brachte er auch eine hohe, silberne Weinkanne in einem kupfernen Kübel mit kaltem Brunnenwasser. Die Gräfin lächelte zu diesen ungewöhnlichen Vorbereitungen und dachte: ob Hoyer auch dem Koch heimlich Weisung gegeben hat, ein Festmahl anzurichten vor Freude, dass er den Ascharier so schnell wieder losgeworden ist? Nun, wenn die geistige Nahrung so gut ausfällt, wie die leibliche Verpflegung zu werden verspricht, — mir soll's recht sein!

Bald hörte sie die beiden Herren in lebhaftem Gespräch durch den Garten daherkommen, erhob sich und winkte ihnen freundlich zu. Ein dickes Aktenbündel bringt der Herr Magister wenigstens zu seinem Vortrage nicht mit, sagte sie sich mit einem Gefühl der Erleichterung

»Haben wir warten lassen, Gerlinde?« fragte der Graf von unten herauf in offenbar fröhlicher Stimmung.

»Es ist alles bereit,« erwiderte sie, »aber ich wusste meine Ungeduld zu zügeln, so gespannt ich auch auf die Geheimnisse bin, die uns Herr von Repgow enthüllen wird.«

»Geheimnisse sind es nicht, gnädigste Gräfin, was ich Euch und dem Grafen von den Dingen, die mich beschäftigen, mitteilen kann, falls Ihr überhaupt etwas davon zu wissen begehrt,« versetzte Eike.

»Doch, Eike!« rief der Graf vergnügt, »ein noch ungeschriebenes und noch ungelesenes Buch ist immer ein Geheimnis für jedermann, ausgenommen den Autor.«

»Und ich bin in der Tat begierig, soviel davon zu er fahren, wie Ihr mir anvertrauen wollt und ich begreifen kann,« fügte die Gräfin hinzu.

»Letzteres wird nicht allzu viel werden,« lächelte der Graf. »Du musst dich auf die gelehrtesten Erörterungen gefasst machen.«

»Ich werde mich bemühen, so gelehrig wie möglich zu sein, gestrenger Herr Ehegemahl,« gab sie ihm mit einer schelmischen Verneigung zurück.

Sie gingen zu Tisch und nahmen Platz. Die Gräfin legte dem Gaste vor, und der Graf füllte aus der Kanne die silbernen Pokale. Dann erhob er den seinigen und sprach fast feierlich:

»Dies ist der erste Trunk, Eike, den ich dir auf das gute Gelingen deines Werkes zubringe. Möge es dir zum Ruhme und unserem Sachsenvolke zum Heil und Segen gereichen.«

Die drei Becher klangen aneinander, und die Blicke begegneten sich.

Darauf trat ein längeres Schweigen ein, aber nicht bloß von der Tätigkeit des Essens geboten, sondern mehr noch in der zurückhaltenden Erwartung jedes der drei, dass einer von ihnen mit der Behandlung des Gegenstandes beginnen würde, auf den es ihnen heute einzig und allein ankam.

Gerlinde war es, die den Bann endlich brach mit einer Aufforderung zum Reden an Eike, die so klang, als wäre die Besprechung schon im besten Gange.

»Sagt mir zuvörderst, Herr von Repgow,« hub sie an, »wie seid Ihr auf den kühnen Gedanken gekommen, ein neues Gesetzbuch zu schreiben?«

»Aus Entrüstung über unsern unerträglichen Rechtswirrwarr, aus Mitleid mit unserem armen Volke und aus dem unwiderstehlichen Drange, hier helfend und bessernd einzugreifen so viel ich, alle Kraft daran setzend, vermag,« gab ihr Eike zum Bescheide.

»Rechtswirrwarr sagt Ihr? Ist denn der so groß?«

»Zum Himmel schreiend, Frau Gräfin! Kein Mensch in ganz Sachsen weiß, woran er ist und an was er sich halten soll. Wenn ein Bauer die Grenzen seiner Dorfmark überschreitet, wenn ein Bürger einen Freund in einer benachbarten Stadt besucht, ein Lehnsmann zu Fuß oder zu Pferd den nächsten Gau betritt, so steht er sofort unter anderen Gesetzen als zu Hause und wird für sein Tun oder Lassen nach Rechten zur Verantwortung gezogen, die er nicht kennt, die seinen heimatlichen oft in der unverständlichsten Weise widersprechen, ihn Unrecht und Unbill dünken und ihn in unbewusste Schuld verstricken. Soviel Grafschaften, Städte und Dörfer wir haben, fast so viel grundverschiedene Rechte haben wir auch.«

»Das wusste ich nicht und kann es mir auch gar nicht vorstellen.«

»Es ist auch schier unglaublich,« sprach Eike. »Ein Beispiel wie es mir gerade so einfällt. Mann und Weib haben kein gezweiet Gut bei ihrem Leib, lautet der alte Satz. Der Mann nimmt das ganze Vermögen der Frau in seine Gewere zu rechter Vormundschaft, und Frauengut soll weder wachsen noch schwinden. Aber nicht überall wird das so gehandhabt. In einer Stadt an der Weser lebte ein Ehepaar im innigsten Einvernehmen. Der Mann war in dieser Stadt geboren, die Frau aber in einer anderen, nicht weit davon entfernten. Als der Vater der Frau starb, hinterließ er ein Testament in welchem er seine Tochter als Erbin seines gesamten Nachlasses eingesetzt hatte. Der Gatte verlangte nun im Namen seiner Frau die Auslieferung der Erbschaft, woran er nach dem Stadtrecht seines Wohnortes vollen Anspruch hatte. Aber die Übergabe wurde ihm verweigert, weil in der Geburtsstadt der Frau letztwillige Verfügungen unerlaubt und ungültig waren. Und weshalb? Auf Betreiben der Geistlichkeit, weil ihr damit sehr erhebliche Anteile an der Hinterlassenschaft eines Verstorbenen entgingen, die ihr ohne Testament unbestritten zufielen. — Dem wollte der Vater der Frau dem Verbote zum Trotz vorbeugen. Aber es nutzte nichts, seine Tochter erhielt das ihr zugeschriebene Erbe erst nach einem sehr belangreichen Abzuge, den der Prior eines Klosters einsackte. Wären alle drei, der Mann, die Frau und deren Vater, in der Stadt gebürtig gewesen, wo Testamente Kraft und Gültigkeit hatten, so hätte der Frau die Erbschaft nicht geschmälert werden dürfen. So aber hatte jede dieser beiden Städte ihr besonderes Erbrecht, und der Mann war anderen Gesetzen unterworfen als seine mit ihm zusammenlebende Ehefrau.«

»Das ist allerdings höchst seltsam,« sagte die Gräfin.

»Und wie gedenkst du das Erbrecht zu behandeln?« fragte der Graf.

»Folgendermaßen: Alle, die gleich nahe zur Sippe stehen, erben unbeschränkt zu gleichen Teilen und brauchen von dem fahrenden Gut niemand etwas abzugeben.

Kein Geistlicher, sei er Bischof, Abt oder Mönch, und kein Stift oder Kloster darf von einem Laien etwas erben; nur bei Lebzeiten ihnen freiwillig gemachte Schenkungen dürfen sie annehmen. Der älteste Sohn erhält als nächster Schwertmage vom Heergeräte stets des Vaters Schwert, sein bestes Ross, gesattelt und gezäumt, seinen besten Harnisch und einen Heerpfühl. Die verwitwete Mutter ist Gast im Erbe des Sohnes, aber er muss ihr am Tisch und am Herd den besten Platz einräumen.«

»Merke dir das, Gerlinde!« sprach der Graf mit einem eigentümlichen Lächeln zu seiner Gemahlin.

Aber diese verstand den Wink in die Zukunft nicht oder wollte ihn nicht verstehen. Sie war in ihren Gedanken noch mit dem beschäftigt, was Eike über die Erbunfähigkeit der Geistlichen gesagt hatte, und wandte nun dagegen ein:

»Mit der unchristlichen Enterbung der Geistlichen und der Klöster beeinträchtigt Ihr doch die Einkünfte der Kirche.«

Eike zuckte die Achseln und erwiderte:

»Frau Gräfin, ich schreibe mein Buch keineswegs mit dem Vorsatze, die Kirche schädigen zu wollen; ich will nur das Recht schaffen und die Gerechtigkeit auf den Schild heben.«

»Und wie die Kirche dabei fährt, ist Euch gleichgültig!«

»Die Kirche ist schon zu reich und zu mächtig, und ihr Übergewicht über die weltlichen Stände darf nicht durch ein diesen zugefügtes Unrecht noch verstärkt werden.«

Gräfin Gerlinde schüttelte, in dem ihr anerzogenen streng kirchlichen Sinne gekränkt, missbilligend das Haupt und schwieg.

»Ihr seid damit nicht einverstanden, edle Frau,« fuhr Eike fort, »aber die Sache muss endlich einmal geregelt werden. In manchen Gegenden nämlich begünstigt die Geistlichkeit die

Errichtung von Testamenten und hilft gern dabei, um erbschleichen und der Kirche möglichst viele Vermächtnisse sichern zu können. Darum sollen Geistliche überhaupt nichts von Laien erben, weder mit noch ohne Testament.«

»Wie wollt Ihr das ändern?« fragte die Gräfin. »Wie wollt Ihr das, was dort als Recht gilt und anderswo als Unrecht empfunden wird, in Übereinstimmung bringen?«

»Durch Rechtseinheit binnen ganz Sachsenland!« tönte es wie ein Schlachtruf von des Ritters Munde. »Gleiches Recht für alle ohne Unterschied des Standes, ohne Ansehen der Person. Das natürliche Rechtsgefühl muss dem Volke erhalten bleiben oder wieder geweckt werden, wo es eingeschlafen und ihm verloren gegangen ist, damit auch der Ärmste weiß, was sein unanfechtbares Recht ist.«

»Darüber lässt das seit tausend Jahren bei uns eingeführte Römische Recht keinen Zweifel,« behauptete die Gräfin.

Eike staunte, wie bewandert die junge Frau in diesen schwierigen Begriffen war, und entgegnete:

»Hoch, sehr hoch schätze ich das tief durchdachte, sorgfältig ausgearbeitete Römische Recht, aber unser Volk kennt es zu wenig, mag es nicht und wird sich nie mit ihm befreunden. Darum will ich dem Volke das deutsche Recht wahren, das mit ihm verwachsen ist und das es vom römischen nicht überwuchern und verdrängen lassen will, und nicht bloß im Wortlaut des geschriebenen Gesetzes, sondern auch im gehandhabten Verfahren an der Dingstatt soll es ihm lebendig bleiben. Sitzend findet man Urteil, flehend schilt man Urteil unter Königsbann, heißt es da. Jedermann soll seine nothaftige Klage vorbringen und das Gerüste schreien, denn das Gerüste ist der Klage Beginn, und der verfestete Mann soll vor Schultheiß und Schöffen seine Aussage bei den Heiligen bewähren, soll auch einen Fürsprech haben, der aber kein Pfaffe sein darf. Kann er vor dem Gaugrafen im Echtding nicht aufkommen, so soll er seinen Gegner übersiebenen durch Eideshelfer oder dadurch, dass er ihn zum Kampfe grüßt, das heißt, dass er zu sieben Mann mit andern sieben für seine Sache kämpft. Wer dann siegt, der hat das Urteil behalten und ist im Rechte. Der andere wird von der Schöffenbank abgewiesen und hat, je nach Befund, Wergeld, Wedde und Buße zu zahlen.

Der überführte Verbrecher aber soll, wenn es ihm nicht gleich an Haut und Haar geht, nur da Frieden haben, wo man ihn weder sieht noch hört. So ist deutsche Art seit erdenklichen Zeiten.«

»Das Übersiebenen läuft auf Gottesurteil hinaus,« sagte der Graf. »Willst du die Ordalien nicht abschaffen?«

»Nein, wenigstens nicht ganz,« erwiderte Eike. »Glühendes Eisen tragen, über glühende Pflugscharen schreiten, in einen Kessel siedenden Wassers greifen bis an den Ellenbogen soll dem Beklagten auch künftig zum Beweise seiner Unschuld gestattet sein, wenn er sich anders keinen Frieden wirken kann. Das Volk hängt von alters an diesen wundersamen Entscheidungen, sieht in ihnen die Offenbarung des göttlichen Willens und nennt sie darum Gottesurteile.«

Die Gräfin, die der letzten Erklärung Eikes nur mit halbem Ohre gefolgt und in ein beharrliches Nachdenken versunken gewesen war, sagte jetzt:

»Ich kann mir nicht helfen, Herr von Repgow, aber ich hoffe, dass Ihr mit dem, was Ihr uns hier von Eurem gesetzgeberischen Vorhaben so mutvoll enthülltet, nicht durchdringt. Es gibt noch einen Kaiser im Reiche als obersten Hüter alles Rechtes.«

Eike lächelte fein und blickte fragend den Grafen an, der ihm blinzelnd zunickte:

»Jaja, nur heraus damit!«

Mit der Ruhe und Sicherheit eines entschlossenen, zielbewussten Mannes sprach Eike nun:

»Ich war beim Kaiser, Frau Gräfin, und habe ihm die wichtigsten Punkte meines Planes vorgetragen. Er hat mich in Huld und Gnaden angehört, mir in allen Dingen zugestimmt und mir seinen mächtigen Schutz und Schirm versprochen.«

Gräfin Gerlinde war zuerst sprachlos gegenüber dieser sie im höchsten Masse überraschenden Kunde. Dann fasste sie sich und stellte den Reppechower etwas von oben herab mit der herausfordernden Anzweiflung:

»Auch in den Dingen zugestimmt, deren Spitze gegen die Kirche gerichtet ist?«

»In denen am meisten,« triumphierte Eike.

»Echt hohenstaufisch!« höhnte die Gräfin in unverhohlenem Ärger.

»Echt hohenstaufisch!« wiederholte Eike mit Nachdruck, »das ist das richtige Wort, Frau Gräfin. Durch alle Kämpfe des Kaisers mit den Päpsten geht ein großartiger Zug entschiedenen Eintretens für die Unabhängigkeit des Reiches, der Fürsten und des Volkes von geistlicher Überhebung und Unterdrückung Das Volk muss wissen, dass Kaiser und Reich ihm Recht und Gesetz vorschreiben, nicht Papst und Kirche. Der Herrschsucht des Klerus und seiner Anmaßung, sich die Seelen der Menschen in ihrem Glauben und Denken bedingungslos zu unterwerfen, muss ein Damm gesetzt werden. Das Recht muss über die Gewalt, Vernunft über den Unsinn siegen.

So sprach Kaiser Friedrich zu mir, als ich in jener mir unvergesslichen Stunde zu Cremona vor ihm stand.«

Wie Schlag auf Schlag trafen diese Worte die besiegte Gegnerin, und sie wusste nicht, was sie darauf erwidern sollte.

»Erzählt mir mehr von dem vergötterten Freidenker Friedrich von Hohenstaufen,« bat sie dann, aber es klang immer noch ein wenig spöttisch.

Das tat Eike gern und berichtete ihr von seinem Besuche beim Kaiser und seiner Unterredung mit ihm so fesselnd und eindringlich, dass sie mit unverwandten Augen an seinen Lippen hing und alles, was er vorbrachte, mit wehendem Atem in sich einsog. —

Das Mahl an dem Altan dehnte sich lange aus, denn die drei vergaßen über dem lebhaften Sprechen und dem lernbegierigen Hören beinah das Essen. Eike geriet mehr und mehr in Begeisterung, Gerlinde empfand das Bestrickende seines Wesens und ward immer stärker davon angezogen, und Graf Hoyer ward immer heiterer und zugleich stolzer auf seinen rückhaltlos aus sich herausgehenden jungen Freund. Auch der edle Wein, den einzuschenken mit stummer oder lauter Mahnung zum Trinken der Graf nicht vergaß, wirkte auf die Stimmung und erhöhte sie zu einmütiger Fröhlichkeit.

Als der Graf wieder einmal den Becher Eikes gefüllt hatte, sagte dieser:

»Graf Hoyer, mich will fast bedünken, Ihr habt einen Fehltritt vom Wege Rechtens zu büßen und wollt ihn mit freigebiger Spendung eines reichlich bemessenen Trunkes sühnen.«

»Wie meinst du das?« fragte der Graf.

»Ja, es gab oder gibt vielleicht noch einen alten Brauch, wahrscheinlich heidnischer Herkunft, nach dem verfallene Gerichtsbußen und Pfänder lustig vertrunken wurden. Die Buße wurde dann so hoch wie möglich veranschlagt und die Menge des von dem Sünder herbeizuschaffenden Getränkes nach der Zahl der auf der Dingbank Sitzenden berechnet. Da hieß es dann ‘bei Strafe einer oder mehrerer Tonnen eingebrauten Bieres’, und man nannte das ‘vom Vogtsstab zehren’. Dem das Urteil fällenden Richter aber gebührte der Antrunk.«

Sie lachten, und der Graf sagte:

»Ich bin mir zwar keines Fehltrittes bewusst, aber du wirst doch diese köstliche Verordnung hoffentlich in den Artikel Strafrecht aufnehmen.«

»Selbstverständlich!« versprach Eike und grüßte den Burgherrn trunkfroh mit dem vollen Pokal.

»Wenn Ihr mehr so ergötzliche Stücklein wisst und der Nachwelt aufbewahren wollt, könnte auch ich mich vielleicht mit Eurem Buche noch aussöhnen, Herr von Repgow,« sprach die Gräfin mit einem huldvollen Lächeln.

»Wirklich, Frau Gräfin? Das würde mich sehr freuen,« erwiderte Eike. »Ich habe in der Tat auf meinen Streifereien manche närrischen und auch manche tief bedeutsamen Dinge erfahren. Da gab es zum Beispiel einen spaßhaften Brauch, wie man einen ertappten Übeltäter behandelte, über dessen Vergehen man gern ein Auge zudrücken und den man deshalb, so man ihn nicht im eigenen Gau aburteilen musste, entschlüpfen lassen wollte.

Dann führte man ihn an die Grenze des zuständigen Bezirkes, lieferte ihn aber nicht dem Fronboten aus, sondern band ihn mit einem Zwirnsfaden an den Grenzpfahl und überließ ihn dort seinem Schicksal, das ja nun die in der Hand hatten, deren Gerichtsbarkeit er damit übergeben war. Sobald sich aber die Häscher entfernt hatten, löste der Angebundene mit Leichtigkeit seine dünnen Fesseln und entsprang, aller Strafe frei und ledig, und kein Hahn krähte danach.«

»Das gehört in das Fremdlingsrecht, Eike,« bemerkte der Graf.

»Werde mich hüten, einer solchen Art von Rechtspflege irgendwelchen Vorschub zu leisten,« versetzte Eike. »Aber hört von einem anderen Brauche, der für die tief eingewurzelte Heiligkeit des Hausfriedens ein beredtes Zeugnis gibt. Ehemals war es in Dörfern und einsamen Gehöften allgemeine Sitte, nachts die Haustür auszuhängen und den Eingang für jeden, den es danach gelüsten sollte, frei und offen zu lassen. Niemand wagte es, die Schwelle zu überschreiten, so hoch und unverbrüchlich ehrte man dieses blinde Vertrauen.«

»Ein schöner Zug deutschen Volkslebens,« sagte der Graf, »aber ich lasse mein Außentor lieber nicht offen stehen, obwohl ich gegenwärtig keinen bösen Feind zu fürchten habe.«

»Des Ritters Dowald von Ascharien wegen, denkst du. Ja, der könnte vielleicht einmal bei Nacht und Nebel einreiten,« lachte die Gräfin.

»Richtig! Der brächte das fertig, wenn er wüsste, dass die Brücke nicht aufgezogen ist.« —

Es war spät geworden und beinahe dunkel. Aber sie wollten auf dem Altan weder Fackeln noch Kerzen haben; die silbernen Trinkgeräte blinkten noch sichtbar genug, und der Becher fand auch ohne Beleuchtung unfehlbar den Weg zum Munde. Trotzdem und obgleich es windstill und auch noch warm war, riet die Gräfin bald zum Aufbruch um ihres Gatten willen, dessen Herzen ein noch längeres Trinken schädlich werden konnte.

»Schon?« meinte der Graf, »es sitzt sich so wohlig hier, und ich bin in Eurem scharfen Geplänkel kaum zu Worte gekommen. Auch ist uns Eike noch manches Wichtige schuldig geblieben; vom Lehnsrecht, vom Land-, Stadt- und Weichbildrecht hat er uns bis jetzt noch gar nichts gesagt.«

»Das kann er ein andermal nachholen,« erwiderte die Gräfin, »heute hat er uns aus seinem reichen Wissen schon die Hülle und Fülle geboten. Wir werden stets mit Freuden seinen weiteren Mitteilungen lauschen und dürfen darauf hoffen; nicht wahr, Herr von Repgow?«

»Gewiss, Frau Gräfin! Ich bin jederzeit gern bereit dazu,« versicherte Eike. »Nur möchte ich Euch nicht mit Aufdeckung zu vieler Einzelheiten ermüden. Ich kann Euch doch nicht alle Kapitel meines Buches in endloser Reihe vorführen mit den unzähligen verschiedenen Rechten, die ich dazu gesammelt und den Anschauungen und Anforderungen der Gegenwart gemäß bearbeitet und ausgebildet habe.«

»Ich füge mich, für heute sei es genug,« sagte der Graf und sträubte sich nicht länger gegen den Vorschlag seiner Gemahlin, sich zur Ruhe zu begeben. Unten im Garten wartete schon Folkmar mit einer Laterne, um für die Herrschaften die Pfade zur Burg hinein genügend zu erhellen.

Sie erhoben sich vom Tisch, alle drei der Freude voll über diesen so schön verlebten Abend, und traten, als könnten sie sich noch nicht trennen, an die Brüstung, von wo aus jedoch nichts mehr zu sehen war als die oberen Umrisse der Berge, wie sie sich matt vom Himmel abzeichneten. Im Tal und über allen Wipfeln und Gipfeln träumte die von Sternenglanz durchflimmerte Frühlingsnacht.

Sechstes Kapitel.

Die Tage auf der Burg zogen einer wie der andere gleichmäßig vorüber, und zwischen den gräflichen Wirten und ihrem Gaste waltete fröhliche Eintracht. Eike war rastlos an der Arbeit und diktierte Wilfred bald aus dem Kopf in die Feder, bald ließ er ihn Abschrift machen von dem, was er selber schon im Ausdruck fertig mit vielen Änderungen und Verbesserungen zwischen den Zeilen zu Papier gebracht hatte.

Selten kam bei Tische die Rede wieder auf das Buch und dann nur mit wenigen Worten, weil Eike erregte Auseinandersetzungen über strittige Punkte aus Rücksicht auf die Gräfin vermeiden wollte, so gern er auch ihre oft treffenden Bemerkungen anhörte, die sogar manchmal zu noch größerer Klärung seiner eigenen Ausführungen beitrugen.

Ihre Einwände gegen Eikes Beurteilung mancher Dinge flossen aus zwei verschiedenen Quellen. Einerseits aus der streng kirchlichen Richtung, in der sie von klein auf erzogen war, und andernteils aus den geschichtlichen Überlieferungen ihrer Vorfahren, denn ihre Mutter war der Sprössling einer lombardischen Adelsfamilie. Die Lombarden aber waren seit Menschenaltern die unversöhnlichen Gegner der Hohenstaufen und daher voreingenommen und widerspenstig gegen alles, was die deutschen Kaiser anordneten, begünstigten und beschütztem Diese auch gegen Friedrich II. aufsässige Gesinnung hatte sich auf Gerlinde vererbt.

Die südländische Abstammung verriet schon ihr Äußeres. Sie hatte schwarzes Haar, dunkle, glutvolle Augen und eine ins Bräunliche spielende Hautfarbe.

Aber auch ihre lebhafte Art im Sprechen und Sichgeben deutete auf Heißblütigkeit und Leidenschaftlichkeit als angeborene Eigenschaften der italienischen Rasse. Sie konnte die stolz gebietende Herrin herauskehren, aber auch von heiterer Natürlichkeit und Herzensgüte sein gegen alle Insassen der Burg, die mit nie wankender Treue an ihr hingen und jedem ihrer Befehle freudig gehorchten.

Als sie Gräfin von Falkenstein geworden war, hatte sie das Schloss ausgerüstet mit allem, was das Leben angenehm und genussreich machen konnte, vorgefunden, hatte aber auch das Ihrige getan, diesen Zustand zu erhalten, und der Ausschmückung der Wohnräume noch manches ergänzende und verschönernde Gerät hinzu gefügt. Das größte Gemach in der Burg hieß der Speisesaal, weil die Herrschaften dort zu speisen pflegten, aber die Bezeichnung Saal verdiente es kaum, denn es war nur von mäßigem Umfang, doch immerhin größer als alle anderen. Man hatte bereits Glasfenster auf dem Falkenstein, auch farbige und mit gemusterten Vorhängen versehene. Die Wände der Gemächer waren entweder bemalt mit figürlichen Darstellungen aus der heiligen Legende und dem sächsischen Sagenkreise oder mit kostbaren Geweben, sogenannten 'heidnischen Teppichen' aus dem Morgenlande bedeckt. Auch die auf Kragsteinen oder Säulen ruhenden Rauchmäntel der Kamine, in denen beim flackernden Feuer mit Thymian und Wacholder geräuchert wurde, waren mit Malereien oder breiten, bestickten Borten verziert, und von den Gewölben schwebten hölzerne Kronleuchter, aus deren Stacheln dicke Kerzen gespießt waren. Über die schweren Tische und die geschnitzten Truhen waren bunte Tücher gebreitet und Rückelaken über die Lehnen der Sessel, zumeist Gerlindes eigenhändige Arbeit, weil sie sich viel und gern mit kunstfertigen Stickereien beschäftigte

Aber auch in ihrer persönlichen Erscheinung bewies Gräfin Gerlinde erlesenen Geschmack und Schönheitssinn und verstand es, sich gut zu kleiden. Ihre hochgebaute Gestalt mit den herrlichen Gliedern war meist in ein hell schimmerndes Gewand gehüllt, das von einem mit blitzenden Steinen besetzten, vorn lang niederhängenden Gürtel umschlossen war und in weichen Falten zu den Füßen hinabfloss. Das Haar trug sie gewöhnlich aufgelöst, dass es ihr in seiner üppigen Fülle frei über Nacken und Rücken wallte, um die Stirn aber ein Schapel, ein einfaches Band oder einen schmalen Goldreif, im Sommer auch wohl einen Kranz von Blumen oder frischem Laub.

Zu ihrem liebsten Zeitvertreib gehörten außer der Stickerei vornehmlich Gesang und Harfenspiel, die nicht nur ihr selber Freude machten, sondern auch dem Gottesdienst in der Kapelle zustattenkamen. Graf Hoyer duldete nämlich seit Jahren keinen Burgkaplan mehr auf dem

Falkenstein, weil er mit dem zuletzt angestellten eine schlimme Erfahrung machen musste, die ihn zur sofortigen Entlassung des Pflichtvergessenen bewogen und ihm dieses allgemein übliche Hofamt verleidet hatte. Seitdem hielt er die sonntäglichen Andachten in der Kapelle selber ab.

Auf einem schönen Kissen von Brokat, in den Blumen ranken mit darin sitzenden Vögeln eingewebt waren, kniete er vor dem Altar und betete seiner kleinen Burggemeinde das *Pater noster*, das *Ave Maria* und die Litanei vor, wozu die Versammelten die Responsorien murmelten. Bisweilen kam ein Mönch aus dem Kloster Hagenrode, nahe bei· Harzgerode, und las die Messe.

Dann saß die Gräfin auf einer Empore, spielte eine fromme Weise auf ihrer Harfe und sang ein ernstes Lied mit einer wohllautenden, etwas tief liegenden Stimme.

Wenn dann die Sonne durch die gemalten Fenster schien und die Kapelle mit farbigem Licht erfüllte, so schwebte durch den Raum eine weihevolle, die Gemüter erhebende Gottesnähe. —

Schon waren der Gräfin sechs Jahre an der Seite ihres viel älteren Gemahls ohne irgendein denkwürdiges Ereignis langsam dahingegangen. Nur selten hatte sie den Falkenstein zu einem Ausflug in eine benachbarte Grafschaft verlassen und nur dann und wann den kurzen Besuch befreundeter Standesgenossen empfangen.

Und nun hatte sie auf einmal und auf die voraussichtliche Dauer von mindestens sechs Monaten einen Gast in der Burg, der ihr, ehe sie ihn kannte, wenig willkommen gewesen war.

Das hatte sich von dem Tage seines Eintreffens an geändert. Eike von Repgow war ihr ein werter und lieber Gesell geworden, dessen Gegenwart sie erfreute und dessen ritterliches Wesen sie in hohem Grade anmutete. Mit seinen weit ausgreifenden gesetzgeberischen Plänen konnte sie freilich nicht gleichen Schritt halten, ihre Ansichten und Meinungen mit den seinigen nicht immer in Einklang bringen und seine entschiedene Abneigung gegen Kirche und Geistlichkeit nur tief bedauern. Seiner Unkirchlichkeit wegen machte sie sich sogar ernste Sorgen um ihn und überlegte schon, wie sie ihn sacht und allmählich zu einer anderen, der ihrigen mehr entsprechen den Auffassung bekehren könnte, freilich mit nur schwacher Hoffnung, soviel Einfluss auf den in sich gefesteten Denker und Gelehrten zu gewinnen.

Dennoch erfüllte sie sein kühnes Werk, sein Mut und sein Wille, Rechtseinheit in ganz Sachsenland einzuführen, mit der größten Hochachtung. »Das Recht schaffen und die Gerechtigkeit auf den Schild heben,« hatte er gesagt. Klang das nicht wie ein Wahlspruch für sein ganzes Leben und Streben?

Durchdrungen von der Anerkennung seiner vaterländischen Gesinnung bewunderte sie zugleich sein umfassendes Wissen und seine hinreißende Beredsamkeit, womit er sie gefangen nahm und wie mit Zauberbanden fesselte.

Jener Abend auf dem Altan haftete, obwohl er schon Wochen zurücklag, unauslöschlich eingeprägt in ihrer Erinnerung, und ihr klopfte das Herz, wenn sie sich vergegenwärtigte, wie Eike ihr dort gegenüber gesessen und das, was ihn im Innersten bewegte, ihr und dem Grafen offenbart hatte. Sie sah ihn noch in der jugendlichen Vollkraft seiner Jahre mit den edel geformten Zügen und den flammenden Augen, hörte noch seine vor Erregung manchmal leis' bebende Stimme und empfand noch einmal die heimlichen Schauer, die sie bei seinem packenden Vortrage durchrieselt hatten. Und so sah sie ihn nun tagtäglich, und auch dann, wenn er körperlich nicht zur Stelle war, stand doch sein Bild, wie sie es sich von ihm schuf, lebendig vor ihr und ließ sich nicht verscheuchen. Wohl versuchte sie, dagegen anzukämpfen und sich von dem bestrickenden Banne frei zu machen mit dem ihr strenggläubiges Gewissen aufrüttelnden Bedenken: er ist doch ein halber, wenn nicht ein ganzer Ketzer, mit dem man Mitleid haben, dem man aber nicht uneingeschränkte Verehrung zollen kann. Was half es ihr? Eike von Repgow war in ihr Leben getreten wie ein Stern, der jetzt erst am Himmel aufgegangen war und mächtig in ihr Schicksal einzugreifen drohte. In träumerischer Bangnis fragte sie sich: wird er dir Glück oder Unglück bringen?

Es war in ihrem kleinen, höchst behaglich eingerichteten Frauengemach, wo sie sich solchen Erwägungen hingegeben hatte. Dort befand sich unter allerlei kostbarem Hausrat ein schlichtes Betpult, ein altes Erbstück ihrer Familie, das sie von Hause hierher mitgebracht hatte und über dem an der Wand eine aus Elfenbein geschnitzte Mutter Gottes mit dem Jesuskinde hing. Hier kniete jetzt Gräfin Gerlinde nieder und betete zur heiligen Jungfrau für Eike von Repgows schwer gefährdetes Seelenheil —.

Der tagsüber in seinen Schriften vergrabene Gast ahnte nicht, dass die Herrin der Burg sich so viel mit ihm beschäftigte und mit welcherlei Betrachtungen sie ihn unablässig umwob. Nur mittags und abends kam er aus seiner Werkstatt in die Räume, die zum gemeinsamen Aufenthalt dienten, und pflegte mit Graf und Gräfin eine alle drei erfrischende Geselligkeit. Dort ruhten Gerlindes Augen oft sinnend auf seinem Antlitz, als wollten sie eindringen in den tiefen Schacht, dem er das Gold und das Eisen entnahm, woraus er in stiller Geistesarbeit seinem Volke Gesetze schmiedete. Wenn sich dann sein und ihr Blick zufällig begegneten, schlug sie geschwind die Augen nieder, und ein rosiger Hauch glitt über ihre bräunlichen Wangen. O, wie schön war sie dann in ihrer rührenden Beschämung und Verwirrung! Eike fühlte sich davon ergriffen, und ihm war, als müsste er sein Haupt neigen vor so entzückender, unbewusster Anmut.

Höher aber als ihre blühende Schönheit schätzte er ihre geistigen Vorzüge, ihre schnelle Auffassungsgabe und ihre stets bereite Empfänglichkeit für alles, was dem Leben inneren Wert oder äußeren Schmuck verlieh. Während der Mahlzeiten plauderte er gern mit ihr über Dinge, die ihnen beiden am Herzen lagen, und hörte ihr ebenso begierig zu wie sie ihm. Nur über sein Buch sprach er fast niemals, obwohl sie ihn bei Tische mehrmals darauf hindrängte, weil sie in der Unterhaltung über seine fortschreitende Arbeit den Weg zu gegenseitiger seelischer Annäherung und wachsendem Vertrauen sah.

Eike merkte wohl ihre Absicht, ihn auszuforschen, aber nicht den damit verfolgten Zweck, sondern glaubte, dass sie nur Gelegenheit zu erneutem Streiten suche, um sich in glänzenden Wortgefechten mit ihm zu messen. Hätte er Gerlindes wahren Zweck erkannt, hätte er ihr mit Freuden jeden Einblick in sein Werk gestattet, seiner und ihrer sicher, dass er mit seinen Aufklärungen ihre Zweifel und Bedenken zerstreuen und sie ihm zur Verständigung das weiteste Entgegenkommen zeigen würde. Nur ihr zuliebe hielt er ja, in seinem Irrtum befangen, mit seinen lehrhaften Erläuterungen zurück, um sie nicht zum Widerspruch zu reizen, zu verstimmen und dadurch das freundliche Verhältnis, das zwischen ihnen waltete, zu trüben.

Darum blieb er bei seiner unausgesprochenen Weigerung, und ihre deutlichen Winke, mehr von seinem Buche zu reden, prallten an seiner hartnäckigen Verschlossenheit, deren Gründen sie vergeblich nachspürte, machtlos ab. Aber ihr Verkehr miteinander litt unter dieser Geheimtuerei, wie es die Gräfin nannte, durchaus nicht. Der war bei regem Meinungsaustausch über allerhand sonstige, des Erwähnens werte Gegenstände nach wie vor ein heiterer, harmloser, bald schalkhaft und neckisch, bald ernst und sinnig, von Eikes Seite stets ehrerbietig, von ihrer feinfühlig und ohne jede Zimperlichkeit.

Während er ihr nun in dem einen Punkte nicht nachgab, warb er bei ·allen anderen Gelegenheiten des täglichen Umganges mit desto größerer Beflissenheit um ihre Gunst, die sie ihm auch, holdselig dazu lächelnd, reichlich zuteilwerden ließ. Dabei wehrte er sich nicht gegen den Eindruck, den ihre sinnberückende Erscheinung und ihr liebenswürdiges Wesen allstunds auf ihn machte.

Er folgte mit den Augen allen ihren Bewegungen, zumal ihrem schwunghaften, federnden Schreiten, das in den Gemächern wie im Freien etwas leicht Schwebendes und Hoheitliches hatte.

Diesen Eindruck, der so stark war, dass Eike ihn nicht verhehlen konnte, wurde Gerlinde bald gewahr, und, ob auch weit entfernt von kleinlicher Eitelkeit und Gefallsucht, vergaß sie doch nie, auf sich zu achten und sich ihm stets von der vorteilhaftesten Seite zu zeigen.

So spannen sich von innen heraus und außen herum allmählich zarte, geisterhafte Fäden zwischen ihr und ihm, die sich miteinander verschlangen und verknüpften und zu einem dichten Gewebe der hinüber und herüber gleitenden Gedanken und Gefühle wurden. —

Graf Hoyer hatte seine Freude an dem trauten Einvernehmen Eikes mit Gerlinde und trug, was er konnte, dazu bei. Hatte er doch seinem Gaste gleich bei dessen Ankunft den Wunsch ans Herz gelegt, sich mit seiner jungen Gemahlin auf einen guten Fuß zu stellen und sich in aufmunternder Weise so viel wie möglich mit ihr abzugeben; er und sie würden es ihm Dank wissen. Und nun sah er zu seiner Genugtuung, wie Gerlinde seit Eikes Anwesenheit förmlich auflebte und einen Frohsinn entfaltete, den er noch gar nicht an ihr kannte.

Eikes wiederholte Ablehnung, zu Gerlinde von seinem Buche zu reden, deutete er sich ganz richtig, dass er nur ihre leicht verletzte Hinneigung zu kirchlichen Dingen, die er seinerseits nicht teilte, rücksichtsvoll schonen wollte.

Gegen ihn selbst, den Grafen, der ihn zuweilen in seinem Arbeitsgemach aufsuchte, verhielt er sich keineswegs so ablehnend, sondern besprach manche Einzelheiten mit ihm und holte in wichtigen Fragen gern den Rat des erfahrenen und weltkundigen Gerichtsherrn ein, wobei er dann oft »unser Buch« statt mein Buch sagte, eine für den Grafen schmeichelhafte, aber ehrlich gemeinte Bezeichnung, die Hoyer als unverdient zurückwies.

Manchmal kam es aber auch zu Meinungsverschiedenheiten zwischen beiden, die sie hitzig miteinander durchfochten, bis einer den anderen überzeugte. Das gelang indessen nicht immer, und wenn Eike bei dem blieb, was er geschrieben hatte, musste der Graf nachgeben, was übrigens ihrer Freundschaft keinen Abbruch tat.

Von seiner Herzschwäche hatte der Graf jetzt wenig zu leiden, so dass er ohne Beschwer im Forst umherwandern und auf die Berge steigen konnte. Er ließ sich in stundenweiter Entfernung von der Burg ein Jagdhäuschen errichten, um, mit dem nötigen Mundvorrat versehen, dort zu nächtigen und im Morgengrauen auf den Anstand zu gehen.

Gewinn von des Grafen zeitweiliger Abwesenheit hatte nur Wilfred, weil sein Plagegeist, der schreibwütige Ritter, der ihm und sich selber wenig Muße gönnte, an solchen Tagen das Beisammensein mit der Gräfin merklich ausdehnte und infolgedessen seinem schmählich Unterjochten nicht beständig auf die Finger passen konnte. Das machte sich der auf rastlose Arbeit gar nicht Erpichte natürlich zunutze, legte, falls er überhaupt im Zimmer und auf seinem Schreibstuhl hocken blieb, die Feder vergnügt beiseite und streckte sich auch wohl auf der Ruhebank lang aus, als wäre er nun der Herr in diesen schönen vier Wänden.

Er sehnte sich schon längst wieder nach einem freien Tage, um zwei Besuche abzustatten, die er bisher aus mancherlei Gründen hatte aufschieben müssen. Aber morgen war ja wieder Sonntag, da hoffte er alle Hindernisse beseitigen und sein Vorhaben endlich ausführen zu können.

Siebentes Kapitel.

Gräfin Gerlinde hatte es schon bald nach ihrem Einzuge auf dem Falkenstein durchgesetzt, dass an Sonn- und Feiertagen keine anderen Beschäftigungen in der Burg vorgenommen werden durften als die notwendigen Verrichtungen im Haushalt. Selbst Eike fügte sich ihrer freundlichen Bitte, dann zur Heiligung des Tages auch auf seine völlig geräuschlose Schreibarbeit zu verzichten, was er ohne den ihm ausgesprochenen Wunsch nicht getan haben würde. Dass er dem Gottesdienst in der Kapelle beiwohnte, verstand sich von selbst, zumal Gerlinde durch Harfenspiel und Gesang dabei mitwirkte.

Heute war Sonntag, und der Falkenstein stand, von der Morgensonne beschienen, auf seiner Bergeshöhe wie ein einsames, verwunschenes Schloss, in dem kein Leben war. Kein lautes Hantieren und Scharwerken, kein Pferdegetrappel und Rüdengebell störte die Ruhe, nur dass einmal die Kette des Ziehbrunnens klirrte, wenn sie in der Küche Wasser brauchten. Die Dienstleute, die über den Hof gingen oder treppauf und treppab stiegen, traten leise auf und sprachen mit gedämpfter Stimme.

Auch von innen heraus drang kein Ton durch die dicken Mauern, als wenn die vielen, die in den Gebäuden ihren Pflichten obliegend hausten, den Tag verschlafen wollten. Es herrschte von früh bis nach vollbrachtem Gottesdienst, der ziemlich spät begann und gewöhnlich erst kurz vor Mittag endete, eine fast unheimliche Stille, aber die Herrin wollte es so haben, also ward es so gehalten, und niemand wagte, gegen den eingeführten Brauch zu verstoßen.

Von Mittag an aber konnten alle, Mannen, Jäger, Knechte und Mägde, tun und treiben, was ihnen beliebte; kein unduldsamer Befehl lähmte ihre Belustigungen und verbot ihnen den Mund. Sie durften, falls nicht besondere Verabredungen und Veranstaltungen vorlagen, dann auch gehen, wohin sie wollten, wenn sie nur abends vor Toresschluss wieder innerhalb der Ringmauern waren, und dass sie dies waren, dafür sorgte des Torhüters unbestechliche Wachsamkeit.

—

Wilfred genoss in den Kreisen des Burggesindes ein gewisses Ansehen, das er weniger seinen persönlichen Eigenschaften als seiner Herkunft und seiner Ausnahmestellung verdankte, denn er gehörte nicht zu den Dienen den, wenn er auch mit ihnen lebte und ganz so wie sie unter der Botmäßigkeit des Grafen stand. Er war der Sohn des verstorbenen Wild- und Waffenmeisters, der nächst den Herrschaften der erste auf der Burg gewesen war, kam in Ausübung seines Amtes als Schreiber häufiger in unmittelbare Berührung mit dem Grafen und galt als ehemaliger Klosterschüler bei den übrigen Untergebenen für einen Studierten, der beinahe geistlich geworden wäre.

Daher spielte er in der Dirnitz, dem Versammlungs- und Aufenthaltsraum der Dienerschaft, eine seiner Meinung nach große Rolle, die jedoch von Neidern und Gegnern, an denen es ihm auch nicht gebrach, zuweilen stark angefochten wurde. Er war nicht Jüngling mehr, aber auch noch nicht zum Manne gereift, von schmeidiger, leichtbeweglicher Gestalt und selbstbewusstem, meist seelenvergnügtem Gesichtsausdruck. Sein lockiges, braunes Haar hing ihm ziemlich tief in die Stirn, und aus seinen ebenfalls braunen Augen lugte eine lauernde Verschlagenheit. Die anderen hörten ihn gern von seinen Vagantenfahrten und den Abenteuern, die er in der Fremde erlebt haben wollte, berichten und hatten ihren Spaß an den frechen Aufschneidereien, die er ihnen dabei unverfroren auftischte. So erzählte er einmal, er wäre eines Tages gegen Abend mit zweien seinesgleichen in ein Dorf gekommen, wo sie gebettelt hätten, und weil man ihnen nichts geben und sie auch nicht her bergen wollte, hätten sie die hartherzigen Geizhälse mit höllischen Flüchen und kabbalistischen Beschwörungen überschüttet, um sie zu ängstigen. Da wären sie aber von ihnen ergriffen und alle drei in einen Teich geworfen worden. Und was hätten sie nun getan? Sie hätten das ganze Dorf in Brand gesteckt, um an dem Feuer ihre nassen Kleider zu trocknen. Solcherlei Geschichten brachte er, immer neue, eine immer noch toller und verwegener als die andere, vor, und Mannen und Mägde lohnten es ihm mit Beifall und fröhlichem Lachen. Manche von ihnen trauten ihm aber nicht und meinten, er würde gewiss noch weit schlimmere Stücklein auf der Seele haben, denn ihn scheuchte doch kein Strohwisch von verbotenen Wegen, worauf Wilfred überlegen schmunzelte, was so viel heißen sollte wie: na, wenn ich reden wollte!

Seine aufmerksamste Zuhörerin und zugleich treueste Anhängerin war die rotblonde, sehr hübsche und aufgeweckte Zofe Melissa, die er bei seinen gelegentlich ausgeführten Schwänken hier stets auf seiner Seite hatte.

Der Schalk saß ihr im Nacken, aus ihren spiegelhellen Augen blitzte es wie Frühlingsgruß, und ihre schwellenden Lippen konnten verführerisch lächeln, als spräche sie: trutz! wer darf mich küssen? Was Wilfred übrigens öfter tat und sie ihm selten wehrte. Denn die beiden hatten ein heimliches Techtelmechtel miteinander, das jedoch über lustige Neckereien und unverfängliche Liebkosungen nicht hinausging.

Wie willig sie ihrem Günstling bei seinen Schelmenstreichen half, bewies ein Vorfall, der nichts anderes als die von Wilfred ausgeheckte Vergeltung für eine ihm vom Torwart Goswig zugefügte Unbill war.

Dieser hatte den Schreiber, als er einmal ein wenig zu spät von der Talmühle heimkehrte, nicht mehr in die Burg eingelassen, trotz seinem Bitten und Flehen das eben erst geschlossene Tor nicht wieder geöffnet und ihm von innen höhnisch zugerufen: »Komm zur rechten Zeit, du Nachtschwärmer! Dann findest du immer Einlass; jetzt wünsch’ ich dir angenehme Ruh’ draußen im Grünen«. Es war aber damals noch gar nicht grün im Walde, denn das Laub der Sträucher und Bäume fing erst an, sich zu entfalten und gewährte daher dem Ausgesperrten keinen Schutz vor dem in der ganzen Nacht herabrieselnden Regen, der ihn bis auf die Haut durchnässte.

Gern hätte er dieses feuchte Nachtquartier verschwiegen, wenn er nicht infolge der Erkältung, die er sich dabei zugezogen, am Morgen stockheiser geworden und dies mehrere Tage lang geblieben wäre. Das ließ sich natürlich nicht verheimlichen, und nach der Ursache davon befragt, musste er seine nächtliche Aussperrung eingestehen und hatte nun neben dem Schaden auch noch den erbarmungslosen Spott sämtlicher Burgbewohner zu tragen. Dafür wollte er sich an dem schändlichen Alten mit einem empfindlichen Schabernack rächen.

Goswig trug Winters und Sommers eine Pelzkappe von Marderfell, die er während der Mahlzeiten in der Dirnitz ab und zu beiseite legte. Eines Sonntags nun, wo der Abendtrunk für die Leute stets sehr reichlich gespendet wurde, stahl sich Wilfred mit der Pelzkappe hinaus und bestrich sie inwendig mit Vogelleim, den ihm Melissa zu dem Zwecke bereitet hatte. Diese musste dann den Torwart durch ihr Geplauder so lange beim Becher festhalten, bis er mehr als genug hatte. Als er sich dann die Kappe vor dem Abschiede, den Melissa möglichst zu verzögern suchte, wieder aufstülpte, merkte er in seinem angeheiterten Zustande nicht, was inzwischen damit geschehen war. Auf dem Wege zu seinem Torstübchen war sie ihm nun schon so fest angeklebt, dass er sie nicht vom Kopfe losbekommen konnte und sich mit ihr zu Bett legen musste. Anderen Mittags behielt er sie gegen seine Gewohnheit bei Tische auf, und darüber zur Rede gestellt, stieß er ärgerlich heraus: »Ist mir über Nacht angewachsen, ich kriege sie nicht ab; die alte Heidin Suffie, die mir spinnefeinde Zaubersche, muss sie mir angehext haben.« Wilfred und Melissa tauschten verstohlen einen Blick, und letztere sagte am Ende des gemeinsamen Mahles: »Goswig, gegen Großmutter Suffies Hexerei bin ich machtlos, aber versuchen will ich’s doch, Euch davon zu befreien; haltet mal still!« Nun machte sie sich über ihn her, um ihm die angeleimte Pelzmütze vom Kopfe herunterzuziehen. Aber das ging nicht so leicht vonstatten, trotzdem zwei andere Mädchen, die entweder den Spuk durchschauten oder von Melissa eingeweiht waren, sie kichernd dabei unterstützten. Mit warmem Wasser erweichten sie den hart gewordenen Klebstoff und zupften und zerrten alle drei vorn, hinten und über den Ohren an der Mütze herum, dass er vor Schmerzen jammerte und stöhnte.

Als er, von der Marter endlich erlöst, sich die Innenseite seiner Pelzkappe betrachtete, schrie er auf: »Was? Das ist keine Hexenkunst, das ist ja Vogelleim! Kein anderer als der Böswichtsbube, der Fred, ist’s gewesen, und du falsche Kammerkatze — ich seh’ dir’s an — hast deine Krallenpfoten, mit denen du mich so grausam am Kopfe gezwickt und gezwackt hast, dabei im Spiele gehabt,« wandte er sich, die Faust schüttelnd, zu Melissa.

»Aber wartet, ihr hinterlistigen Satanskinder, das will ich euch ankreiden und mit Zinsen heimzahlen!« Wutschnaubend entwich er aus der Dirnitz, war noch tagelang muckig und einsilbig und schnitt alles Gehänsel über den ihm angetanen Schimpf mit kurzen, derben Worten ab.

Wilfred aber beruhigte die von Goswigs Drohungen eingeschüchterte Melissa mit dem Hinweis, dass sie ja unter dem Schutz der Gräfin stünde, und er selber wüsste nun, wie er mit dem alten Bärbeiß dran wäre und würde, ohne ihn im geringsten zu fürchten, auf seiner Hut vor ihm sein. Damit gab sie sich zufrieden und dankte ihrem Tröster in der zärtlichsten Weise.

Melissa war gegen die Fehler und Untugenden ihres Freundes keineswegs blind und hielt doch treulich zu ihm, obwohl sie keine Hoffnung auf eine glückliche Zukunft an seiner Seite hatte. Was sie eigentlich zu dem übermütigen Gesellen so stark hinzog, davon konnte sie sich selber keine Rechenschaft geben. Es war nun einmal so, und sie machte sich nicht viel Gedanken darüber.

Aus einer ihr sonniges Dasein etwas verdunkelnden Wolke aber fiel zuweilen ein Tropfen Wermut in den Becher ihrer sprudelnden Lebenslust. Sie hatte erfahren, dass Wilfred sich um die Gunst einer anderen bemühte, und wenn dies auch nicht aus Liebe geschah, so war sie doch stets betrübt und gekränkt, wenn er sich zu jener hinschlich, zu einer, die zum Arbeiten zu faul und zum Denken zu dumm war. Es war die Tochter des Talmüllers, ein noch nicht mal hübsches, verzogenes und launenhaftes Ding, das aber ein nicht unbeträchtliches väterliches Erbe zu erwarten hatte. Nach diesem Goldfisch angelte Wilfred, scharwenzelte um die Begehrenswerte herum und führte seine gerissensten Künste ins Treffen, sie sich gewogen zu machen. Luitgard — so hieß sie — nahm seine Huldigungen einmal entgegenkommend, ein andermal nachlässig hin, wies ihn schnippisch ab oder ermunterte ihn, wenn sie gerade keinen anderen Anbeter am Bändel hatte. Sie besaß nämlich ihres Geldes wegen deren mehrere in der Umgegend, die sie mit gefallsüchtigem Betragen anlockte und mit halben Verheißungen hinhielt und denen sie dann wieder, je nach Laune, hochnäsig und schroff den Rücken zukehrte.

So trieb sie auch mit Wilfred ihr leichtfertiges und schnödes Spiel, wollte es jedoch mit ihm ebenso wenig wie mit den anderen verderben, weil sie das Schmeicheln und Schöntun junger Männer nicht entbehren konnte. Dem »armseligen Federklauber, dem flattrigen Habenichts, der sich als verlumpter Vagant Gott weiß wie und wo in der Welt herumgetrieben,« die Hand zum Bunde fürs Leben zu reichen, fiel ihr im Traume nicht ein. »Er hat vielleicht einmal einen Tisch und nichts darauf, eine Kanne und nichts darin, einen Spieß am Feuer und nichts daran,« hatte sie einmal von ihm gehöhnt.

Heute, am Sonntagnachmittag, eilte er seit langer Zeit zum ersten Male wieder zu ihr, und das war der eine von den zwei Besuchen, nach denen er sich schon lange gesehnt hatte.

Achtes Kapitel.

Die Talmühle, ein dem Grafen eigenes Erblehen, lag nahe dem Fuße des Bergkegels, der Schloss Falkenstein trug, an der vielgewundenen Selke, die mit alten Weidenbäumen und mit Erlengesträuch umsäumt war und an deren Ufern dichtes Röhricht mit violetten Federbüschen und großblättriger Huflattich wuchs. Durch ihre glitzernden Wellen schossen rotgesprenkelte Forellen hin und her, und über ihrem Spiegel tanzten Mückenschwärme.

Auf den Strohdächern der niedrigen Mühlengebäude wucherte Moos und kugelige Hauswurz mit mattrosigen Blüten auf fleischigem Stängel. Das Wasserrad stand heute still, aber wenn es sich rauschend und schaumsprühend drehte, einen durchsichtigen Silberschleier über den Schaufeln, so gab das ein schönes, lebendiges Bild, das Blick und Gedanken des vorüberkommenden Wanderers eine Weile festhielt.

Wilfred traf bei seiner Ankunft dort die Bewohner zu Hause mit Ausnahme des einzigen Sohnes, der als Mühlknappe dem Vater im Handwerk rüstig beistand, sich aber heute nach Meisdorf beurlaubt hatte, wo er gute Gesellen beim Sonntagsbier im Kruge zum braunen Hirsche sitzen wusste.

Groß willkommen in der Mühle hieß man ihn nicht und hätte ihn wahrscheinlich noch kühler aufgenommen, wenn sein Vater nicht ein alter, treuer Freund des Müllers und seiner Frau gewesen wäre, dessen Andenken sie in Ehren hielten und um dessentwillen sie den Sohn nachsichtig duldeten. Meister Beutling war ein ernster, arbeitsamer Mann und seine Kathrin eine still schaltende Hausfrau, die beide nach dem Besuche nichts fragten und sich auch nicht um ihn kümmerten, ihn ihrer Tochter überlassend, die ihn schon bald genug wieder los werden würde.

Kaum zwanzig Schritte von der Mühle stand eine alte Linde mit einer Bank und einem Tisch unter ihren schattenden Zweigen, dessen Platte ein ausgedienter Mühlstein war. Die Linde blühte jetzt und verbreitete einen starken, fast berauschenden Duft um sich her, während in ihrer mächtigen Krone das Gesumm' der Bienen tönte, denn Meister Beutling hielt sich eine Anzahl Bienenstöcke, mit deren Honig er auch das Schloss versorgte.

Dorthin begaben sich Luitgard und Wilfred, und er begann das Gespräch mit der Bitte um Entschuldigung, dass er so lange nicht hier gewesen wäre, worauf ihm Luitgard, die ihn gar nicht vermisst hatte, mit geschürzter Lippe erwiderte, o wenn er keine Zeit hätte, brauchte er sich um ihretwillen die Schuhsohlen nicht abzulaufen.

Als ihr Wilfred nun erklärte, womit er alle seine Zeit hätte hinbringen, was und wie angestrengt er hätte arbeiten müssen, zeigte sie geringe Teilnahme an der Art seiner Beschäftigung und schien an den bedeutenden Einfluss, dessen er sich bei der gemeinschaftlich mit dem Ritter Eike von Repgow betriebenen Abfassung eines großartigen Werkes rühmte, nicht zu glauben. Es war überhaupt heute nichts Rechtes mit ihr anzufangen, sie war wieder einmal nicht gut aufgelegt, wortkarg und mürrisch. So unermüdlich auch Wilfred Redegabe, Witz und Scharfsinn aufbot, es gelang ihm nicht, die gegen alles Gleichgültige zugänglicher und freundlicher zu stimmen. Die Unterhaltung geriet mehr und mehr ins Stocken und wäre vielleicht ganz versiegt, wenn sich jetzt nicht ein drittes Menschenkind zu den beiden unter der Linde gesellt hätte.

Suffie, Großmutter Suffie, wie sie ringsumher genannt wurde, eine uralte Greisin, kam vom Hause an einem Krückstocke langsam herangeschritten. Sie musste einst von hochragender Gestalt gewesen sein; jetzt war sie von der Last der Jahre gebeugt, aber nicht gebrochen, denn in dem hinfälligen Körper wohnte noch immer eine die Ihrigen oft überraschende Geistes- und Willenskraft.

Weiß war ihr Haar, ihr lederfarbenes Gesicht von unzähligen Runzeln durchfurcht, und ihre großen Eulenaugen funkelten hell und scharfblickend. Sie hatte hier in der Talmühle, wo sie geboren war, Kinder und Enkel ins Grab sinken sehen und erwartete nun bei ihrem letzten Enkel, dem jetzigen Müller, den Tod, der sie aber vergessen zu haben schien. So wandelte sie, eine Erscheinung aus der Vorzeit, selber schier unveränderlich, durch die immer wechselnde Gegenwart und wusste nicht, wie alt sie war.

Ihre Erinnerungen reichten bis in ihre Jugend, viele bis in ihre Kindheit zurück, und wenn die Müllersleute abends um sie versammelt am Herdfeuer saßen, gab sie den Hochaufhorchenden manche davon zum Besten. Ihre stolzeste war, dass sie einmal als halbwüchsiges Mädchen Herzog Heinrich den Löwen gesehen hatte, als er mit einem großen Gefolge von Rittern und Reisigen über den Harz nach dem Kyffhäuser gezogen war, um sich von Kaiser Friedrich dem Rotbart mit dem Herzogtum Bayern belehnen zu lassen. Durch das Selketal war er zwar nicht gekommen, aber Tausende waren von nah und fern herbeigeströmt, um den mächtigsten Mann im Reiche von Angesicht zu Angesicht zu schauen. Daraus konnten die Nachgeborenen berechnen, dass sie über hundert Jahre alt sein musste.

Eine Christin war sie nicht und wollte es nicht sein, sondern hielt mit finsterer Zähigkeit an dem Heidentum fest, das in den Bergen und Wäldern des Harzes noch Jahrhunderte lang nach den blutigen Sachsenkriegen Kaiser Karls des Großen im Verborgenen fortlebte.

Wegen ihrer Kenntnis von längst abgekommenen Sitten und Bräuchen, von heilkräftigen Kräutern und Wurzeln, ihres Bewandertseins in Zaubersprüchen, Wundsegen, Blutstillen und anderen Heimlichkeiten erfreute sie sich eines so weit verbreiteten Rufes, dass manch einer und eine kam, sie in Körperleiden und Herzensnöten um Rat und Hilfe anzugehen. In der Familie genoss sie die größte Verehrung, und über ihre Urenkelin Luitgard hatte sie mehr Gewalt als Vater und Mutter, denn selbst das eigensinnige, schwer zu bändigende Mädchen fügte sich der das ganze Hauswesen beherrschenden Ahnin.

Als die Alte herangekommen war, stand Wilfred auf und begrüßte sie mit der Frage: »Wie geht's, Großmutter Suffie?«

»Schlecht, mein Junge! Das siehst du doch,« ächzte sie, auf der Bank schwerfällig Platz nehmend. »Die Gicht im rechten Bein lässt mich nicht los. Alle Morcheln, die ich mir da hinten aus dem trocknen Kiefernboden gebrochen habe, wollen nicht helfen gegen das Gebreste, es ist ein Elend. Ich kann nicht mehr auf die Berge klettern, mich nicht mal mehr zum Sonnwendfeuer schleppen, und das frisst mir am Herzen. Es ist jetzt schon das dritte Mal, dass ich dabei fehlen muss, seit mich mein Vater als Siebenjährige zuerst mit hinaufgenommen hat, wo sie — du wirst es ja wissen und darüber schweigen — wo die, die noch getreulich dem großen Wode und der Frau Holle anhängen, sich zusammenfinden, die alten heiligen Gebete raunen, Lose werfen und Hand in Hand durchs Feuer springen. Hab's als schmucke Maid auch getan mit manchem jungen Burschen, der schon lange nicht mehr springt. Seit Jahren war ich immer die Älteste dabei und wusste mehr als alle.«

Wenn Suffie ins Reden kam, wurde sie geschwätzig und hörte so bald nicht wieder auf. »Großmutter,« begann Wilfred, »Ihr habt doch meinem Vater selig so manchen guten Rat gegeben und —«

»Freilich, Fred, freilich!« unterbrach sie ihn sofort wieder, »gegen Tollwut musste er ein Wolfsauge bei sich tragen und um den Hals eine Schnur von Krebsscheren gegen das Gewehr des groben Keilers, aber gegen Bärenpranken ist kein Kraut gewachsen; mit so 'nem Untier durfte er ohne ein paar starke Hetzrüden nicht anbinden.«

»Ich wollte nur sagen,« fuhr Wilfred fort, als er wieder zu Worte kam, »wisst Ihr denn kein Mittel zu Eurem eigenen Gesunden, dass Ihr wieder springen lernt?«

»Nichts, mein Junge, nichts,« erwiderte sie, das greise Haupt schüttelnd, »ich muss stillhalten, bis das alte Gerippe mit seiner Sense kommt und mich abmäht. Ein Menschenleben geht hin wie der Rauch, das ist so, seit die Welt im Wasser unterging.«

»Na, vorher wird's auch wohl nicht anders gewesen sein,« mischte sich Luitgard naseweis ein, »und Ihr seht doch unsern Schornstein schon recht lange rauchen, Großmutter.«

»Dir etwan schon zu lange, Luit?« begehrte Suffie auf. »Was weißt du dummes Balg von leben und sterben? In den zwölf Julnächten vorigen Winter hab' ich's einmal grausig hier durchs Tal toben und heulen hören, da muss Wode mit seinem wütenden Heer dicht über uns hingezogen sein, hat mir wohl einen Wink geben wollen, mich fertig zu machen. Hätt' er sich sparen können, der große Schimmelreiter, ich bin fertig.«

»Das eilt wohl nicht, Großmutter,« lächelte Wilfred. »Es hat schon manche um Lichtmess gedacht, sie hätte ihr letztes Süpplein ausgelöffelt, und ist doch noch zu Walpurgis mit auf den Blocksberg geritten.«

»Zähme deine Zunge!« fuhr die Alte auf ihn los, richtete sich steif in die Höhe und maß den Kecken mit einem bösen Blicke. »Eine Besenhexe bin ich nicht.«

»Euch hab' ich damit nicht gemeint, es war nur ein Gleichnis,« beruhigte er die Beleidigte. »Es gibt Jüngere, die mit dem Teufel einen Tanz wagen, wenn die Engel nichts von ihnen wissen wollen.«

»Ach so!« lachte Luitgart, »nun, du hast ja oben auf dem Falkenstein einen blonden Engel, der gewiss nicht spröde ist und dir bei Tag und Nacht keinen Tanz versagt.«

»Darum kümmre dich nicht!« wies sie Wilfred scharf ab. »Die du im Sinn hast, zeigt mir ein holderes Gesicht als du.«

»Richtig, Falkenstein!« fiel Suffie ein. »Ihr habt ja schon seit Wochen einen fürnehmen Gast; was tut denn der so lange bei euch? Harft und singt wohl mit der schönen, jungen Gräfin?«

»Nein er arbeitet mit mir.«

»Arbeitet mit dir?«

»Ja, sie kritzeln ein Buch zusammen,« spottete Luitgard. »Denkt Euch, Großmutter, ein Buch, ein Gesetzbuch!«

»Davon verstehe ich nichts,« sagte die Alte. »Schreiberei ist verfluchtes Satanswerk und schafft nur Unheil.«

»Sagt das nicht, Großmutter! Das Mühlen- und Wasserrecht kommt auch in unserem Buche vor,« belehrte sie Wilfred, »höret ein *Exemplum*. Vor jedem Mühlengerinne muss ein Merkpfahl eingerammt sein, der anzeigt, wie hoch der Müller das Wasser in seinem Graben halten darf, nämlich nur so hoch, dass eine Biene mit aufgereckten Ohren auf dem Pfahle sitzen kann und sich dabei die Füße, aber nicht den Leib benetzt. Nun liegt es in meiner Hand, statt eine Biene mit aufgereckten Ohren zu schreiben ein Frosch mit hervorstehenden Glotzaugen. Das macht einen großen Unterschied aus, denn dann kann der Müller das Wasser viel höher stauen und seinem Rade mehr Kraft geben. Begreift Ihr das?«

»Ei wohl, schreibe so, Fred, und hole dir von Luit den Dank dafür.«

»Mir läuft unser Wasserrad schnell genug,« kam es verächtlich von des Mädchens Lippen. »Meinetwegen kann sich Fred selber auf den Merkpfahl setzen, von mir hat er keinen Dank zu verlangen.«

Der ihm von der Übellaunigen heute wieder zuteilwerdenden schlechten Behandlung endlich überdrüssig, erhob sich Wilfred nach dieser wegwerfenden Äußerung und ging, sich nur von Suffie verabschiedend, missmutig davon.

Aber statt sich von hier aus geradwegs auf den Falkenstein zurückzubegeben, bog er nach rechts ab und schlug sich bergan steigend in das Dickicht, in dem er spurlos verschwand.

Er wollte noch den anderen der zwei Besuche abstatten, die er sich für diesen Sonntag vorgenommen hatte, und da, wohin es ihn jetzt zog, war er einer freundlicheren Aufnahme sicher. Denn dort wusste er einen trauten Kumpan, der ihn gewiss schon seit langem sehnlichst erwartete.

In schnurgerader Richtung querwaldein dringend gelangte er zu einer alten Buche. deren gewaltige Wurzeln in großen, schlangenartigen Windungen und Krümmungen aus der Erde hervorragten. In einer ihrer Gabelungen dicht am Stamme ließ sich Wilfred nieder und saß da, auch im Rücken gestützt, so bequem wie zwischen den Armlehnen eines moosgepolsterten Sessels. Nun holte er seine Rohrflöte hervor, die dem Ritter Eile von Repgow bei der Ankunft auf dem Falkenstein den ersten Willkomm zugetrillert hatte, und fing an darauf zu blasen. Nach einem Weilchen hielt er inne und horchte. Alles still, nichts regte sich. Er hub von neuem zu blasen an und diesmal stärker, wonach er wieder wie ein Vogelsteller bewegungslos lauschte. Endlich vernahm er ein leises Geräusch, nur ein paar Pulsschläge lang, dann verstummte es. Bald erklang es wieder, immer noch leise, aber schon näher. Es war, als wenn etwas Lebendiges behutsam heranschlich oder kroch, und jetzt sah er im niedrigen Unterholz zwei fest auf ihn gespannte Lichter glänzen. Gleich darauf raschelte es durch Laub und Kraut, und husch! sprang ihm mit flinkem Satz ein Fuchs auf den Schoß.

»Schlitzohr, bist du da?« rief er und umfing das Tier, das sich ihm wie ein treuer Hund anschmiegte und schlau blinzelnd zu ihm aufäugte.

Das war der Freund, dem sein Besuch galt und mit dem er sich verstand wie ein Mensch mit dem andern, nur dass dem Vierfüßler die Sprache fehlte. Wilfred hatte ihn einst als Junges nicht weit von hier durch einen glücklichen Zufall erhascht, ihn mühsam mit unendlicher Geduld gezähmt, ihn mit allerhand Atzung geködert und gekirrt, bis sich der äußerst vorsichtig Witternde allmählich an seinen Wohltäter gewöhnte und ihm endlich so anhänglich wurde, dass er dessen Flötenspiel, wenn er es hörte, Folge leistete und sich hier aus dem Kirrplatz ohne Scheu bei ihm einfand. Wilfred nannte ihn Füchslein, Reinecke oder auch Schlitzohr, weil er vor Jahr und Tag in des Fuchses rechtem Lauscher einen langen, nicht verheilten Schlitz entdeckt hatte, den der streitbare Held wahrscheinlich im Kampfe mit einem seinesgleichen um den Besitz einer schönen Füchsin davongetragen hatte.

Nun sprach er mit ihm ganz wie mit einem Freunde, wenn er auch keine Antwort von ihm erhielt.

»Haben uns lange nicht gesehen, mein Füchslein,« begann er, »ich konnte nicht kommen, musste immer schreiben, schreiben und schreiben. Du weißt nicht, was das ist, schreiben? Ja, sei du froh, dass du nicht schreiben gelernt hast, mein munterer Waldgesell! Das ist eine grausame Erfindung, eine Qual für uns arme, sündhafte Menschen, mit der dein und mein Schöpfer euch unschuldige Tiere in Gnaden verschont hat. Was macht denn die holde Frau Fähe? Und wieviel liebe Kinderchen habt ihr denn in eurem Bau? Bringe sie doch einmal mit und führe sie mir vor, ob sie auch sauber gewaschen und artig erzogen sind. Aber halt! Ich habe ja was für dich, hier!«

Er griff in die Tasche und gab seinem rothaarigen Liebling zwei Eier, die er heut' in aller Frühe aus dem Hühnerstall des Falkensteins gemaust hatte. Der Fuchs verzehrte sie mit Begier, während ihm Wilfred den glatten Sommerpelz kraulte und sich seine dicke Lunte ein paarmal durch die Hand gleiten ließ.

Nach diesem erquicklichen Imbiss lag der Fuchs in Wilfreds Armen und schien sich da sehr wohl und geborgen zu fühlen. Manchmal reckte er den Kopf, windete und spitzte die Lauscher, wenn sich im Gebüsch oder in einem Baum etwas regte, das ihm vielleicht eine willkommene Beute verhieß. Dann duckte ihn Wilfred jedes Mal schnell nieder und sagte:

»Nichts da, Reinecke! Singvögelein sollst du nicht begehren, das habe ich dir doch schon oft genug strengstens verboten. Halte dich an Mäuse, Käfer, Schnecken und ähnliche schmackhafte Dinge, die für uns Ungeziefer, für euch aber Leibgerichte sind, verstehst du?«

Der Fuchs lugte ihn an, leckte sich die Schnauze und machte ein Gesicht, als ob er lachen wollte. Da packte ihn Wilfred beim Fell, drückte seinen Kopf zärtlich an die eigene Wange, klopfte, hätschelte und hudelte ihn nach Herzenslust, und Meister Reinecke ließ sich das alles mit dem größten Behagen gefallen und hob manchmal spielerisch einen Vorderlauf, als wollte er dabei mittun und das Gekose des ihm so wohlgewogenen Menschen erwidern.

So hatten es die beiden schon unzählige Male hier getrieben, und wenn sie sich trennen mussten und Wilfred den Heimweg antrat, trabte der Fuchs eine Strecke lang hinter ihm her, blieb dann traurig stehen, äugte ihm nach und lauschte seinen Schritten, bis sie in der Ferne verhallten.

Auch heute war es für Wilfred Zeit zum Aufbruch, denn er hatte versprochen, zum Abendtisch in der Dirnitz zurück zu sein.

»Ich muss fort, mein Schlitzohr,« sagte er, »gib mir's Pfötchen und gehab' dich wohl bis auf baldig Wiedersehen.«

Dann setzte er den Fuchs sanft und zärtlich wie eine Mutter ihr Kind nieder, stand von seinem Wurzelthron auf und schied von dem Busenfreunde.

Stunden wie diese waren Wilfreds glücklichste. Auf der Burg hatte er keinen, der ihm so traute und dem er so trauen konnte wie diesem freien Sohn der Wildnis.

Der schalt ihn nicht, demütigte und kränkte ihn nicht, sah ihn nicht scheel und missgünstig oder über die Achsel an wie seine menschlichen Lebensgefährten, denen er nichts galt, die seine Fähigkeiten und sein Wissen nicht schätzten und das Gute, das neben manchem Verwahrlosten doch auch in ihm steckte, nicht anerkennen wollten. Kein Wunder, dass er sich vor ihnen verschloss, ihnen ihre Nichtachtung in gleicher Münze herausgab und sich für das, was er von ihnen zu leiden hatte, mit kleinen Bosheiten und hinterrücks gespielten Possen rächte. Dadurch kam in das Wesen des zu Leichtsinn und Übermut Veranlagten ein missfälliger Zug. Hier aber bei seinem Fuchse war er ein Naturkind wie dieser, da fand er Zuflucht und Erholung wie anderswo nimmer.

In viel froherer Stimmung als vorher wanderte er jetzt in der Stille des Waldes dahin, durch dessen Gezweig schräge Sonnenstrahlen blitzten und um silbergraue Buchenstämme schlüpften. Das muffige Betragen der Müllerstochter schlug er sich aus dem Sinn und nahm sich vor, heut' Abend zu Melissa, der immer heiteren und einzigen ihm zugetanen, recht freundlich zu sein. Sie konnte nicht daran zweifeln, dass er zu Luitgard gegangen war, und damit hatte er ihr Kummer bereitet, für den er sie entschädigen wollte.

Als er dem Falkenstein schon so nahe war, dass man sein Blasen dort wohl hören könnte, setzte er die Waldflöte an die Lippen und schickte der Getreuen einen schmetternden Gruß nach dem andern als seine Rückkehr ankündende Boten voraus. Aber nicht lange währte es, da sah er Melissa unter den Bäumen daherkommen. Sie war ihm, ihn um diese Zeit erwartend, aus dem Wege zu Tal ein Stückchen entgegengegangen, hatte aber dann, sein Blasen vernehmend, flugs die Richtung ein geschlagen, aus der die Klänge lockten, nun genau wissend, von wannen er kam. Sobald sie seiner ansichtig wurde, lief und sprang sie über Stock und Stein auf ihn zu, und er fing sie in seinen Armen auf.

»Du warst bei deinem Füchslein,« jubelte sie, denn ihr allein war diese heimliche Waldfreundschaft bekannt, »ich dachte, du wärest −«

Sie konnte nicht ausreden, Wilfreds Kuss verschloss ihr den Mund.

Neuntes Kapitel.

Der Sonnwendtag war äußerlich von anderen Tagen durch nichts unterschieden vorübergegangen, und nur die Kundigen wussten, dass in der Nacht auf schwer zugänglichen Bergkuppen und kleinen, versteckten Waldblößen die Feuer unter fast tausendjährigen Eichen gebrannt hatten und von den verschwiegenen Bekennern des Wodanglaubens mit uralten Bräuchen und Beschwörungen umwandelt und umtanzt worden waren. Auch ein paar der ältesten Burgmannen des Falkensteins hatten an der Feier teilgenommen, und Goswig hatte ihnen die Brücke nieder und das Pförtchen im Tor offen gelassen, damit sie im Morgengrauen unbemerkt einschlüpfen konnten.

Das war von jeher so gehalten worden und dem Grafen keineswegs unbekannt. Seine Vorfahren hatten es einer dem andern überliefert und dem Nachfolger geraten, darüber ein Auge zuzudrücken, wenn die schlechten Christen sonst gute Menschen und zuverlässige Vasallen wären. Nur die Gräfin durfte nichts davon erfahren, denn nimmermehr hätte sie Heidenleute im Gesinde geduldet.

Nun brütete der Sommer mit seiner stärksten Glut über Wald und Flur, um Körner und Früchte zu reifen, obwohl jetzt jeder Tag schon um einen Hahnenschritt kürzer wurde als der gestrige. Das Laub war noch frisch und saftig, von häufigen Gewitterregen vor zu frühem Welken bewahrt, und die Waldblumen blühten üppig im Grün der Kräuter und Gräser.

Die Insassen der Burg lagen ihren täglichen Pflichten ob, gingen in den leichtesten Kleidern einher und hatten von der Hitze wenig zu leiden, da es innerhalb der dicken Mauern fast noch kühler war als im Schatten des dicht bestandenen Hochwaldes. Sie waren alle froh und zufrieden mit Ausnahme von zweien, und diese waren Wilfred und Eike von Repgow.

Wilfred seufzte unter der Fron seines handwerksmäßigen Schreiberdienstes und klagte Melissa, dass ihm von seinem jetzt manchmal recht borstigen Herrn und Meister eine allzu scharfe Rüge erteilt worden wäre, weil er sich in einem Kapitel über Bannleihe, Fahnen- und Zepterlehen einige Auslassungen und Fehler im Texte hätte zuschulden kommen lassen, und nun sollte er die Abschrift des ganzen Kapitels am nächsten Sonntag aufs neue anfertigen und könnte dann nicht zu seinem lieben Fuchse gehen.

Auf Melissas Frage, was das wäre, Bannleihe und Fahnenlehen, hatte er ihr erklärt:

»Bannleihe ist die königliche Bestallung für die Träger der gräflichen Gerichtsbarkeit. Fahnenlehen bezeichnet und unterscheidet in der Heerschildordnung die Schöffenbarfreien, die unter Königsbann, und die bei ihren eigenen Hulden dingen. Wahrzeichen der königlichen Gerichtshoheit ist die Gerichtsfahne. Wahrzeichen für die Edelinge auf den Schöffenstühlen sind Kreuz, Schwert, Strohwisch, Hut und eiserne Hand. Das habe ich verwechselt und durcheinander gebracht; irren ist menschlich.«

Gegen Melissas Meinung, dass ihm dann ganz recht geschähe, wenn er die Arbeit noch einmal machen müsse, hatte er eingewandt, Sonntagsarbeit wäre wider die Hausordnung und von der Frau Gräfin verboten, und sollte ihm dergleichen noch einmal zugemutet werden, würde er sich über seinen Peiniger beschweren.

Darauf hatte ihm Melissa geantwortet:

»So! Und was würde die Folge davon sein? Dann ließe dich der Ritter die ganze Nacht am Tische sitzen, um die verpfuschte Abschrift genau und ordentlich zu liefern.«

Diese Möglichkeit hatte dem eine unverkürzte Nachtruhe Liebenden schreckhaft eingeleuchtet, und knirschend über sein hartes Los hatte er sich von der treuen Warnerin getrennt. —

Auch Eike war unzufrieden, nicht bloß mit Wilfred, sondern auch mit sich selber. Er war in der Ausdrucksweise einzelner Stellen seines Konzeptes, das er doch so volkstümlich wie möglich gestalten wollte, auf unvorhergesehene Schwierigkeiten gestoßen, die ihm tagelang zu schaffen machten. Er wählte und verwarf sprachliche Formen und Satzgefüge, bis er sich zur Klärung und völligen Beherrschung des widerspenstigen Stoffes durch gekämpft hatte.

In solche ihm bisher gänzlich fremde, die Arbeit hemmende Verlegenheiten war er letzterzeit mehrmals geraten und so auch heute wieder, wo er sich abmühte, die Machtbereiche und

Amtsbefugnisse der weltlichen und der geistlichen Gerichte gegeneinander abzuwägen und miteinander zu vereinbaren. »Weltliches Gericht und geistliches sollen miteinander gehen« lautete eine seiner Aufzeichnungen zu diesem Kapitel. Aber wie war das in die Wege zu leiten und mit unbestreitbarem Erfolge durchzuführen? Sodann kam die Frage, ob bei einem Zwiespalt in derselben Sache das weltliche oder das geistliche Urteil das ausschlaggebende, obsiegende sein sollte, und ferner, ob der vom Papst ausgesprochene Bann, der das Heil der Seele schädigte, oder die vom Kaiser verhängte Reichsacht, die den Betroffenen an Leib und Leben bedrohte, als die härtere Strafe zu betrachten sei. Bei so grundsätzlichen, in Gemüt und Gewissen der Menschen eingreifenden Entscheidungen musste auf Gewohnheitsrecht und die althergebrachten, tief eingewurzelten Anschauungen des Volkes Rücksicht genommen werden.

Doch auch diesmal gelang es ihm, die Schwierigkeiten zu überwinden, und als er endlich das, was ihm das Rechte dünkte, gefunden, und es von der Feder schwarz auf weiß festgehalten vor sich hatte, lehnte er sich in seinen Sessel zurück und atmete erleichtert auf.

»Eike, dieser Artikel deines Gesetzbuches wird bei allen Geschorenen und Kuttenträgern vom stolzesten Bischof bis zum erbärmlichsten Bettelmönch böses Blut machen,« murmelte er vor sich hin. »Hättest du dabei Gräfin Gerlinde zu Rate gezogen, würde sie anders entschieden haben. Selbstverständlich, hätte sie gesagt, ist das geistliche Gericht das höchste, das geistliche Urteil das ausschlaggebende und der Bannfluch seiner Heiligkeit des Papstes die schwerste Strafe, die einen sündhaften Christenmenschen für Zeit und Ewigkeit treffen kann.«

Er versank in tiefes Sinnen, schloss die Augen und malte sich aus, wie sie, mit Glaubenseifer und frommen Überzeugungen gewappnet, ihn angegriffen, ihre Meinung verfochten und ihn mit Vorstellungen und Bitten zu beeinflussen gesucht hätte. Und sich mehr und mehr in seinen Träumen von ihr einspinnend sah er sie im Geiste leibhaftig an seinem Schreibtische sich gegenüberstehen in all ihrer strahlenden Schönheit. Er sah ihre herrliche Gestalt im fließenden, schmiegsamen Gewande, ihr Antlitz, ihren bezaubernden Blick, ihr sonniges Lächeln. Da weckte ihn ein Geräusch aus seinem Dämmerzustande und brachte ihn zum Bewusstsein der Wirklichkeit zurück, die ihm ein anderes Gesicht zeigte als das schnell zerronnene, verführerische Traumbild.

Schon in manchen Stunden waren ihm Zweifel gekommen, wie er im Grunde mit Gräfin Gerlinde daran war, denn ihr Benehmen gegen ihn war von einer Unbeständigkeit, die er sich nicht zu erklären vermochte. Sie konnte herb und verschlossen sein und dann wieder verbindlich und mitteilsam. Was hatten diese, durch äußere Vorgänge nicht veranlassten Wechsel in ihrer Stimmung zu bedeuten? Verzieh sie ihm seine weltliche Gesinnung nicht? Oder wurde ihr sein Verbleiben hier auf die Dauer lästig, dass sie ihm dies zu erkennen geben und dann ihre ablehnende Haltung, sie am nächsten Tage bereuend, durch verdoppelte Freundlichkeit wettmachen wollte? In keinem von beiden konnte er die eigentliche Ursache ihres unsteten, zwischen zutraulichem Entgegenkommen und sprödem Zurückweichen schwankenden Wesens erblicken, und Launen, unberechenbare, unbegreifliche Launen hatte er niemals an ihr wahrgenommen. Sie war ihm ein Rätsel, aber gerade dieses Rätsel holdester Weiblichkeit zu lösen und in seinen dunkelsten Tiefen hellsehend zu werden, reizte ihn.

Heute, nach ihrer wundersamen Erscheinung vor seinem inneren Auge, konnte er seine zerstreuten Gedanken nicht mehr sammeln. Eine fiebernde Unrast befiel ihn, dass er sich in seinem Gemache wie in einem Gefängnis fühlte, dem er entfliehen wollte. Er musste hinweg aus diesen Mauern, in den Wald hinein, unter brausende Wipfel und segelnde Wolken, um seinen benommenen Kopf von Dumpfheit und Wirrsal frei zu machen und frische Kraft zur Arbeit zu gewinnen.

Es war ein zum Wandern einladender Vormittag mit halbbedecktem Himmel und mäßig wehendem Winde und Eike verließ seine Schreibstube in der Hoffnung, da draußen Ruhe und Erholung zu finden. Eilenden Fußes stieg er die Treppe hinab.

Auf dem Burghof fand er Folkmar mit zwei gesattelten Pferden.

»Wo soll es hingehen, Folkmar?« fragte er verwundert.

»Nach Quedlinburg, Herr Ritter,« erwiderte der Diener. »In der Frühe ist ein Bote eingetroffen, der den Herrn Grafen —«

Da trat Graf Hoyer schon aus der Tür und verständigte den Freund:

»Ich muss nach Quedlinburg zur Äbtissin Osterlindis. Sie ist eine Verwandte von mir, eine Gräfin Falkenstein, und ich bin ihr Schirmvogt. Es handelt sich um die Entscheidung eines verwickelten Rechtsstreites mit dem Bischof von Halberstadt, und du solltest mitkommen, Eike, und als schöffenbarer Mann von Fach mir helfen, das Urteil zu finden.«

»Gern tät' ich's, Herr Graf!« gab Eike zur Antwort, »aber ich muss mich hier selber mit verzwickten Problemen herumschlagen.«

»Dann auf Wiedersehen hoffentlich morgen Abend, und überarbeite dich nicht, Eike!« sagte der Graf, schwang sich in den Sattel und ritt mit Folkmar ab.

»Gottbefohlen und gutes Gedinge!« rief ihm Eike nach.

Der Graf bog ins den Reitweg ein, während Eike auf dem schmalen und kürzeren Fußpfade zu Tale strebte.

»Morgen Abend — hoffentlich — also zwei Tage mit Gerlinde allein hier,« sprach er nachdenklich zu sich selber. »Wie wird sie sich da gehaben? Wird sie nun den Schleier ein wenig lüften, mit dem sie bis jetzt ihr Innerstes scheu verhüllte, oder wird sie auch unter vier Augen das Buch mit sieben Siegeln bleiben? Gern träte ich ihr näher, und sie sollte doch allmählich zu der Ansicht gelangt sein, dass die Verehrung, die ich ihr unverhohlen entgegenbringe, keine oberflächliche, gekünstelte Höflichkeit ist, sondern mir aus dem Herzen kommt. Ich begehre nichts von ihr, was sie nicht gewähren darf, aber etwas mehr bare Münze von ihrem geistigen und seelischen Eigentum könnte sie mir wohl zufließen lassen; einzig mit anmutigem Getändel und lächelnder Huld ist das nicht getan. Ich will so ernst von ihr genommen werden wie ich sie selber nehme.«

So redete Eike im Bergabgehen krittelnd und mäkelnd in sich hinein und ahnte nicht, was alles sich in Gerlinde hinter dem anmutigen Getändel und der lächelnden Huld verschanzte.

Unten im Tale mit der weiten, entzückenden Aussicht auf Wiesen und Wälder, die beruhigend auf ihn wirkte, entschlug er sich aber seiner grilligen Betrachtungen, überschritt das Tal und stieg auf der anderen Seite gemächlich wieder bergan.

Er ging ohne Weg und Steg, schweifte bald rechts, bald links ab, wenn ihn eine daherleuchtende Blüte lockte oder ihn das Rascheln eines durch Gestrüpp und Gerank flüchtenden Tieres aufmerken ließ. Aus den Buchen- und Eichenkronen erscholl ein wuchtiges Rauschen und bewegliches Tuscheln, und ein leises Säuseln und Pfeifen schwirrte durch die Nadeln der Fichten. Die Blumen wiegten sich auf ihren Stängeln, und die wispernden Gräser neigten und nickten sich nachbarlich zu. Was mochten sich die Kinder des Waldes erzählen, die Blätter und Halme und all das Gewürm, das da kroch und krabbelte, burrte und surrte? — Hatten auch sie ihre Sorgen und ihre Freuden, ihre geflüsterten Liebeshändel und Klatschgeschichten wie das Menschenvolk, das ihre Sprache wohl hörte, aber nicht verstand? Eike wandelte still durch das vieltausendfältige Naturleben, gab sich dem Genuss, es bis ins Kleinste zu beobachten, geflissentlich hin und dachte weder an weltliche noch an geistliche Gerichtsbarkeit.

Dabei war er, kaum wissend wie, auf dem Bergesrücken angekommen und hatte nun den Falkenstein in gleicher Höhe jenseits des Tales vor sich. Da hielt er an und schaute lange hinüber. Die steingraue Burg ragte nur mit dem Obergeschoss und dem Turm über das Laub der Bäume hinaus und hob sich in scharfkantigen Umrissen von dem weißen Gewölk malerisch ab. Eike er kannte die Fenster seiner Wohnstätte, wo er, über ungezählte Papiere gebeugt, sich Tag für Tag angestrengt mühte, und sah auch den Altan, aus dem er am zweiten Abend nach seiner Ankunft mit dem Grafen und der Gräfin bis in die Nacht hinein gesessen und ihnen Vortrag gehalten hatte. Doch, wo war das kleine, trauliche Gemach Gerlindes? — Das herauszufinden war ihm nicht möglich. Wie aber wäre es, wenn er sich jetzt dahin versetzen und wie sie an seinem Schreibtisch plötzlich an ihrem Stickrahmen leibhaftig vor ihr erscheinen könnte? Er musste lachen über den tollen Einfall, ihr einen spukhaften Gegenbesuch zu machen, und wollte den Heimweg antreten, denn das Blinken seiner Fenster da drüben erinnerte ihn an die Arbeit, die seiner dort harrte und bei der ihn in den letzten anderthalb Wochen oft Unsicherheit und Zagen bedrückt hatten. Aber da hemmte seinen Fuß und fesselte seinen Blick einer, der das besaß, was ihm fehlte, — himmelantragende, raumdurchmessende Flügel.

Von Süden her kam ein Adler geflogen, kam näher und beschrieb, ohne die mächtigen Schwingen zu regen, hoch über ihm schwebend immer den gleichen Kreis.

Dieses Schauspiel ließ Eike nicht los, und er folgte mit den Augen dem Zuge des stolzen Fliegers. Vogelflug hatte im alten Rom eine prophetische Bedeutung, und den unverwandt Hinaufspähenden durchzuckte ein seltsamer Gedanke. Sollte das eine Botschaft an ihn aus weiter Ferne sein? Sandte den Beherrscher der Lüfte, den König der gefiederten Welt ihm ein anderer Herrscher, ein wirklicher König zu, Kaiser Friedrich der Hohenstaufe, mit Wink und Mahnung, allen Kleinmut aus seiner Seele zu verbannen und sich mit den Schwingen des Geistes zu freier Schaffenskraft zu er heben, sein Werk freudig zu fördern und glücklich zu vollenden? Ja! So war es, so sollte es sein, so nahm es Eike hin und winkte dem kaiserlichen Sendboten dort oben seinen Dank dafür zu, dass er ihm wieder Vertrauen und Zuversicht zu seiner Arbeit eingeflößt hatte.

Nun ging er fröhlich und leicht wie selber von Fittichen getragen bergab und pflückte unterwegs eine Handvoll Waldblumen, die er zu einem Strauße für Gräfin Gerlinde band.

Zeitig genug vor Mittag durchschritt er das Burgtor, eilte treppauf und begab sich zu der Kemenate der Gräfin. Ehe er jedoch ganz heran war, vernahm er Saitenklänge darin, näherte sich behutsam der Tür und horchte. Es war nur ein lebhaft bewegtes Vorspiel gewesen, denn jetzt begann Gerlinde zu singen, und Wort für Wort verstand der Lauschende den Text ihres Liedes.

> Von den Saiten soll es brausen,
> was am hellen Tag mit Macht
> Mich bestürmt mit leisem Grausen,
> Mich beschleicht in dunkler Nacht.
>
> Nicht mit Worten kann ich's sagen,
> was mich treibt' ohn' Ruh' und Rast,
> Und in Schweigen sie zu tragen,
> Ist zu schwer die süße Last.
>
> Ach, ich fühl' es jede Stunde,
> Wie es in mir wühlt und nagt,
> Was sich aus des Herzens Grunde
> Doch nicht auf die Lippe wagt.
>
> Aber ist's auch in der Stille
> Strengen Pflichten untertan,
> Ist es einmal Schicksals Wille,
> Bricht sich auch Gebund'nes Bahn.
>
> Was sind Fesseln, was sind Schranken,
> Einem Wunsch, der nimmer ruht,
> Dessen heimlichste Gedanken
> Schnell verrät der Wangen Glut.
>
> Angst und Leid sind zu besiegen,
> Tränen werden weggelacht.
> Alles lässt in Schlaf sich wiegen,
> Nur die Sehnsucht wacht und wacht.

Dem in unverkennbarer Erregtheit gesungenen Liede folgte ein Nachspiel auf der Harfe, das allmählich abschwellend in wehmütigen Akkorden ausklang.

Eike, tief ergriffen von dem, was er gehört hatte, mochte jetzt nicht eintreten, um der Gräfin seinen Blumenstrauß zu überreichen. Er legte ihn auf der Türschwelle nieder und ging leise davon.

Zehntes Kapitel.

In seinem Zimmer angekommen, saß Eike vor sich hin stierend auf der Ruhebank und sann. Was hatte Gerlindes Lied zu bedeuten? Trug sie eine heimliche Liebe im Herzen, am Ende gar eine von dem Geliebten nicht erkannte oder nicht erwiderte Liebe? Aber von einer Frau wie Gerlinde geliebt zu werden und sie nicht wieder zu lieben, däuchte ihm ein Ding der Unmöglichkeit. Oder sollte es eine unvergessene, unverwindliche Jugendliebe sein, der sie aus irgendwelchen Gründen hatte entsagen müssen? Arme Gräfin von Falkenstein, die alles zu ihrer Verfügung hatte, was eines Wunsches wert war, nur nicht des Lebens höchstes Glück!

Es klopfte. Melissa kam und lud Eike gefällig knicksend zum Mittagessen. Ungesäumt folgte er der Aufforderung.

Im Speisesaal trat ihm die Gräfin etwas beklommen entgegen und dankte ihm mit ein paar schüchternen Worten für den schönen Waldblumenstrauß, den sie in einem tönernen Ziergefäß mitten auf den Esstisch gestellt hatte.

In ihrem unsicher forschenden Blicke las Eike die bange Frage: hast du mein Lied gehört? Die Annahme, dass er es gehört hatte, lag sehr nahe, denn er musste zu der Zeit, da sie gesungen hatte, mit seinen Blumen an ihrer Tür gewesen sein. Von diesem Drucke wollte er sie befreien.

Im unbefangensten Plauderton begann er:

»Ich hatte mir heute Morgen mit kniffligen Erwägungen den Kopf warm gemacht und fühlte das Bedürfnis, frische Luft zu schöpfen. Darum ging ich zu Tale und von Tale wieder zu Berge, und da blühten im Walde so viel Blumen, dass ich etliche pflückte, um sie Euch zu bringen.

Damit heimgekehrt horchte ich an Eurer Tür, aber es war und blieb innen alles mäuschenstill; Ihr waret also gewiss nicht in dem Gemach, und da ich in Eurer Abwesenheit nicht eindringen wollte, legte ich den Strauß auf Eure Schwelle. Es freut mich, dass Ihr ihn gefunden habt und ihm solche Ehre erweist,« schloss er mit einer Handbewegung nach dem lieblichen Tafelschmuck.

»Ich danke Euch nochmals für Euer freundliches meiner Gedenken, Herr von Repgow,« sagte Gerlinde, nun fest überzeugt, dass er von dem Liede nichts wusste, weil er wohl schon vorher dagewesen war, obgleich sie seinen Schritt nicht vernommen hatte.

»O ich habe von da drüben auch nach Euren Fenstern gespäht, sie aber nicht entdecken können,« sprach er.

»Dann werde ich künftig, sobald ich Euch auf den Bergen dort weiß, das Fenster öffnen und Euch mit dem Tuche zuwinken.«

»Und ich werde Euch den Gruß erwidern, wenn ich ihn sehe.«

»Und mir wieder ein paar Blumen pflücken, gelt?«

Eike nickte und führte die Gräfin zu Tische, denn Melissa war eingetreten, ihres Dienstes zu walten.

Es war nicht das erste Mal, dass die beiden allein miteinander speisten, aber heute geschah es unter veränderten Umständen. Eike war im Besitz eines Geheimnisses seiner Tischgenossin, wusste, dass sie von einer ungestillten Sehnsucht erfüllt war, und konnte der Versuchung nicht widerstehen, zu ermitteln, wer und wes Art derjenige war, dem diese Sehnsucht galt.

Unauffällig lenkte er das Gespräch auf geselligen Verkehr im Allgemeinen und fragte dann so nebenbei, mit welchen schildbürtigen Herren und Damen sie und ihr Gemahl hier Umgang pflegten. Gerlinde erteilte ihm mit vollkommenem Gleichmut Auskunft, nannte einige gräfliche Häuser und andere in der Umgegend ansässige Adelsgeschlechter und schilderte ihm auch einzelne Angehörige dieser Familien, ohne sich für einen im Geringsten zu erwärmen. Eike fand also mit diesem ausgestreckten Fühler keinen Stützpunkt, von wo aus er dem von Gerlinde Begünstigten hätte auf die Spur kommen können, und gab es auf, weiter danach zu kundschaften, sich damit vertröstend, dass ihn vielleicht der Zufall einmal auf die richtige Fährte brächte.

Gräfin Gerlinde machte bei Tische die aufmerksame Wirtin, ermunterte Eike in Vertretung ihres Gatten zum Trinken, sprang in der Unterhaltung von einem Gegenstand zum andern, fühlte dem Gaste auf den Zahn, ob er dies und jenes wüsste und wie er über das eine oder das andere dächte, und disputierte mit ihm nach Herzenslust. plötzlich fing sie an lateinisch zu sprechen. Sie wollte nicht etwa Eike gegenüber damit prahlen, sagte auch nichts, was die ab- und zugehende Melissa nicht hören durfte, sondern tat es lediglich in einem heiteren Sichgehenlassen.

Eike blickte sie höchst verwundert an, worauf sie mit ihrem berückendsten Schelmenlächeln fragte:

»*Quidnam stuperes tu sophista?*«

Er antwortete:

»*Admiror te dominam doctissimam dulce ridentem dulce loquentem latine.*«

»Das ist kein Wunder,« belehrte sie ihn auf lateinisch.

»In Franken, Bayern und Schwaben sprechen alle ritterlichen Frauen und Fräulein Latein, wenn auch gewiss nicht ein tadellos ciceronianisches.«

Sie fuhren nun auch fort, Latein zu reden, das ihnen beiden geläufig von den Lippen floss.

Melissa, die natürlich kein Wort verstand, machte ein ganz verschmitztes Gesicht dazu und nahm sich vor, niemand in der Burg etwas davon zu sagen, auch Wilfred nicht, dachte sich aber ihr Teil dabei und gönnte ihrer lieben Herrin das, was sie sich dachte.

Während des Mahles zog Gerlinde eine Blume aus dem Strauße und steckte sie sich an die Brust.

»Wisst Ihr, wie sie heißt?« fragte sie, jetzt wieder auf Deutsch. »Glockenblume nennt man sie.«

»Ich kenne sie wohl,« erwiderte Eike, »und habe sie gern ihrer schönen, blauen Farbe und ihres zarten, schlanken Wuchses wegen. Ihr Name ist sehr bezeichnend für die Form der Blüten; wenn ein Lufthauch sie bewegt, gleichen sie wirklich schwingenden Glocken, nur dass sie leider stumm sind. Freilich,« fügte er lächelnd hinzu, »man hört manchmal Glockenläuten und weiß nicht, von wannen es tönt.«

Gerlinde erschrak. Sollte das eine Anspielung sein? Hatte er doch ihr Lied erlauscht und möchte nun wissen, woher, welchem Herzenserlebnis entstammend die Klage der Sehnsucht kam und wohin, zu wem sie ging? Aber dem, was er ihr von seinem Horchen an ihrer Tür gesagt hatte, dass es mäuschenstill in ihrem Gemach gewesen wäre, musste sie doch Glauben schenken, und seine ihr verfänglich klingenden Worte hatten auch wohl gar keine Anspielung sein sollen. Nach kurzem Sinnen sprach sie:

»Die Glocken läuten den Lebendigen und den Toten. Die Toten hören sie nicht mehr, und unter den Leben den dringt ihre Stimme nur den Gläubigen ins Gemüt.«

»Und Euch, Ritter, zähle ich nicht zu den Gläubigen. Nicht wahr, Frau Gräfin? So würde der Schluss Eures Satzes lauten, wenn Ihr ihn aussprechen wolltet,« fiel Eike lachend ein.

Da musste sie mitlachen und sagte:

»Wie gut Ihr doch raten könnt, Herr Ritter von Repgow!«

Mit dem von Eike im rechten Augenblick herangezogenen Scherze über seine ihm von der Gräfin schon öfter vorgeworfene Ungläubigkeit war der kleine Zwischenfall erledigt, worüber er selber froh war, denn er hatte ihn unvorsichtigerweise herbeigeführt. Die ihm achtlos entschlüpfte Äußerung war in der Tat eine, wenn auch ungewollte, Anspielung auf das zufällig vernommene Lied gewesen, die er sofort bereute, als er Gerlindes Erschrecken darüber bemerkte. Diese schien sich indessen beruhigt zu haben ohne zu argwöhnen, dass er ihr mit der Versicherung lautloser Stille in ihrem Gemach nicht die Wahrheit gesagt hatte. Um auch die letzte Spur des peinlichen Gefühls, ihm singend ihr Inneres enthüllt zu haben, in ihr auszulöschen, fing er nun seinerseits an, wieder lateinisch mit ihr zu reden, weil sie dabei schärfer aufpassen musste und sich nicht von Nebengedanken abziehen lassen durfte.

Sie ging mit Vergnügen darauf ein, zumal sie selten Gelegenheit hatte, sich im Gebrauch der von ihr treulich gepflegten altrömischen Weltsprache zu üben, der man sich hier im Sachsenlande nicht so häufig bediente wie in Gerlindes fränkischer Heimat.

Das hatte sie ihm vorhin schon gesagt, als er sich über ihr Lateinsprechen gewundert hatte, und hier knüpfte er nun an und bat sie, ihm von ihrer Heimat, ihren Eltern und Geschwistern zu erzählen, doch wieder in der Hoffnung, aus ihrer Jugendgeschichte vielleicht etwas zu erfahren, was ihn über ihr Herzeleid einigermaßen aufklären konnte. Es war jedoch nicht eitel Neugier, was ihn dazu bewog, vielmehr innige Teilnahme für die ihm mit jedem Tage rätselhafter werdende Frau, die in seiner Gesellschaft so sorglos und fröhlich war und sich in der Einsamkeit einer, wie es schien, unbezwinglichen Schwermut ergab.

Gerlinde beschrieb ihm die väterliche Burg und deren Lage und berichtete über ihr Jugendleben von Kindheit an bis zu ihrem Verlöbnis mit dem Grafen von Falkenstein in aller Ausführlichkeit, aber ein Ereignis, das möglicherweise auf ihre Zukunft hätte einwirken können, oder die leiseste Hindeutung auf eine frühere, verstohlene Neigung von ihr zu einem anderen kam dabei nicht heraus, und der Schleier, der über ihrem Seelenzustande hing, war nach wie vor für Eike undurchdringlich

Er hätte ihr so gern über ihre Trübsal hinweggeholfen, ihre Sehnsucht mit ernsten, verständigen Gründen gedämpft und beschwichtigt, aber dann hätte er ihr ja eingestehen müssen, dass und auf welche Weise er davon Kenntnis erhalten hatte, und auf ihr sich ihm freiwillig erschließendes Vertrauen hatte er keinen Anspruch.

Hätte sie in seiner Gegenwart einmal ein Zeichen von Niedergeschlagenheit gegeben, sei es mit einem sich ihrer Brust entringenden Seufzer oder mit einem überquellenden, schmerzbewegten Worte, so hätte er sie fragen können: Was ist Euch? Was bedrückt Euch, Gräfin Gerlinde? Aber nichts dergleichen geschah, sie hatte sich mit straffer Selbstbeherrschung in der Gewalt, und ihm blieb nichts übrig, als sie im Stillen weiter zu beobachten und die nächste Gelegenheit, wenn sie sich doch einmal vergaß, wahrzunehmen, um ihrem jungen, verzweifelnden Herzen mit liebevoller Tröstung beizuspringen.

Das Mittagsmahl war längst beendet, und Eike erhob sich, um an seine Arbeit zu gehen, von der ihn Gerlinde nicht zurückhalten wollte.

Als er sich von seiner liebenswürdigen, aber gegen alle Aufklärungsversuche hartnäckig verschlossenen Wirtin bis zum Abend verabschiedete, sagte sie:

»Seid Ihr damit einverstanden, edler Ritter und ungläubiger Rechtsgelehrter, dass wir unser Abendbrot heut' auf dem Altan einnehmen?«

»Mit Freuden, Frau Gräfin!« erwiderte er, »es ist ja Euer Lieblingsplatz und darum auch der meinige.«

»Just darum?« sprach sie mit einem sehr freundlichen Blick. »So kommt nicht zu spät; ich zähle die Stunden und von der letzten die Minuten, bis Ihr erscheint. Könnt Ihr Schachzabel spielen?«

»O ja, aber nur mangelhaft.«

»Desto besser für mich! Dann schlage ich Euch, besiege Euch, triumphiere über Euch, und für jedes verlorene Spiel müsst Ihr mir Buße zahlen, Wedde nennt Ihr's ja wohl in Eurer vertrackten Rechtssprache.«

»Jawohl, das ist ungefähr dasselbe. Aber worin soll die Wedde bestehen?« fragte er nicht ohne einige Spannung auf die Antwort.

»Das wartet in Demut ab,« lachte sie. »Heut' Abend spielen wir Schach; jetzt macht, dass Ihr fortkommt!«

Eike ging. Draußen schüttelte er den Kopf und dachte: Wunderschön ist sie, grundgescheit ist sie, kann seelenvergnügt sein, und heimlich verzehrt sie sich in Gram und glühender Sehnsucht. Da werde ein Mensch klug draus! —

Diesmal brauchte ihn Melissa nicht zu rufen. Eike fand sich sehr frühzeitig auf dem Altan ein, wo die Gräfin seiner schon harrte und ihn freudig mit den Worten empfing:

»Mehr als pünktlich!«

»Ich wollte Euch beim Zählen der Minuten ein Viertelhundert ersparen,« scherzte er. »Zählen ist ein langweiliger Zeitvertreib.«

»Und bei einem Stelldichein warten müssen ist eine Geduldprobe, die die gute Laune verdirbt.«

»Habt Ihr Erfahrung darin?« lächelte er.

»Ei nun, warum sollte ich nicht?« meinte sie neckisch.

Es war alles bereit und sie setzten sich. Der einfache Imbiss war schnell verzehrt, denn sie aßen beide wenig und sprachen auch wenig dabei, als erwöge jeder schon seinen Angriffsplan für das bevorstehende Turnier.

Als Melissa dann den Tisch abgeräumt hatte, brachte sie das große Schachbrett mit den etwas massigen, aber kunstvoll geschnitzten Elfenbeinfiguren geschleppt, und das Spiel konnte beginnen.

Nachdem sie gelost hatten, zog Gerlinde mit Weiß an und zeigte sich anfangs ihrem Gegner entschieden überlegen, obwohl er sich tapfer verteidigte und sich nirgend eine Blöße gab. Aber das änderte sich. Die Gräfin ließ bald in der nötigen Aufmerksamkeit nach, spielte immer langsamer und beging Fehler, auf die Eike sofort großmütig hinwies, statt sie ungerügt zu seinem Vorteil auszunutzen. Das ärgerte die Gräfin, sie wollte nicht von ihm geschont sein, aber vorsichtiger wurde sie des halb doch nicht.

Als sie wieder einmal über die Maßen zögerte, ehe sie eine Figur anrührte, und er sich auf einen besonders schlauen Zug von ihr gefasst machte, überraschte sie ihn stattdessen mit der Frage:

»Wie lange ist es her, dass Ihr in Bologna waret?«

Mitten im Spiel schweifte sie ab auf ein so fernliegendes Gebiet! Kurz gemessen lautete sein Bescheid:

»Fünf Jahre sind es her, dass ich von Bologna nach Cremona zum Kaiser Friedrich ritt und dann heimkehrte.«

»Gab es in Bologna viel schöne Frauen und Mädchen?« forschte sie weiter.

»Das festzustellen gehörte nicht zu meinem Studium. Nach Frauen und Mädchen habe ich mich dort wenig umgesehen.«

»Wer Euch das glauben soll!« lachte sie. »Habt Ihr denn ein Herz von Stein?«

»Das möchte ich nicht behaupten,« erwiderte Eike, den dieses ausholende Verhör nachgerade belustigte. »Aber wenn auch,« fuhr er mutwillig fort, »aus dem härtesten Stein kann man Funken schlagen.«

»Wirklich? Kann Euer Herz Funken sprühen, lichterlohe Funken? Hat es auch schon einmal Feuer gefangen?«

»Nein, es ist nicht leicht entzündbar.«

»Das —« weiß ich, wollte sie sagen, hielt aber an sich und sagte: »Das lob' ich. Und dann die Rechtseinheit, das Sachsenrecht und die fürchterlichen Gesetze! Die nehmen es wohl völlig in Anspruch?«

»Nun ja!« entgegnete er, »auch der Gesetzgeber und Richter muss ein Mensch sein, der das Herz auf dem rechten Fleck hat und es bei der Entscheidung jedes einzelnen Falles mitreden lässt. Übrigens, wollen wir nicht weiter spielen? Ihr seid am Zuge.«

»Ich? Ich bin am Zuge?« schrak sie auf, und ohne Besinnen zog sie.

»Aber Gräfin!« rief er, auf das Schachbrett zeigend, »seht doch hier! Soll ich Euch denn Euren Rochen wegstibitzen? Flugs schiebt den Elefanten zur Seite, sonst wird er erbarmungslos abgeführt.«

Sie biss sich auf die Lippen, nahm den Zug zurück und tat einen andern, der auch wieder falsch war und infolgedessen ihr Eike, diesmal ohne sie zu warnen, einen Läufer raubte.

»O weh! Wie dumm!« sagte sie. »Ihr seid mir über, ich unterliege.«

»Eure Schuld, nicht mein Verdienst.«

»Und aufrichtig seid Ihr auch,« lachte sie, »aber noch habt Ihr nicht gewonnen.«

Sie war und blieb zerstreut, mit ihren Gedanken ganz woanders, so dass Eike ihrem König und mehrmals ihrer Königin Schach bieten konnte. Da nahm sie sich zusammen, besser Acht zu geben, und der Kampf zwischen den Schwarzen und den Weißen spann sich langsam weiter.

Bald aber fing sie von neuem an:

»Wann werdet Ihr wieder einmal auf die Berge steigen?«

»Wenn mir wieder einmal der Kopf brummt und ich nicht mehr aus und ein weiß.«

»Lasst mich Euch helfen bei Eurer Arbeit!«

Es klang so bittend.

Dankbar blickte er sie an, schüttelte aber lächelnd das Haupt und sprach:

»Unmöglich! Das könnt Ihr nicht.«

»Stolzer Mann, Ihr denkt zu gering von mir,« schmollte sie.

»Zu gering? Ach! Viel größer als Ihr — zu wissen braucht, Gräfin Gerlinde!« schoss es ihm aus dem Grunde seines Herzens heraus.

Da leuchteten ihr die Augen in einem freudigen Glanz, und ihre Brust wogte auf und nieder.

Sie vertieften sich wieder in das Spiel, und es verging geraume Zeit, ohne dass ein einziges Wort zwischen ihnen fiel. Als aber Eike wieder einmal lange auf einen Zug der Gräfin warten musste und endlich ungeduldig zu ihr aufsah, begegnete er dem Blicke Gerlindes, der traumverloren auf ihm ruhte. Purpurglut übergoss ihr Antlitz; verwirrt und beschämt, bei ihrer Versunkenheit in seinem Anblick von ihm betroffen zu sein, wandte sie sich ab. Dann sich fassend brachte sie, noch zitternd vor Erregung, hastig hervor:

»Verzeiht! Ich betrachtete Eure Gesichtszüge, weil sie mich an eine altrömische Gemme meiner Mutter erinnern, einen kostbaren Sardonyx mit einem schönen, überaus feingeschnittenen männlichen Kopf, dem Ihr so ähnlich seht, als hättet Ihr selber dem Bildner dazu gesessen.«

»Auch diese Figuren sind geschnitzt wie von Künstlerhand, zumal die zwei Königinnen. Aber wenn ich sie mit Euch vergleiche,« fügte er höflich hinzu, — »keine von beiden ist so schön wie Ihr, Gräfin Gerlinde!«

»Schmeichler!«

»Ich schmeichle nicht. Ihr seid eine gebotene Königin.«

»Der Ihr einmal über das andere trutzig Schach bietet.«

»Möge die Königin sich schützen und hüten vor ihrem untertänigen Verfolger, der sie offen anfeindet und heimlich verehrt.«

»Sich schützen und hüten!« wiederholte Gerlinde leise.

»Dazu ist sie zu schwach gegen — gegen die Übermacht, die sie bedrängt und bezwingt, und — und — —«

Sie brach ab und sprang von ihrem Sitz empor.

»Ich gebe das Spiel auf, ich kann nicht mehr,« hauchte sie bebend.

»Geht, geht, Eike von Repgow! Ich brauche Ruhe.«

Er ging nicht; da tat sie es. Ihn und das Schachbrett im Stich lassend schritt sie die Stufen des Altans hinab und eilte wie gescheucht durch den Garten in die Burg.

Verwundert blickte Eike der Flüchtenden nach. Was — was ist das?

Elftes Kapitel.

Eike hatte eine fast schlaflose Nacht. Aufregende Gedanken wirbelten ihm im Kopf herum, hielten ihn wach und verschleierten ihm wie wallende Nebel die Tragweite seiner heutigen Erlebnisse. Auf seiner stillen Morgenwanderung durch den Wald hatte er frische Kraft und Sammlung zur Arbeit gesucht und gefunden, und hier im Schlosse war ihm die draußen gewonnene Ruhe wieder verloren gegangen. Zwar sträubte er sich dagegen, eine vermeintliche Entdeckung als unumstößliche Gewissheit hinzunehmen. Wenn er aber die beiden zeitlich getrennten Vorgänge des Tages, Gerlindes leidenschaftliches Lied und ihre Verwirrung beim Schach, aneinander reihte und in ursächlichen Zusammenhang brachte, musste er auf die Vermutung kommen, dass ihm ihre ungestillte Sehnsucht galt.

Wie ein Schlag aus dem Dunkeln traf es ihn. Was um Gottes willen sollte daraus werden, wenn das Wahrheit und Wirklichkeit wäre? Ein Schrecken überfiel Eike bei der Vorstellung von sich daraus ergebenden Möglichkeiten, die zu schicksalsschweren Ereignissen führen konnten, und zum ersten Mal in seinem Leben wünschte er sich zu irren, sich ganz und gar gründlich zu irren.

Heute Mittag bei Tische hatte er sich noch durch scheinbar harmlose Fragen und auf Schleichwegen vergeblich bemüht, den zu ermitteln, an den das Lied der Sehnsucht gerichtet war; nur an sich selber hatte er dabei nicht gedacht, und nun waren ihm plötzlich die Schuppen von den Augen gefallen.

Rückschauend ließ er die ganze Zeit seines Hierseins an sich vorüberziehen, um die Spur zu finden, die ihn zur Erkenntnis von Gerlindes Seelenzustand leiten konnte. Aber kein ihn ermutigendes Entgegenkommen, nicht das kleinste Zeichen einer unerlaubten, die Grenzen gern erwiesener Gastfreundlichkeit überschreitenden Huld und auch kein übereiltes Sichvergessen der jugendlich lebhaften Frau tauchte in seiner Erinnerung auf.

Und wie war es denn mit seinem Herzen bestellt? Von Anfang an war er von der natürlichen Anmut der Gräfin angezogen, bestrickt, bezaubert worden, und bald hatten ihre vielseitige, der seinigen ebenbürtige Bildung, ihre schnelle Auffassung und Verarbeitung alles dessen, was Geist und Gemüt anging, ihm erst eine aufrichtige Verehrung für sie und endlich eine tiefe Neigung zu ihr eingeflößt.

Da prüfte er sich ernstlich, ob er nicht seinerseits die gegenwärtige Lage der Dinge verschuldet, ob er sich der Gräfin nicht zu sehr genähert, nicht zu dreist um ihre Gunst geworben hätte. Nein, das hatte er nicht getan, hatte nicht mit leichtfertig kosigem Minnedienst nach ihrer Gnade getrachtet und brauchte sich keines Verstoßes gegen höfische Sitte und mannhaft ehrbare Ritterlichkeit zu bezichtigen. Heut' Abend auf dem Altan, als sie ihm vorwarf, dass er zu gering von ihr dächte, hatte er sich zu einer fast schon zu vielsagenden Andeutung hinreißen lassen, die er jetzt bereute. Nie wieder sollte dergleichen über seine Lippen kommen, denn nun und nimmer durfte Gerlinde erfahren, was sich für sie in ihm regte.

Sie aber hatte, wohl sehr gegen ihren Willen, ihm ihr Herzensgeheimnis so offensichtlich enthüllt, dass er an ihren Gefühlen kaum noch zweifeln konnte. Was wollte der ihn wie mit Armen umschlingende Blick, bei dem er sie überraschte und für den sie die zwar geschickte, aber wenig glaubhafte Ausrede von feiner Ähnlichkeit mit einer altrömischen Gemme fand? Und was für eine Übermacht war es, der sie nicht standzuhalten vermochte und vor der sie in Bangen und Beben die Flucht ergriff? Doch keine andere als die der Bezwingerin aller Menschenherzen.

Und von deren Einflüsterungen getrieben hatte ihm Gerlinde sogar bei seiner Arbeit helfen wollen. Diese Hilfe, doch sicher auch in der Hoffnung angeboten, seine Gesetzgebung dabei in ihrem Sinne beeinflussen zu können, hatte er natürlich ablehnen müssen. Aber wie unsäglich würde es ihn gefreut haben, wenn er sich wie über so viele andere Dinge auch über das Werk seines Lebens in inniger Übereinstimmung mit ihr befunden hätte! Das war jedoch leider nicht der Fall, wie er sich erst kürzlich wieder einmal überzeugen musste, als das Gespräch, von der Gräfin darauf hingelenkt, auf sein Buch gekommen war.

Den Kopf voll mit einer von ihm geplanten Bestimmung gegen eine zu Unrecht bestehende kirchliche Einrichtung, die auf das Rechtsgebiet hinübergriff, hatte er einen scharfen Tadel darüber ausgesprochen. Er hatte es eine von der Geistlichkeit beliebte falsche Auslegung und missbräuchliche Nutzanwendung dogmatischer Satzungen genannt und damit die Gräfin in ihrer bedingungslosen Gläubigkeit verletzt. Da war sie zornig aufgefahren.

»Davon will ich nichts hören, das macht mit Euch allein aus! Wenn Ihr bekrittelt und verspottet, was mir heilig ist, so wird niemals Eintracht und Friede zwischen uns sein.«

Danach hatte sie ihm den Rücken gekehrt und ihn wie einen gescholtenen Knaben stehen lassen.

In diesem klaffenden Zwiespalt war etwas, das Eike nicht begriff. Er begriff nicht, wie das Abstoßende, das ihr aus seiner freigeistigen Richtung so schroff entgegentrat und das Anziehende, das sie an seine Person und seinen Umgang fesselte, sich in ihrem Herzen zu dem Gefühl aufrichtiger Zuneigung verschmelzen konnten. Über diesen Widerspruch mochte er in der schon weit vorgeschrittenen Nacht nicht mehr brüten und grübeln, denn jetzt siegte die Macht der Natur über den Ermüdeten und versenkte ihn endlich in erlösenden Schlummer.

Aber kein ruhiger, erquicklicher Schlaf breitete seine sanften Fittiche über ihn; unsinnige, zusammenhanglose Träume suchten ihn auf seinem Lager heim und umgarnten ihn mit beklemmenden Vorstellungen.

Eike saß wieder am Schachbrett, nicht auf dem Altan, sondern im Gemach der Gräfin, doch nicht diese, sondern Graf Hoyer war sein Widerpart, und das Gefecht war schon in voller Entwicklung. Eike verriet von vornherein und mit jedem Zuge das Bestreben, die Königin seines Gegners gefangen zu nehmen. Der Graf durchschaute diesen Plan, richtete sein Spiel danach ein und ging aus tapferer Verteidigung der unablässig Verfolgten zu scharfem Angriff über, so dass der Kampf ein sehr erhitzter und erbitterter wurde. Gräfin Gerlinde saß abseits, hielt die Harfe im Arm und ließ aus den Saiten die Melodie ihres Sehnsuchtsliedes ertönen, Eike dabei unverwandt anblickend. Dieser horchte danach hin und rief sich zu den leise rauschenden Klängen die Worte des Liedes zurück, soviel ihm davon im Gedächtnis geblieben war. Das lenkte seine Aufmerksamkeit vom Schachbrett ab und verwirrte ihn Es war ihm, als würden die Elfenbeinfiguren so klotzig schwer, dass er sie kaum von der Stelle bewegen konnte. Sie rückten überhaupt nicht dahin, wohin er sie haben wollte, entglitten seiner zitternden Hand und wandelten unbotmäßig ihre eigenen Wege, wobei sie Fehler über Fehler machten, Eike beträchtliche Verluste auf dem Schlachtfelde erlitt und von seinem Ziele, sich die Königin zu erobern, immer weiter abgedrängt wurde. Er schämte sich seiner unausbleiblichen Niederlage unter den Augen der geliebten Frau, und es erboste ihn, wenn der Graf mit grimmig drohender Stimme ihm Schach und aber Schach entgegenschrie. Und doch konnte er keinen Laut des Unmutes aus seiner wie zugeschnürten Kehle hervorbringen und konnte auch, als wäre er auf seinem Stuhle festgenagelt, nicht aufspringen und davonlaufen, wie es Gerlinde heut' Abend auf dem Altan getan hatte. Hilflos flehend sah er zu ihr hinüber, aber sie rührte sich nicht vom Flecke, ihm beizustehen und ihn aus seiner verzweifelten Lage zu retten, was sie, wenn sie gewollt hätte, mit ihrer Meisterschaft auf dem Brette vielleicht noch gekonnt hätte. Es schien ihm sogar, als zuckte eine Regung von Spott um ihren schönen roten Mund.

Bald war sein König unentrinnbar umstellt und damit das Spiel für Eike verloren, weil Gerlinde ihn mit den Klängen ihres Liedes berückt und aus der Fassung gebracht hatte. Unter dem schallenden Hohngelächter des Grafen zerrann das grausame Traumbild.

Eike perlte der Schweiß auf der Stirn, und er lag, er wusste nicht wie lange, wachend und schwer atmend im Bette. Als er aber wieder eingeschlafen war, gaben ihn die äffenden Gesichte noch nicht frei; nur der Schauplatz und die handelnden Personen wechselten.

Sein zweiter, mehr possenhafter als beängstigender Traum gestaltete sich folgendermaßen.

Eike trat, von den Bergen kommend, in sein Arbeitszimmer, aber die beiden, die er zu seinem Erstaunen dort antraf, hörten und sahen ihn nicht, als wäre er ein lustiger, unkörperlicher Schemen, und ließen sich in ihrem Tun nicht im Mindesten stören. Wilfred und der allzeit wegfertige Ritter Dowald von Ascharien waren es. Sie saßen sich gegenüber am Schreibtisch und hatten einen irdenen Weinkrug und zwei Becher zwischen sich stehen, deren einen der Ritter eben bis auf den Grund leerte.

Wilfred, sich in Eikes Lehnstuhl breit machend, hielt ein Pergamentblatt in der Hand und begann, dem listig schmunzelnden Pracher vorzulesen, was er darauf nieder geschrieben hatte.

Vom Zech- und Schenkenrecht und von ritterlichen Schulden.

Paragraph eins. So ein fahrender Ritter eine Trinkstube, Schenke oder Herberge in Stadt oder Dorf oder an offener Landstraße mit seiner Einkehr tags oder nachts beehrt, hat sich der Wirt mit abgenommener Kopfbedeckung dem fürnehmen Gaste *devotissime* zu nähern und ihn nach seinen Befehlen zu fragen. Jedwedem Wunsch und Wink des Herrn nach Speis' und Trank hat der Wirt schleunig zu gehorchen und das Beste aufzutischen, was er in Küche und Keller hat. Bei Berechnung der Zeche darf er höchstens die Hälfte des Selbstkostenpreises erbitten, und für den seltenen, aber doch möglichen Fall dass der ritterliche Herr ausnahmsweise kein Geld in seinem Säckel hat, soll der Wirt die aufgelaufene Zeche ins Kerbholz schneiden oder in sein Büchlein schreiben —

»Oder auch in den Schornstein,« flocht Dowald lachend ein — und soll sich bei der gnädigen Verabschiedung des Gastes mit tiefer Verneigung für die ihm erwiesene große Ehre seines Besuches geziemend bedanken.

Paragraph zwei. So ein edler, schildbürtiger Herr sich herablässt, von einem Bürger oder Bauer ein bares Darlehen zu nehmen, soll er von jeglicher Zinszahlung frei sein, und niemals darf er von dem Verleiher daran erinnert und an die Rückgabe des Geldes gemahnt werden. Auch darf der Gläubiger von des Ritters liegender oder fahrender Habe, Haus und Heim, von seinem Heergerät, Gewett und Gerade niemals irgendetwas fordern oder pfänden lassen. Allsobald sieben Jahre und drei Tage nach Abschluss des Leihgeschäftes ohne Rückzahlung des Betrages vergangen sind, ist der Schuldschein für Leiher und Verleiher wie für ihre beiderseitigen Erben verfallen, und damit ist die Sache für alle Zeiten von Rechts wegen abgetan und erledigt.

»Genügt Euch das, Herr Ritter?« schloss Wilfred seinen Vortrag.

»Vollkommen! Du scheinst bei dem Reppechower in der Kunst des Gesetzemachens etwas gelernt zu haben,« erwiderte Dowald. »Aber wird er das alles so Wort für Wort in sein Buch aufnehmen?«

»Um das durchzusetzen müsst Ihr Euch hinter die Frau Gräfin stecken,« sagte Wilfred. »Die vermag alles über den ihr jederzeit willfährigen Ritter von Repgow und kann von ihm verlangen, was sie will.«

Bis hierher hatte Eike die ungeheuerlichen Verrücktheiten, die der Ascharier schon bei seinem unwillkommenen Besuch hier in übermesslichen Wünschen zum Besten gegeben hatte, regungslos mit angehört. Als aber der unverschämte Schreiber es wagte, Gerlinde in so beleidigender Weise bei der Durchführung der ihm von dem alten Abenteurer eingetrichterten Maßregeln heranzuziehen, geriet er in kochende Wut, sprang herzu, packte den Steinkrug, ihn dem nichtswürdigen Gesellen an den Kopf zu werfen und — erwachte aus seinem wüsten Traum. Er hatte sich bei der heftigen Bewegung des Ausholens zum Wurfe mit der Hand an den Bettpfosten gestoßen, und der ihm dadurch verursachte Schmerz hatte ihn geweckt. —

Der Morgen graute, und so dunkel es noch in Eikes Schlafzimmer war, wo er die darin befindlichen Gegenstände noch nicht mal recht unterscheiden konnte, so düster und dunstig war es auch in seinem Kopfe. Ob er überhaupt das alles in seinem Traume genau wörtlich so gehört hatte, wie er es sich einbildete, oder ob die Erinnerung an Dowalds damals geäußertes Verlangen nach einem so beschaffenen ritterlichen Schenken- und Schuldenrecht dabei stark nachhalf, wusste er selber nicht, dachte auch nicht weiter darüber nach.

Aber jetzt schon aufstehen? Bewahre! Er hatte noch lange nicht ausgeschlafen; das wollte er nachholen, und wenn auch die helle Sonne ihn noch auf dem Pfühl bescheinen sollte. Seine von anstrengender Arbeit überreizten Nerven bedurften der Schonung, und die wollte er ihnen angedeihen lassen. Er reckte und streckte sich wohlig im Bette, schloss die Augen, um von dem mit jeder Minute mehr eindringenden Tageslichte nicht gestört zu werden und entschlummerte noch einmal.

Zwölftes Kapitel.

Früher als er gewollt war Eike auf den Beinen, und nicht der Burg und Berg überflutende Sonnenschein war es, der ihn vom Lager lockte, sondern die innere Unruhe, die ihm seit gestern im Blute gärte, hatte ihn aufgerüttelt, dass es ihn nicht mehr im Bette litt. Ein strahlender Morgen begrüßte ihn. Kaum halb bekleidet riss er ein Fenster auf und sog mit durstigen Zügen die jetzt noch kühle Luft ein, die ihn wie ein spülendes Bad erfrischte. Das Tal lag zum Teil noch im Schatten, aber hier auf der Höhe flimmerte und funkelte es um die Stämme und im Gebüsch wie züngelnde Flammen. Die Blätter in den Wipfeln der Bäume wurden von einem leichten Winde bewegt und blinkten noch feucht vom Tau, der ihrem spätsommerlichen Grün einen frühlingsartigen Glanz verlieh.

Eike begab sich in sein schon ganz durchleuchtetes Arbeitszimmer nebenan, und da, beim Anblick seiner vielen Schriftstücke auf dem Tisch und im Büchergestell, schüttelte er die dumpfen Träume der Nacht vollends von sich ab. Die Träume, ja! aber leider nicht zugleich die Gedanken und Zweifel, die ihn vor den Träumen bedrängt hatten.

Es war doch immerhin möglich, dass ihn seine Wahrnehmungen täuschten. Gerlindes Zerstreutheit beim Schachspiel und ihre überstürzte Flucht konnten andere Ursachen haben als seine sie erregende und verwirrende Nähe, und ihrem Liede konnte sie einen anderen, weit in die Ferne gehenden Weg gewiesen haben als den zu ihm.

Was sollte er nun glauben und was nicht? Über Schein oder Wirklichkeit von Gerlindes Liebe musste er sich unter allen Umständen Gewissheit verschaffen, und dazu musste er wieder mit ihr zusammen sein, draußen unter freiem Himmel auf versteckten Pfaden, wo kein Mensch sie sehen und hören konnte.

Ihm fiel ein, dass sie ihn beim Schachspiel gefragt hatte, wann er einmal wieder auf die Berge stiege. Den Wunsch, ihn dann begleiten zu dürfen, hatte sie zwar nicht hinzugefügt, aber doch wohl im Stillen gehegt.

Heute schon wollte er ihn ihr erfüllen, obgleich er dann wieder kostbare Stunden verlor wie gestern, wo er den ganzen Vormittag müßig im Walde umhergestrichen war. An arbeiten war ja doch nicht zu denken, solange er von Zweifeln hin und her geworfen wurde wie ein steuerloses Schiff auf sturmbewegtem Meere. Wie aber, wenn sich Gerlinde weigerte, ihm in die Einsamkeit zu folgen? Nun, dann wusste er genug, dann getraute sie sich nicht mehr, mit ihm allein zu sein, weil sie sich vor ihm und wohl noch mehr vor sich selber, vor ihrer Schwachheit ihm gegenüber fürchtete.

Als Melissa kam und ihm sein Frühstück brachte, erkundigte er sich nach dem Befinden ihrer Herrin.

»Ich kann es nicht loben,« gestand Melissa mit bekümmerter Miene. »Die Frau Gräfin sieht blass und angegriffen aus wie nach einer schlaflosen Nacht, was ich gar nicht an ihr kenne. Sie ist überhaupt seit einiger Zeit anders als sonst, oft so schwermütig, als trüge sie ein heimliches Leid mit sich herum.«

Dabei blickte das kluge Mädchen Eike forschend an, der wohl merkte, dass Melissa mehr wusste als sie sagen wollte.

»So! Schlecht geschlafen,« sprach er, keineswegs überrascht von dieser Kunde. »Nun, da würde ihr eine kleine Wanderung durch den Wald gewiss gut tun. Bestelle ihr doch, ich ginge heute wieder auf die Berge, ob die Frau Gräfin mich begleiten wollte und ich sie dazu abholen dürfte. Und bringe mir Bescheid, Melissa!«

»Sofort, Herr!« erwiderte die gefällige Zofe, sichtlich froh über die ihr aufgetragene Botschaft, mit der sie leichtfüßig entschlüpfte.

Eike setzte sich zu seinem Morgenimbiss, ohne darauf zu achten, was und wie viel oder wie wenig er davon genoss, denn er war in zu großer Spannung, was Gerlinde beschließen würde. —

Bald kehrte Melissa zurück und meldete:

»Die Frau Gräfin ist sehr erfreut über den Vorschlag und erwartet den Herrn Ritter nach beendetem Frühmahl oder zu jeder ihm beliebigen Stunde.«

»Gut! Ich werde sie nicht lange warten lassen,« versprach er. —

In mindestens ebenso großer Erregung wie Eike befand sich Gerlinde nach Empfang seines Vorschlages, mit ihm auf die Berge zu steigen. Sie verhehlte sich nicht, dass sie sich ihm gegenüber auf dem Altan vergessen hatte, und sorgte, dass er sie durchschaut und ihren Gemütszustand richtig erkannt haben könnte. Zu welchem Zwecke wollte er sie nun sprechen? Entweder um sie als strenger Sittenrichter in die gebührlichen Schranken ihrer Pflicht zurückzuweisen oder, wenn das Herz auch ihm voll war von dem, was das ihrige erfüllte, um ihr das zu sagen und ihr seine Liebe zu gestehen. O Glück ohne Grenzen, wenn er das täte! Wenn er es nun aber nicht tat, sondern schwieg? — Mochte er kommen! Sie wollte ihn, wenn er nicht freiwillig beichtete, auf die Probe stellen, um zu erfahren, ob es heiß oder kalt in ihm war, und sie wusste auch schon, wo und wie sie das machen wollte.

Und Eike kam.

»Ein guter Gedanke, Herr von Repgow, mich auf Euren Waldgang mitzunehmen!«

Mit diesen Worten empfing ihn Gerlinde in der heitersten Weise und bot ihm die Hand, als er eintrat, aber das Herz klopfte ihr bei dem Wiedersehen nach dem gestrigen Abend.

»Ich konnte den Verführungskünsten dieses herrlichen Morgens nicht widerstehen und wollte auch Euch gern zu seinem vollen Genuss im Freien verhelfen,« erklärte er.

»Aber hat Euch denn Euer Studium Urlaub gegeben, Euch mir zu widmen, der Ihr doch so haushälterisch mit Eurer Zeit umgeht?« fragte sie.

»Gerade zu meinem Studium finde ich da draußen die beste Kraft,« erwiderte er.

»Ja, wenn Ihr allein geht und sinnt und grübelt; bei mir werdet Ihr schwerlich Begeisterung dafür suchen.«

»Da seid Ihr im Irrtum, Frau Gräfin,« widersprach er. »Auch bei Euch suche ich sie und verdanke Euch manche Stunde fördersamer Anregung.«

»Also helfe ich Euch doch ein wenig bei der Arbeit, auch ohne Euer Verlangen danach,« lächelte sie.

»Willkommen sind mir Eure Einwürfe stets, denn sie schärfen mir die Klarheit des Denkens,« versetzte er.

Mit so vorläufigen, ihre wahre Absicht verhüllenden Reden trachteten beide, über die Verlegenheit der ersten Minuten hinwegzukommen, konnten jedoch ihrer Befangenheit noch nicht ganz Herr werden, und schon, als sie die Treppe hinab und über den Burghof schritten, war das Gespräch verstummt. Gerlinde aber war froh, dass er nicht gefragt hatte, warum sie vor Beendigung des Schachspieles plötzlich aufgesprungen und davongelaufen war.

Eine kurze Strecke hielten sie sich auf dem Fußsteig zu Tale; dann bog die Gräfin links ab in den dichten Wald hinein, wo es keinen Weg mehr gab.

Eike folgte ihr, und sie erwartete nun, dass er beginnen würde, ihre Gefühle zu dämpfen oder ihr die einigen, gleichgearteten zu offenbaren. Er machte aber keine Anstalten dazu, weder zu dem einen noch zu dem andern. Weshalb zaudert er wohl? dachte Gerlinde.

Sie wollte ihm zu Hilfe kommen, ihn anregen, ihn in eine gehobene Stimmung versetzen.

Auf einer kleinen Lichtung blieb sie stehen, schaute zu den Bäumen empor und sprach:

»Wann ist der deutsche Wald am schönsten? Im Frühling, wenn die Knospen brechen und ihre zarten Fähnlein entfalten, alles blüht und duftet und schmetternde Stimmen aus hundert Vogelkehlen erschallen? Im Sommer, wenn alle diese nächtigen Kronen voll belaubt sind und es in ihnen schwingt und wogt, flüstert und rauscht? Oder was meint Ihr zum Herbste, wenn der Wald von Sturmesodem durchfaucht sich schüttelt und braust und wieder, von Sonnenschein überflossen, in allen Farben, in Grün und Gold, in Purpur und Violett schillert und prunkt? Und habt Ihr ihn schon einmal im tiefen Winter gesehen in seinem starren, überwältigenden Todesschweigen, wenn die Tannen wie Gespenster in weißen Mänteln stehen und ihre Zweige sich senken unter der Last des Schnees, der glimmert und glitzert wie mit Diamantsplittern übersät?«

Eike blickte sie erstaunt an und sagte lächelnd:

»Ihr seid eine Dichterin, Gräfin Gerlinde!«

»Eine Dichterin! Habt Ihr kein anderes Empfinden dafür als achselzuckenden Spott, nüchterner Schriftgelehrter?« ereiferte sie sich. »Ist es nicht ein unermessliches Wunder, dieses durch die Jahrtausende sich gleichbleibende Blühen und Welken und wieder Erblühen? Es geschieht auch nach Gesetzen, aber nach unwandelbaren, ewigen, nicht nach solchen, wie die Eurer Doktorenzunft, an denen beständig herumgeflickt und gebastelt wird und die, was gestern noch als Recht galt, morgen zum Unrecht stempeln.«

»Weil die Natur selber in ihrem Werden und Wirken unwandelbar ist, müssen es auch ihre Gesetze sein,« entgegnete er. »Und weil die Menschheit sich in einem unaufhaltsamen sittlichen und wirtschaftlichen Fortschritt bewegt, müssen auch menschliches Recht und Gesetz stetig fortschreiten und in lebendigem Flusse bleiben. Begreift Ihr das?«

Nun sah Gerlinde ihn verdutzt an, und wie verletzt von seiner Frage erwiderte sie fast unmutig:

»Ja! So dumm bin ich nicht, das nicht zu verstehen.«

»Ist auch schon ein Fortschritt,« lachte er.

»Wollt Ihr dann nicht auch gleich ein neues Gesetz dafür machen?«

»O ich wüsste schon eines.«

»Nun?«

»Wenn eine Frau einen Mann gut und recht versteht, so soll sie ihm ihr Herz erschließen und ihm in allen Dingen Glauben und Vertrauen schenken.«

Da hatte sie's!

Das also war es, was er von ihr wollte; sie sollte ihm rückhaltlos ihr Innerstes eröffnen. Dazu trieb es sie ja längst mit einem kaum noch zu bändigenden Drange, aber erst dann wollte sie es tun, wenn sie über ihn im Reinen war und er sich ihr erschlossen hatte. Nur Zug um Zug konnte das geschehen.

Um Zeit zur Überlegung zu gewinnen, was sie ihm antworten sollte, ging sie schnell weiter und eilte auf einen Trupp blassroten Wegerich zu, der abseiten im Gebüsch stand und von dessen wohlriechenden Blüten sie wählerisch einige pflückte.

Eike blieb nicht zurück und war bald wieder an ihrer Seite. Da knüpfte sie den abgerissenen Faden an:

»Ich glaube und vertraue Euch, Eike von Repgow! Und wenn ich von Gesetzen sprach, die immer wieder geändert werden müssten und im Handumdrehen aus Recht Unrecht machten, so bezog sich das nicht auf die Gesetze, die Ihr schreibt, denn ich habe eine sehr hohe Meinung von Eurem Werke. Ihr habt mit Eurer Arbeit etwas in mein Leben getragen, an das ich bisher nie gedacht habe und das mir nie wieder verloren gehen kann. Immer deutlicher erkenne ich die Kühnheit und Großartigkeit Eures Planes, eine allgemeine Rechtseinheit herzustellen, und vor allem bewundere ich Eure hingebende Liebe zu Eurer Heimat und Eurem Volke, die wie ein breiter, wellenschlagender Strom, Fruchtkeime und Goldkörner mit sich führend, durch Euer hochherziges Schaffen fließt. Über manche Einzelheiten werden wir uns nie verständigen, aber ich achte Eure Anschauungen über göttliche und menschliche Dinge, weil sie auf Überzeugung beruhen. So ist es doch Euer Gesetzbuch, was uns einander nahe gebracht hat und uns niemals voneinander scheiden soll.«

»Gräfin Gerlinde! Dank für diese Worte!« rief er, ihre Hand zu festem Druck erfassend. »O könntet Ihr ermessen, wie unaussprechlich glücklich Ihr mich damit macht! Ihr und Kaiser Friedrich seid die zwei, die mich fort und fort auf dem Wege meiner Gedanken begleiten.«

»Was soll der Kaiser dabei?« fragte sie mit leicht gekräuselter Stirn.

»Er hat mir gestern einen Gruß gesandt. Verzeiht,« unterbrach er sich, »das ist nicht wörtlich zu nehmen. Als ich gestern Morgen da drüben auf dem Berge war, verstimmt, bedrückt, zweifelnd an meiner Kraft zur Vollendung des Werkes, da kam von Süden her ein Adler geflogen und zog seine Kreise in den Lüften gerade über meinem Haupte wie mich schirmend und begnadend mit seinen mächtig gebreiteten Schwingen. Der Flug des königlichen Vogels war mir wie ein Zeichen, eine Botschaft des Kaisers aus Italien, dass ich nicht verzagen sollte. Da fasste ich wieder Mut, und als ich heimkam, war ich getrost und sicher, das vollbringen zu können, was ich begonnen, und jetzt habe ich auch Euren Segen dazu. Nun fliegt meine Hoffnung hoch, höher als der Adler, bis zu den Sternen empor.«

Als ihn Gerlinde so voll Begeisterung und Freude sah, trieb es sie, ihm eine Frage vorzulegen, die sie in der Unsicherheit ihrer Beziehungen zu Eike Tag und Nacht beschäftigte.

»Sagt mir,« begann sie, »Ihr, die Ihr alle menschlichen Rechte kennt, darüber viel nachgedacht habt und für Alt und Jung, für Reich und Arm Gesetze schafft, sagt mir: welches Recht ist größer und stärker, das Recht der Vernunft oder das des Herzens? Habt Ihr ein Gesetz, das in dem Streite zwischen Pflicht und Neigung unfehlbar entscheidet?«

Da merkte Eike. dass Gerlinde selber mitten in dem Kampfe zwischen Pflicht und Neigung stand, wollte es jedoch ihr allein überlassen, ihn durchzufechten, um an der Weise, wie sie dies tun würde, den Grad ihrer Liebe zu bemessen, an der er nun nicht mehr zweifelte.

»Gerlinde,« sprach er, »es gibt Dinge im menschlichen Leben, die sich durch Recht und Gesetz nicht regeln lassen. Ein fein empfindendes und tapferes Herz trifft, vor eine schwere Wahl gestellt, auch ohne gesetzlichen Zwang das Richtige.«

Mit dieser kurzen Antwort, die weder ein Urteil noch einen Rat enthielt, musste sich Gerlinde wohl oder übel begnügen, und sie wanderten eine Weile stumm nebeneinander dahin, wobei es Eike so schien, als ob Gerlinde jetzt noch entschlossener und schneller vorwärts schritte.

Als sie aber immer tiefer in die pfadlose Wildnis gerieten, fragte er:

»Findet Ihr Euch hier im Walde überall zurecht?«

»Eine Stunde im Umkreise der Burg wohl, darüber hinaus jedoch nicht.« erwiderte sie. »Hier führe ich Euch einen verbotenen Weg.«

»Ich sehe keinen,« versetzte er.

»Ist auch nicht nötig, wenn ich ihn nur weiß zu dem, was ich Euch zeigen will. Also folgt mir oder bleibt mir zur Seite.«

Er fügte sich ihrem Willen, und bald kamen sie zu einer dunkelschattigen, schier grausigen Schlucht, in der ein murmelndes Bächlein zu Tale rann. Diese mussten sie durchschreiten. aber abschüssiges, zerklüftetes Gestein und sperriges Gestrüpp erschwerten den Übergang, und Eike bot seiner unerschrockenen Gefährtin jede mögliche Hilfe. Ihn durchschauerte es wonnig, wie sie sich bei der Kletterei auf seine Schulter stützte, sich an ihn schmiegte, während sie mit der freien Hand das Kleid raffte, so dass er die schmalen Füße sah, wie sie achtsam sicheren Halt für jeden ihrer Tritte suchte.

Auf der anderen Seite der Schlucht mussten sie nun wieder hinauf, aber das wurde ihnen leichter als bergab, und drüben hatten sie nicht viel mehr zu steigen.

Ungetüme Eichen und Buchen reckten ihre Riesenstämme und ihre gewaltigen Äste in die Höhe und Breite, üppig wucherndes Farrenkraut, mannigfaltige Sträucher und Stauden mit Blüten und Früchten, Pilze mit roten und gelben Hüten wuchsen da und eine Menge in allen Farben schillernder Blumen. Vom Himmel war wenig zu sehen, so dicht verzweigte sich das Laub der Baumkronen, durch dessen dunkelgrüne Schatten Vögel schwirrten, auch wohl einmal ein Eichhörnchen sprang oder ein Marder huschte. Unten am Boden raschelte kleineres Getier durch knorriges Wurzelgeflecht und niederes Gekräutig dahin und daher. Es war ringsum eine lebensvolle, kraft- und saftstrotzende, ganz märchenhafte Waldeinsamkeit, deren sinnbestrickendem Bann sich die zwei Menschen wortlos hingaben.

Endlich gelangten sie zu dem von der Gräfin erstrebten Ziel. Es war die aus einem Klippenspalt hervorrieselnde, kristallklare Quelle des Bächleins, das seinen geschlängelten Lauf durch die düstere Schlucht nahm. Sie war beckenartig von einem niedrigen, grünbemoosten, stark zerfallenen Gemäuer eingefasst, von dem hie und da wie, durch gewaltsame Zerstörung verstreute Trümmer umherlagen. Über dem Sprudel, nur ein wenig seitwärts von der Klippe, erhob sich der halbmannshohe Rest eines vierkantig aus einem Stück gehauenen Denksteins, auf dem noch die verwitterten Spuren einer eingemeißelten Runenschrift erkennbar waren.

Mit Staunen betrachtete Eike diesen verborgenen Schauplatz einer fernen Vergangenheit.

»Nun will ich Euch künden, wohin ich Euch geführt habe,« hub Gerlinde schwer atmend an. »Dies hier nennt man den Heidenquell, denn es war einst ein der heidnischen Göttin Holda geweihtes Heiligtum, dessen Besuch und Anbetung die hierher entsandten Männer mit Kreuz und Skapulier unter Androhung furchtbarer Höllenstrafen verboten und verfluchten. Sein Wasser war wundertätig und ist es heute noch, wie Großmutter Suffie in der Talmühle behauptet.«

»Und was für Wunder wirkt es? Heilt es Krankheiten und Gebrechen?«

»Es macht Blinde sehend, wenn sie es in der richtigen Weise anwenden. In alten Zeiten mussten sie dazu einen tiefsinnigen Beschwörungsspruch raunen, den mir Suffie aber nicht mitteilen konnte,« sprach Gerlinde, immer unruhiger und erregter werdend.

»Nun, wir beide sind ja, Gott sei Dank, nicht blind, brauchen also das Wasser an uns nicht zu erproben,« lächelte er.

»Doch, Eike von Repgow, lasst es uns erproben!« bat sie inständig.

»Ja, ist es denn so wohlschmeckend oder vielleicht so gesundheitstärkend, dass es sich eines Trunkes verlohnt? Ich trinke alles, was Ihr mir kredenzt; habt Ihr ein Becherlein in der Tasche?«

»Trinken wollen wir nicht; der Zauber vollzieht sich in anderer Art,« erwiderte sie. »Taucht den Finger in die Quelle und benetzt mir die Augen mit dem wundertätigen Nass; ich werde Euch den gleichen Dienst erweisen. Dann werden wir sehend und können beide einer in des anderen Herzen lesen.«

Er erschrak bei diesem seltsamen Begehren, das ihm die Augen auch ohne Benetzung zu einem Einblick in ihr Herz vollends öffnete.

»Ihr, eine christgläubige Frau, wollt einem alten Heidenbrauche frönen?« hielt er ihr vor, um sie von ihrem Vorhaben abzubringen, an dessen Wirkung er zwar nicht glaubte, das ihn aber zwang, zu sagen, was er gern verschwiegen hätte.

Es half ihm nichts. Mit den Worten: »Nicht in dem heidnischen Brauch, in dem Wasser selber steckt die geheimnisvolle Kraft, von Gott hineingelegt,« schritt sie dem Rande des Beckens zu.

Da vertrat er ihr den Weg.

»Halt. Gräfin! Dieses Orakel versuche ich nicht,« erklärte er.

»Warum nicht? Wollt Ihr nicht wissend werden, weil Ihr schon wissend seid?« fragte sie mit vor Freude erglühendem Antlitz.

»Ich bin wissend, Gerlinde!« sprach er ernst, »und ich weiß auch den Beschwörungsspruch, der uns beiden einzig frommt. Er lautet: entsagen und schweigen!«

Bis ins Mark getroffen starrte sie ihn an. Sie hatte verstanden. Tränen rollten ihr über die Wangen und schluchzend sank sie ihm an die Brust. —

Lange, lange hielt er sie fest umschlungen, bis sie ruhiger wurde und sich sanft von ihm löste.

»Komm!« mahnte er, »das Wunder ist geschehen, unsere Herzen haben sich erschlossen, wie der Born dort aus dem Felsgestein bricht, aber kein Quellenzauber befreit uns von dem Leid, das wir, du und ich, durch unser Leben tragen müssen.«

»Wir werden es tragen, Eike, da wir nun beide selig, ach nein! unselig wissend sind. *Ego sum tu et tu es ego,*« sprach sie gefasst und ergriff feine Hand, die sie leise drückte.

Schweigend traten sie den Rückweg zur Burg an, doch nach zehn Schritten wandte sich Gerlinde um und blickte noch einmal nach der Stelle hin, wo sie in selbstvergessener Umarmung einander gefunden hatten.

Dreizehntes Kapitel

Nun war alles geklärt, jeder Zweifel gehoben, die Entscheidung gefallen. Eike wusste sich von Gerlinde geliebt mit der ganzen Leidenschaftlichkeit ihres heißen, südlichen Blutes, und das gleiche wusste sie auch von ihm. Beide waren mit dem nämlichen Vorhaben in den Wald gegangen, die Gefühle des anderen zu ergründen ohne die eigenen zu enthüllen, und doch war auch dieses geschehen.

Zu Hause nun, in seinem Zimmer, der Werkstatt seines Schaffens, erwachte in Eike der Mann des Rechtes, der Verfasser und Verkünder strenger Gesetze, gegen die er selber nicht einmal in Wünschen und Gedanken freveln durfte, und er war der Gast von Gerlindes nichts ahnendem Gatten. Wie hatte er das nur vergessen können, als er dort in der zauberumsponnenen Wildnis am Heidenquell die in Lust und Leid Erzitternde in seinen Armen hielt! Aber sollte er sie schroff und schnöde zurückstoßen, da er sie doch liebte? Er hatte sie nicht an sich gerissen, hatte sie nicht gelockt und gekirrt, nicht mit zärtlichem Gekose ihre Sinne betört. Mit dem Bewusstsein, die Gebote der Pflicht und Ehre weder mit Wort noch Tat verletzt zu haben, beruhigte er sein Gewissen, und bei dem Entschlusse, auf alle Freuden, die ihm in erreichbarer Nähe winkten, zu verzichten, wollte er bleiben, welche Kämpfe und Versuchungen er auch im Bannkreise der inniggeliebten, verführerisch schönen Frau noch zu bestehen haben mochte; sein Herz sollte schweigen und auch sein Mund. —

Andere Gefühle beseelten Gerlinde, als sie aus dem Walde zurückkam und in ihrem Gemach allein war.

Das erste, was sie dort tat, war, dass sie an dem Betpult niederkniete, der Heiligen Jungfrau für das namenlose Glück, von Eike geliebt zu werden, dankte und sie anflehte, diese Liebe zu segnen und zu schirmen, in ihrer Unschuld nicht bedenkend, dass seine Liebe zu ihr wie ihre zu ihm eine sträfliche war, an der die Himmelskönigin kein Wohlgefallen haben konnte. Dann betete sie für das zeitliche und ewige Heil des Geliebten, daran die Bitte knüpfend, ihm Kraft zur Vollendung seines Werkes zu verleihen und ihm dabei die Wege zu führen, die den Frommen und Gläubigen, in Sonderheit der hochwürdigen Geistlichkeit genehm wären.

Danach erhob sie sich freudig, nur noch mit der einen Sorge, ob es ihr gelingen würde, ihre Liebe vor den Insassen der Burg und am meisten — hier schrak sie auf — vor ihrem Gemahl zu verbergen. An den hatte sie noch gar nicht gedacht und dass sie an ihm einen Raub beging, wenn sie ihr Herz einem anderen Manne schenkte. Einen Raub? Sie entzog ihm ja nichts von dem, was er von ihr fordern konnte. Sie schätzte und ehrte ihn, hatte ihn auch auf ihre Weise lieb, aber glücklich und zufrieden war sie an Hoyers Seite nicht. Trotzdem wollte sie nun doppelt aufmerksam und freundlich gegen ihn sein, um ihn, soviel sie vermochte, für das zu entschädigen, was sie in Hülle und Fülle dem andern weihte.

War denn aber ihre und Eikes Liebe unter der Bedingung schweigender Entsagung ein so ungetrübtes Glück, dass sie es so recht aus dem Vollen schwelgend genießen konnte? Nur tief verhohlen sollte diese Liebe ein kümmerliches Dasein fristen, wie eingekerkert, in Banden geschlagen. Niemals sollte die Darbende dem, was nach Befreiung in ihr rang und lechzte, rückhaltlosen Ausdruck geben, niemals in den Armen dessen, an dem ihre Seele hing, wonnetrunken aufjauchzen, sondern ihre Liebe als schwer lastendes Leid durchs Leben tragen.

Würde sie das vermögen? Würde nicht über kurz oder lang einmal die Stunde kommen, wo sie es unwiderstehlich reizte, die Fesseln zu sprengen und sich an Eikes Brust zu werfen? Sie konnte nicht dafür bürgen, sich allzeit fest in der Gewalt zu haben.

Wie wohl er darüber dachte, ob er wohl willig und fähig war, auf immer wunschlos zu entsagen? Es schien ihr so; schon auf dem Rückwege hatte er damit angefangen, denn kein liebeatmendes Wort war seinem Munde entflohen.

Als sie nach dem vorsichtigen Überschreiten der Schlucht bequem nebeneinander gehen und dabei mehr auf alle die Vögel und Blumen rings um sie her achten konnten, hatte Eike die Rede auf den berühmten und begeisterten Freund dieser holden Geschöpfe, auf Walter von der Vogelweide gebracht und Gerlinde von seiner Bekanntschaft mit ihm am Hofe des Markgrafen von Meißen erzählt. Dabei hatte er öfter den Dichter selber sprechen lassen von »der kleinen Vöglein Singen« und von den »lichten Blumen, die aus dem grünen Grase lächeln, als erhofften sie auch des Wanderers nickenden Gruß«, und noch manche andere wohlklingende Verse des großen Meisters in die Unterhaltung eingeflochten. Gerlinde, der Walters Lieder keineswegs fremd waren, hatte ihm gern zu gehört und erwartet, dass ihn sein Gedenken des Verherrlichers der hohen Minne, des unvergleichlichen Sängers von »des Herzens Lehendienst«, auf seine Minne zu ihr hinleiten würden. Das war jedoch nicht erfolgt; er hatte jede auf sich bezügliche Anknüpfung an Walters Dichtungen vermieden.

Nun wollte sie sich seinem Verlangen völliger Enthaltung aller Liebesbeweise unterordnen, wollte schweigen, wenn er schwieg und sein Benehmen als Richtschnur ihres eigenen betrachten, wozu das nahe bevorstehende Mittagsmahl eine gute Gelegenheit bot. —

Bald saßen sie sich am Tische gegenüber. Während Melissa sie bediente und auch ohne nötige Handreichungen im Saale anwesend blieb, gab es sich von selber, dass sie nur über gleichgültige Dinge plauderten. Doch erwähnte Gerlinde der schlauen Gürtelmagd wegen absichtlich und ausführlich ihrer vergnüglichen Wanderung im unbefangensten Tone, als hätte sich in der unbelauschten Waldeinsamkeit durchaus nichts Besonderes zugetragen.

Eike. der den Zweck, die neugierige Horcherin zu täuschen, erkannte, ging sofort darauf ein, und erinnerte noch an einzelne Naturschönheiten, die ihm auf ihrem Wege durch Berg und Tal aufgefallen waren. Dass sie am Heidenquell gewesen, verschwiegen sie wohlweislich.

Als Melissa einmal verschwunden war, erkundigte sich Gerlinde bei ihrem Gaste nach dem Stande seiner Arbeit, mit der er ja einen ganzen und einen halben Tag gefeiert hätte, und zwar zumeist ihr zu Gefallen, wofür sie ihm sehr dankbar wäre. Er gab ihr zur Antwort, dass er allerdings die versäumte Zeit, die er aber, weil in ihrer Gesellschaft verbracht, durchaus nicht als eine verlorene bezeichnen könnte, mit angestrengtem Fleiß wieder einholen müsse, und fügte hinzu:

»Ich brenne darauf, heute Nachmittag da wieder anzufangen, wo ich gestern Morgen aufgehört habe, und hoffe auch, schnell wieder in flotten Schwung und gutes Fahrwasser zu kommen, wenn mich auch manche dringlichen Ausführungen noch hartes Kopfzerbrechen kosten werden.«

»O Ihr werdet auch das Schwierigste zwingen, wenn Ihr wollt,« sagte sie aufmunternd. »Ich glaube an die alles besiegende Kraft Eures Geistes wie an das Licht der Sonne.«

Dann, als Melissa wieder eingetreten war, fuhr sie auf lateinisch fort:

»Tu, dum tua navis in alto est, hoc age.«

Er erwiderte:

»Fata regunt homines, certa stant omnia lege, tu credula pia!«

Sie sprachen nun auch weiter Latein, obwohl sie ihr Geheimnis, von dem nur die klugen Waldvöglein wussten, mit keiner Silbe berührten.

Melissa spitzte die Ohren, und als sie wieder hinausgegangen war, spöttelte sie jenseits der Türe:

»Jetzt nennen sie sich schon du; das haben sie sicher da unten im versteckten Waldesgrunde zusammengeknotet und denken, ich merke nichts, die blind Verliebten. Meinetwegen könnt ihr deutsch reden, was ihr wollt; ich verrate euch nicht.« —

Die beiden im Saale führten ihren Vorsatz, sich zu beherrschen, durch, so schwer es ihnen auch wurde, und über ihre heimliche Liebe fiel weder ein deutsches noch ein lateinisches Wort. Nur von Blick zu Blicke flog es stumm hin und her: *ego sum tu et tu es ego.*

Es war das letzte Mittagessen, das sie allein miteinander einnahmen, denn heut' Abend konnten sie den Grafen von seinem Ritt nach Quedlinburg zurück erwarten, und beiden war es recht, dass er wiederkam, denn an seiner Gegenwart hatten sie einen noch festeren Halt und Schutz, sich nicht zu vergessen und zu unerlaubtem Tun hinreißen zu lassen.

Eike begab sich nach Beendigung des Mahles in sein Zimmer und setzte sich sogleich an seine Arbeit, in die er sich nach Möglichkeit vertiefte, um keinen störenden, sinnberückenden Vorstellungen Einkehr bei sich zu gestatten.

Gerlinde ging in ihr Gemach, streckte sich dort auf das Spannbrett, eine nur zum Ausruhen am Tage dienende Polsterbank mit einer Wolfsfelldecke, und versank bald in einen erquicklichen Schlummer.

Fast eine Stunde schlief sie, erwachte frisch und gestärkt davon und überdachte, nun freier und unabhängiger von dem augenblicklichen Eindruck des Geschehens, die Erlebnisse des heutigen Morgens. Die Gefühle, die sich ihrer dabei bemächtigten, verlangten aber nach Worten; schnell richtete sie sich auf, nahm die Harfe von der Wand und hub an zu singen:

> Seid mir gegrüßt, Gedanken,
>
> Die ihr im Streite siegt
>
> Und euch wie Efeuranken
>
> Um meine Stirne schmiegt.
>
> Wollt mild und freundlich walten
>
> In meines Herzens Haus,
>
> Gleich holden Traumgestalten
>
> Schwebt leise ein und aus.
>
> Das Zweifeln all und Bangen,
>
> Wie liegt es nun so fern,
>
> Derweil mir aufgegangen
>
> Mein schöner Morgenstern.
>
> Er wird mein Schicksal weben,
>
> Mir weisen weg und Zelt,
>
> Hell strahlt er in mein Leben,
>
> In meine stille Welt.
>
> Und muss ich auch verschweigen
>
> Wovon die Brust mir schwillt
>
> Will mich in Demut neigen,
>
> Das Sehnen ist gestillt.

Im Nachspiel ließ sie sanft ausklingen, was sie während der nur halblaut vorgebrachten Strophen bewegt hatte; dann saß sie lange in Sinnen verloren, hatte die Harfe aufs Knie gestellt, auf deren Hals die gefalteten Hände und aus die Hände das gedankenschwere Haupt gelegt. Sie hatte nicht alles, was sie in sich trug, ausgesprochen, hatte mit anderen Empfindungen, die ihr Inneres durchkreuzten, noch zurückgehalten Fragen, die sie gelöst, Zweifel, die sie überwunden wähnte, tauchten noch einmal in ihr auf, und ihre Sehnsucht war von dem Liede nicht in den Schlaf gesungen. Da griff sie wieder in die Saiten und begann aufs Neue:

> Liebt er mich in Treuen so wie ich ihn
>
> Mit unverlöschlichen Gluten,
>
> Und fühlt auch er durch die Seele zieh'n
>
> Des Aufruhrs wogende Fluten?
>
> Der Wissende, weiß er denn wohl genau,
>
> Was Sehnsucht zischelt ins Ohr der Frau?
>
> Wie Wanderer sich begegnen im Land,
>
> So haben wir zwei uns gefunden
>
> Und können uns kaum nur drücken die Hand
>
> In kärglichen, flüchtigen Stunden,

Und ich, in des Liebsten Eigen und Lehn,
Möcht' immerfort ihm in die Augen seh'n.

Doch soll es nicht sein, o bitteres Weh!
Die Glocken läuten zum Scheiden
In unseren Sommer fällt Reif und Schnee,
Wir sollen uns missen und meiden.
Ich gehe zugrunde vor zehrender Not
Und schwinde dahin wie das Abendrot.

Sie hatte sich in eine drangvolle Gemütsverfassung hineingesungen. Nagender Schmerz peinigte sie, kühner Wagemut flammte in ihr auf und kam in den Tönen zum Ausdruck, die sie jetzt den Saiten entriss. Ohne Unterbrechung ging sie in ein immer stürmischer werdendes Vorspiel über, bis sie die Melodie fand zu dem, was ihr nun aus dem übervollen Herzen von den Lippen strömte:

Richter und Schöffen ich komme zu klagen!
Dumpf erdrückendes Leid soll ich tragen,
Wo mir die Seele von Jubel erklingt
Und mit Gewalt der Erfüllung entgegen
Wachsende treibende Wünsche sich regen>
Wie sich die Rose der Knospe entringt.

Niemals hat mir meine Jugend geschäumet
Habe nur immer gehofft und geträumet;
Wusste bis heute vom Glücke nicht viel.
Jetzo mein Erbteil davon zu begehren
Sollen mir Himmel und Hölle nicht wehren,
Gält' es ein noch so gefährliches Spiel.

Ob es zum Guten. zum Bösen sich wende,
Mit der Geduld bin ich endlich am Ende,
Fester Entschluss ist des Handelns Beginn.
Trostlos entsagen und immer entsagen?
Lieber zu Trümmern gleich alles zerschlagen,
Was mir einst heilig — es fahre dahin!

Kann ich nicht retten die sündige Seele,
Wer von den Sterblichen ist ohne Fehle?
Wo ist auf Erden vor Qualen ein Schutz?
Schuld im Gewissen ist's nicht, was ich scheue,
Mir graut nicht vor bohrender Reue,
Mit meiner Liebe biet' ich ihr Trutz.

Zu den letzten Worten des Liedes schlug sie die Harfe so übermäßig stark, dass eine Saite mit schrillem Misston zersprang. Erschrocken starrte sie auf die beschädigte Vertraute ihrer Leiden und Freuden.

Ihr war warm geworden vom Singen, und sie trachtete hinaus ins Freie, sich das erhitzte Blut zu kühlen. So ging sie zum Altan, zu der Stätte, auf der sie schon manchmal Ruhe und Sammlung gesucht und gefunden hatte. Da stand sie vorn an der Brüstung, wo der Wind durch die Bäume rauschte, sie mit kräftigem Hauch anblies, rüttelte und schüttelte, dass ihr gelöstes Haar sie in langen Strähnen umflatterte. Sie achtete dessen nicht, horchte nur auf das Sausen und Brausen des Windes, als hörte sie Stimmen darin, die verständlich zu ihr sprachen und ihr zu Herzen gingen. Aus einer höheren, unbekannten Welt, in der die Geschicke der Menschen von weisen Händen gewogen wurden, sang nun er ihr ein Lied; — klang es von harren und hoffen oder von scheiden und meiden?

Vierzehntes Kapitel.

Da Graf Hoyer bis zum Abend noch nicht auf den Falkenstein zurückgekehrt war, mussten Gerlinde und Eike wieder allein miteinander speisen, und Gerlinde freute sich darauf. Sie hoffte, dass sich Eike inzwischen besonnen haben und ihr nun wenigstens durch größere Traulichkeit und Innigkeit im Verhalten einen stummen Beweis seiner Liebe geben würde.

Als die Essenszeit schon erheblich überschritten war, sandte Gerlinde ihre Zofe zu Eike, ihn herbeizurufen.

Melissa überbrachte ihr jedoch die Bestellung, Herr von Repgow ließe bitten, ihn bei Tische zu entschuldigen, er· säße so tief in der Arbeit, dass er nicht abbrechen könnte und noch Stunden lang zu schreiben hätte. Frau Gräfin möchte die Güte haben, ihm einen kleinen Imbiss auf sein Zimmer zu schicken.

Gerlinde musste sich beim Anhören dieser Meldung sehr zusammennehmen, um ihren Unmut darüber vor Melissa zu verbergen. Sie wandte sich ab und sprach:

»So bring' ihm, was er begehrt, und sag' ihm, ich wünschte ihm eine geruhsame Nacht.«

Nun war ihr die Freude verdorben. Enttäuscht und sorgenvoll spürte sie nach dem Grunde von Eikes nichtiger Ausrede, denn sie glaubte nicht an die Unaufschiebbarkeit seiner Arbeit, deren Vollendung doch wahrlich nicht an Tage gebunden war; er konnte ja morgen ausführen, was er heute nicht fertig schaffte. Nein, nein! Er machte bitteren Ernst mit seiner Entsagung und wollte dem Alleinsein mit ihr aus dem Wege gehen. War das aber wirklich nur übertrieben gewissenhafte Entsagung? Oder war es Mangel an Liebe? Gegen diese niederschmetternde Deutung seiner Weigerung, mit ihr zu essen, sträubte sie sich heftig, und es stieg ihr ein tröstlicher, beglückender Gedanke auf. Vielleicht geschah es gerade aus Liebe zu ihr, dass er es nach dem Vorgang am Heidenquell vermeiden wollte, ohne Zeugen mit ihr zu sein. Diese feinfühlige Rücksichtnahme auf sie und — einen anderen musste sie anerkennen und ehren, wenn ihr auch etwas weniger Selbstbeherrschung seinerseits nicht unwillkommen gewesen wäre. —

Als Melissa mit Eikes Dank zurückkehrte, berichtete sie der Ritter säße gar nicht an seinem Schreibtische, sondern wandelte rastlos von einem Ende des Zimmers zum anderen. Plötzlich wäre er vor ihr stehengeblieben, hätte sie nachdenklich angeschaut und eine Handbewegung nach dem aufgetragenen Essen hin gemacht, als hätte er sagen wollen: Nimm's wieder mit! Ich komme! Aber dann hätte er den Kopf geschüttelt und leise vor sich hin brummend sein unstetes Umherrennen wieder aufgenommen.

Gerlinde lächelte beseligt, denn nun wusste sie, was es mit der angeblichen Arbeit auf sich hatte und dass Eike, nur darum ihre Einladung widerstand, weil er ebenso wie sie mit leidenschaftsvollen Empfindungen rang, denen er nicht ungezügelten Lauf lassen wollte.

Melissa dagegen dachte in ihres Herzens Einfalt: Jetzt haben sie sich zum .ersten Male gezankt, und nun stolziert er in seinem Bücherkäfig wie ein knurrender Löwe umher, muckt mit seiner Löwin und will in seinem Ingrimm nicht einmal das Futter mit ihr teilen. Schadet nichts! So'n kleiner Liebesstreit hat auch sein Gutes, und je bissiger er war, je rührender und süßer ist danach die zärtliche Versöhnung. Wenn es sich der Herr Graf nur noch ein paar Tage bei der hochwürdigsten Äbtissin in Quedlinburg gefallen lassen wollte, damit sich die beiden hier ungestört einander widmen können. Ich werde wachen, dass er sie nicht einmal unvermutet überrascht; das wäre eine schöne Geschichte!

Während Melissa die Gräfin bei Tische versorgte und sah, wie trefflich es ihrer lieben Herrin mundete, folgerte sie: Na, den Appetit hat ihr des tapferen Ritters Halsstarrigkeit wenigstens nicht beeinträchtigt. Ob ihm der kalte Wildschweinsrücken auch so schmeckt?

Eine Stunde blieb Gerlinde nach dem Abendessen noch auf und grübelte fort und fort über Eikes Absage, die ihr nicht aus dem Sinn wollte. Dann begab sie sich, zeitiger als es ihre Gewohnheit war, in ihr fürstlich ausgestattetes Schlafgemach, das außer ihr und Melissa niemand betreten durfte, und ließ sich von der Jungfer entkleiden.

»Höre, wie der Wind braust!« sprach sie. »Ob ein Gewitter im Anzug ist? Mir ist so schwer in den Gliedern.«

Und noch schwerer im Herzen, dachte Melissa. Zur Antwort gab sie:

»Ich glaube nicht, Frau Gräfin, es ist nicht schwül draußen.«

»Doch, doch! Mir klang es eben schon wie ferner Donner,« behauptete Gerlinde. »Da wird der Graf eine üble Nacht haben.«

»Wird der gnädige Herr morgen heimkehren?« fragte Melissa.

»Ich hoffe es, Melissa, aber ich weiß es nicht,« erwiderte die Gräfin.

Darauf schwieg die Neugierige, und nachdem sie ihren letzten Dienst getan und die Herrin zu Bett gebracht hatte, löschte sie das Licht und entschwand geräuschlos.

Draußen sagte sie sich: »Ich hoffe es, — das soll so viel heißen wie: er wird doch nicht?!«

Auch Eike war, nachdem er den Imbiss kaum zur Hälfte verzehrt hatte, die Einsamkeit heute schier unerträglich, und doch war er zufrieden mit sich, dass er sich das Opfer auferlegt hatte und in seinem Entschlusse, das abendliche Zusammensein mit Gerlinde zu vermeiden, fest geblieben war. Die späte Stunde, die lautlose Stille in der Burg, das Halbdunkel in den lauschigen Winkeln des Saales mit den zum Kosen einladenden Sitzen, — in dem allen lauerten Gefahren, denen er sich und die Geliebte nicht aussetzen wollte.

Was nun anfangen mit der heißen Sehnsucht im Herzen? Natürlich arbeiten! Aber wenn er einmal sinnend und suchend aufschaute, die geschickteste Wendung zu finden für das, was er niederschreiben wollte, würde ihm Gerlindes verlockende Gestalt erscheinen, die da drüben so einsam saß wie er hier. Er bedurfte eines äußeren Zwanges, der ihm die Pfade seines Denkens gebieterisch vorzeichnete.

Da kam ihm ein aus der Verlegenheit helfender, guter Gedanke, — Wilfred musste heran! Dem wollte er einen Teil von dem in die Feder diktieren, was er heute nach Mittag nur flüchtig auf das Papier geworfen hatte. Dabei musste er seine ganze Aufmerksamkeit auf den zu behandeln den Stoff lenken und durfte sich durch nichts beirren lassen.

Er wusste, dass Wilfred jetzt in der Dirnitz war und dort das versammelte Burggesinde mit seinen Schnurren und Schwänken unterhielt. Seiner habhaft werden konnte er aber nur, wenn er ihn sich selber heraufholte, denn einen Boten hatte er nicht zu versenden. Ohne Säumen machte er sich auf, doch ein glücklicher Zufall führte ihm schon auf der Treppe den Knecht in den Weg, der sein hier im Geschirrbau eingestelltes Pferd wartete und es auch, weil Eike dazu keine Zeit hatte, täglich bewegte, damit es vom Stehen nicht steif und vom gräflichen Hafer nicht zu fett wurde.

»Sibold,« sprach er ihn an, »geh' in die Dirnitz und schicke mir den Wilfred, ich hätte eilige Arbeit für ihn, er sollte gleich kommen.«

»Den Fred meint Ihr?« fragte der Knecht. »Ja, Herr, der wird da schwer loszukriegen sein, aber ich schaffe ihn Euch, und wenn ich ihn an Händen und Füßen gebunden bringen müsste.«

»Dann schnür' ihm die Hände nicht zu fest,« erwiderte lachend Eike, »denn er soll noch schreiben bei mir, viel schreiben.«

Darauf machten sie beide Kehrt auf der Treppe. Eike stieg wieder zu seinem Zimmer empor, und der Knecht trollte sich nach der Dirnitz.

Als Sibold hier dem Lustigsten im ganzen Kreise, der sich einer so haarsträubenden Zumutung, jetzt, bei nachtschlafender Zeit noch schreiben zu sollen, nicht im Entferntesten gewärtigte, den Befehl des Ritters vor aller Ohren laut verkündete, saß Wilfred vor Schreck starr und versteinert da, während sämtliche Anwesenden in ein schallendes Gelächter ausbrachen und den giftig Dreinschauenden mit dem foppenden Singsang anjohlten:

»Schreib', Schreiberlein, schreib'! Schreiben ist Zeitvertreib.«

Nur Melissa beteiligte sich nicht an dem Spotte, sondern schenkte ihrem Günstling einen mitleidvollen Blick.

Ingrimmig erhob sich der Gehänselte und stapfte zu der Folterkammer hinauf, wie er Eikes Arbeitszimmer nannte, wenn er darin sitzen und schreiben musste.

Diesmal musste er bis tief in die Nacht hinein aushalten, ehe der erbarmungslose Gesetzgeber beim Schluss eines größeren Abschnittes mit dem Diktieren endlich Schicht machte und seinen erbosten Gehilfen entließ, der oben in seinem Turmlosier stöhnte:

»O Jammer und Elend! Was wird mein liebes Füchslein sagen, wenn ich ihm diese Niederträchtigkeit erzähle!«

Eike ging dann auch zur Ruhe und dachte, sich abgespannt die Stirne streichend: Der Abend wäre also überstanden; hättest ihn angenehmer verleben können.

Am Morgen wurde die Schreibarbeit beizeiten wieder aufgenommen. Eike diktierte dem noch nicht recht ausgeschlafenen Wilfred die andere Hälfte des nur in vor läufigen Aufzeichnungen Niedergelegten, und das währte bis gegen Mittag, wo der schmetternde Hornruf des Türmers die Ankunft des Burgherrn meldete. Eike, um ihn zu empfangen, eilte aus dem Gemach, womit sich auch Wilfred als beurlaubt betrachtete, demgemäß er schleunig entwischte.

Mit beklommener Brust schritt Eike die Treppe hinunter, da er jetzt dem gegenübertreten sollte, mit dessen Gattin er das verhängnisvolle Erlebnis am Heidenquell gehabt hatte. Denn obschon dies nicht von ihm herbeigeführt war, fühlte er sich mit seiner verbotenen Liebe doch nicht frei von Schuld.

Graf Hoyer rief ihm schon vom Sattel aus zu:

»Horrido, Eike! Da bin ich wieder!«

Dann stieg er vom Pferde und sie schüttelten sich die Hände.

»Die Sache hat länger gedauert als ich dachte, habe einen harten Strauß mit durchfechten müssen,« begann der Graf und fügte gleich die Frage hinzu: »Was hast du denn neulich auf der Pirsch geschossen?«

»Ich war nicht auf der Pirsch,« erwiderte Eike.

»Nicht? Aber du hattest doch, als ich mich hier von dir verabschiedete, die Armbrust auf dem Rücken, wie mir däuchte.«

»Nein, Herr Graf! Da habt Ihr Euch getäuscht; ich wollte nur Luft schöpfen.«

»Aha! Luft schöpfen, na ja! Hast's auch nötig, siehst blass genug aus von dem ewigen Stubenhocken und Gesetzemachen,« schalt der Graf freundschaftlich. »Wann wirst du denn dein Weidmannsheil endlich hier versuchen? Die Jagdhütte da oben ist längst fertig und harrt immer noch ihres ersten nächtlichen Einliegers. Du solltest sie einweihen, dann würde ich sie auf deinen Namen taufen. Eike von Repgow-Hütte, klingt das nicht hübsch?«

»Wenigstens mir sehr schmeichelhaft, Herr Graf,« versetzte Eike. »Aber es wäre eine unverdiente Ehre, denn ich habe keine Zeit zum Pirschen.«

»Keine Zeit! Nächstens werde ich dem Herrn Rechtsgelehrten einmal eine Vorlesung über das Gastrecht halten, ich meine, über die Rechte, die dir als Gast hier zustehen, auch auf der Wildbahn, Eike! Denn Pflichten hast du auf dem Falkenstein nicht, wie du weißt.«

Unter diesem Gespräch, zu dem das bei weitem meiste der Graf beigetragen hatte, waren sie die Treppe hinaufgekommen und trennten sich oben, der Graf mit den Worten:

»Ich will erst meine Frau begrüßen und mir's dann ein wenig bequem machen; bei Tische werde ich euch berichten, was ich in Quedlinburg zu schaffen hatte.«

In seinem Zimmer sagte sich Eike:

»Über das Gastrecht will er mich belehren, und ich hätte hier keine Pflichten. Hab' ich nicht schon beides verletzt, als ich Gerlinde in meinen Armen hielt? Ich konnte ihm nichts darauf antworten, und wie wird sie damit fertig werden ihm gegenüber?«

Das Mahl ließ sich indessen ganz behaglich an. Graf Hoyer war in der besten Laune und die Gräfin so heiter und gesprächig, als laste nicht der geringste Druck auf ihr.

Da fand auch Eike schnell den rechten Ton in der Unterhaltung, und die drei tafelten wieder so traulich miteinander wie vorher, ehe der Graf ausgeritten war. Die gefürchtete Frage: was habt ihr beiden denn während meiner Abwesenheit hier angefangen? stellte er glücklicherweise nicht, sondern gab ihnen nun über seinen Aufenthalt in Quedlinburg eingehende Auskunft, die er durch eingeschaltete Bemerkungen noch des näheren erläuterte und vervollständigte.

Es handelte sich dort um den alten Streit über die Palmsonntagfeier, den die jetzt regierende Äbtissin Osterlindis von ihren Vorgängerinnen Bertradis und Nanigunde geerbt hatte. Seit einer langen Reihe von Jahren war es Brauch, dass der Bischof von Halberstadt-mit dem gesamten Domkapitel und einer erklecklichen Zahl noch anderer Prälaten und Kleriker am Palmsonntag.-

nach Quedlinburg kam und von der Äbtissin in ihrem Schlosse festlich bewirtet wurde. Für die Einwohner der Stadt war das ein sehr anziehendes Schauspiel, und es gab stets einen großen Andrang neugierigen Volkes, das den Einzug der kirchlichen Würdenträger in ihren reichgeschmückten Pontifikalgewändern sehen und womöglich auch dem prunkhaften Gottesdienst in der herrlichen Basilika der ehemaligen Kaiserpfalz beiwohnen wollte. Diese Bewirtungen hatten jedoch einen immer ausgedehnteren Umfang angenommen. Der Bischof rückte mit einem Gefolge von mehr als hundert Pferden an, und die geistlichen Herren, die nach überstandener Fastenzeit einen sehr regen Appetit auf ein auserlesenes Gastmahl mitbrachten, schmausten und schwelgten in einer Weise, die dem Stifte fast unerschwingliche Kosten verursachte. Das noch ferner geduldig über sich ergehen zu lassen hatten sich schon frühere Äbtissinnen geweigert und sich wegen dieses unablösbaren Servituts, wofür es die Bischöfe erklärten, mit Beschwerden an den Papst gewandt, durch die aber keine Abstellung des Unfugs erreicht wurde. Nun hatte auch Äbtissin Osterlindis den Papst um einen Machtspruch gebeten, und Gregor IX. hatte den Abt von Walkenried zum bevollmächtigten Schiedsrichter ernannt, während der Bischof von Halberstadt, Graf Friedrich von Kirchberg, den Domherrn Konrad von Alvensleben als seinen Vertreter abgeordnet und die Äbtissin den Schirmvogt des Stiftes, Grafen Hoyer von Falkenstein, zu ihrem Beistande angerufen hatte.

Diese drei Herren sollten den Hader schlichten.

Nun entspannen sich in Gegenwart der Äbtissin hartnäckige Auseinandersetzungen zwischen dem Domherrn und dem Grafen, bis keiner von beiden noch etwas Neues vorzubringen wusste. Der Abt von Walkenried, ein würdiger und kluger Prälat, der den Frieden liebte und das Ungebührliche der bischöflichen Ansprüche wohl einsehen mochte, hatte die Verfechter der widerstrebenden Meinungen ruhig ausreden lassen und dann den Streit dahin entschieden, dass die Bewirtung des Bischofs nebst Gefolge nicht mehr stattfinden und die Äbtissin als Entschädigung dafür eine nur mäßige jährliche Abgabe an das Domkapitel leisten sollte. Die Domina war über den endgültigen Austrag des Zwistes zu ihren Gunsten hoch erfreut und ihrem Vetter Hoyer für die tapfere und wirksame Geltendmachung ihres Standpunktes sehr dankbar.

Nach dem ausführlichen Berichte des Grafen verharrten Eike und Gerlinde in Schweigen, so dass er fragte:

»Nun? Was sagt ihr denn dazu?«

»Dass der Abt von Walkenried ein weises und gerechtes Urteil gefällt hat,« sprach Eike.

»Natürlich! *semper contra clerum* ist Euer Grundsatz,« fuhr die Gräfin mit einem vorwurfsvollen Blick auf, und sich zu ihrem Gemahl wendend fügte sie hinzu: »Du wirst dir mit deiner heftigen Parteinahme für die Äbtissin den Bischof zum unversöhnlichen Feinde gemacht haben, der sich dafür an dir rächen wird.«

»Mag er's versuchen!« erwiderte der Graf, »ich fürchte seine Rache nicht. Wir Harzgrafen stehen alle für einen und einer für alle gegen den übermütigen Träger der Inful. Übrigens habe ich auch Freunde im Domkapitel, zum Beispiel Konrad von Alvensleben, so scharf ich auch mit ihm gestritten habe. Bei dem fröhlichen Mahle, das die Äbtissin in ihrer Freude uns dreien zu Ehren herrichten ließ, haben wir, Alvensleben und ich, uns ganz vortrefflich miteinander vertragen, und diese liebenswürdige Veranstaltung hat mich in Quedlinburg noch zurückgehalten, sonst wäre ich gestern schon heimgekehrt.«

»Wir haben dich allerdings bestimmt erwartet,« sagte die Gräfin.

»Das glaube ich gern,« lachte der Graf. »Zur Besänftigung deines Zornes über mein Ausbleiben hat mir Osterlindis ein Geschenk für dich mitgegeben. Hier, diese zierliche Halskette mit der goldnen Kapsel daran, die eine Reliquie, einen Backenzahn des heiligen Eleutherius, enthält. Hast du von diesem Heiligen schon einmal gehört?«

»Nein.«

»Ich auch nicht.«

»Der Name ist ein griechisches Wort, das so viel wie freisinnig bedeutet,« mischte sich Eike mit einem anzüglichen Lächeln ein.

»Dieser heilige Backenzahn besitzt nämlich Zauberkraft,« fuhr der Graf fort. »Man soll ihn um den Hals tragen, wenn man vor einer besonders schwierigen Entscheidung steht und einen harten Entschluss fassen muss; es ist also, mit Verlaub zu sagen, ein Nussknackerzauber.«

»Abscheulich!« rief die Gräfin entrüstet und zugleich verlegen, wagte aber nicht, Eike dabei anzusehen, weil sie sich von der unbewussten und ungewollten Anspielung auf die schwere Entschließung, die ihr ja in ihrem Verhältnis zu Eike früher oder später bevorstand, getroffen fühlte.

Das Mittagsmahl endete jedoch in so guter Eintracht der drei, wie es begonnen hatte. Nur in Gerlinde blieb eine kleine Verstimmung darüber zurück, dass ein hoher Würdenträger der Kirche, ein Bischof, in dem Streit um eine ihres Erachtens unzweifelhaft aufrecht zu haltende Observanz den Kürzeren gezogen hatte.

Fünfzehntes Kapitel.

Auf dem Falkenstein herrschte jetzt ein betriebsamer Zustand. Der Graf hatte in seiner Kanzlei mit dringenden Verwaltungsangelegenheiten zu tun, Eike saß an seinem Gesetzbuch, und Gerlinde am Stickrahmen. Dieses Einsiedlerische der drei ritterlichen Burgbewohner war kein ganz freiwilliges; sie wurden durch die Unwirklichkeit des Wetters genötigt, sich in ihren Gemächern zu halten, und blieben jeder für sich allein.

Der Sommer schien zu Rüste gehen zu wollen und kündigte dies den Menschen hier oben in den Bergen frühzeitiger und empfindlicher an als unten im Flachlande, wo er noch etwas länger zu verweilen gedachte.

Falbe Blätter wirbelten von den Zweigen herab, herbstliche Windstöße fuhren durch den Wald, und Regenschauer prasselten aus tiefhängenden Wolken hernieder.

Die Vogelstimmen waren im Gebüsch verstummt, denn die meisten der geflügelten Wanderer waren schon gen Süden gezogen. Nur eine Schar von Dohlen umkreiste, sobald es sich einmal ein wenig aufklärte, mit hellem *jack jack* den Bergfried, um den der Wind lauter pfiff und fauchte als unten in dem vor seinen wuchtigsten Schlägen geschützten Tale. Die Sonntage zeigten ein noch grämlicheres Gesicht als die auch schon recht verdrießlichen Werktage und wurden aus den geöffneten Schleusen des Himmels reichlich mit Wasser überschüttet. Im Walde war es überall so patschnass, dass sich Wilfred nicht zu seinem Fuchse stehlen und auch nicht den längst geplanten Besuch bei Luitgard in der Mühle abstatten konnte. Da war es nicht zu verwundern, dass in den Mauern der Burg eine allgemeine, ansteckende Niedergeschlagenheit Platz griff. Außer dem dunkeln Gewölk, das sich langsam über das Gebirge dahinwälzte, stiegen aber auch noch andere, bedrohlichere Schatten herauf. Graf Hoyer hatte in Quedlinburg von der Äbtissin und vom Domherrn von Alvensleben, zu denen Nachrichten aus der Ferne schneller gelangten als zu dem einsam im Harze gelegenen Falkenstein, mancherlei erfahren, was dazu angetan war, allerorten Beunruhigung und Missmut hervorzurufen.

Kaiser Friedrich hatte in Italien neue Kämpfe zu bestehen, die weniger mit den Waffen als mit langwierigen Verhandlungen ausgefochten werden mussten. Der dem Papste unter Mitwirkung der deutschen Fürsten aufgezwungene Friede von San Germano, wo Gregor den Kaiser auch von dem noch auf ihm lastenden Banne lösen musste, hatte zwar den kriegerischen Unternehmungen Einhalt geboten, aber die Spannung zwischen den beiden Herren der Welt keineswegs beseitigt. Diese dauerte im geheimen fort, und jetzt fand der Kaiser wider Erwarten sogar Unterstützung bei der Geistlichkeit, die dem Papste grollte, weil er von ihren Gütern Zehnten zur Fortsetzung der Feindseligkeiten gegen den stolzen Ghibellinen einzog. Der nur äußerlich geschlossene Friede stand also auf schwachen Füßen. Der unbeugsame Hohenstaufe hatte jedoch zwei tüchtige Männer zu Beratern: seinen aus der Gelehrtenschule zu Bologna hervorgegangenen Hofrichter Petrus de Vinea und den Großmeister des Deutschen Ordens Hermann von Salza. Ihren klugen und tatkräftigen Bemühungen gelang es, eine ehrenvolle und allem Anschein nach aufrichtige Versöhnung der beiden Widersacher in Anagni zuwege zu bringen, bei der kein Kardinal zugegen, sondern Hermann von Salza der einzige Zeuge sein durfte. Nun hielten es nicht nur die deutschen Fürsten für an der Zeit, ausgedehntere Territorialrechte für sich zu fordern, sondern auch die Bürgerschaften begehrten mehr Freiheit und Selbständigkeit in ihrem städtischen Regiment, wogegen sich der Kaiser nach den mit den lombardischen Städten gemachten bitteren Erfahrungen durchaus ablehnend verhielt.

So ließ man den mächtigen Lenker des Reiches nicht zu Atem kommen, sondern trieb ihn aus einer Bedrängnis in die andere, und Eike fürchtete, dass unter diesen schwierigen Verhältnissen auch in den deutschen Herzogtümern und Grafschaften Unruhen und Verwicklungen entstehen würden, die der Einführung und Verbreitung seines Gesetzbuches hinderlich werden könnten.

Aber das nicht allein. Erst kürzlich hatte Friedrich eine von Petrus de Vinea herrührende Verordnung bestätigt, die ein neues bürgerliches und öffentliches Recht begründen sollte und in welcher unter anderem die Unterwerfung der Geistlichen unter die weltliche Obrigkeit ausgesprochen war. Dies war ja ganz in Eikes Sinne gedacht und getan, aber nun befiel ihn die Angst,

Vineas Buch könnte seinem Sachsenrecht, das er noch unter der Feder hatte, zuvorkommen, ihm den Rang ablaufen und es in das Hintertreffen verweisen.

Da galt es, alle Kräfte anspannen, damit er das rüstig fortschreitende Werk so bald wie möglich seinem Volke darbringen könnte, also arbeiten, immer nur arbeiten.

Und hier in seiner stillen Klause suchte er sich vor dem von weitem zu ihm dringenden welterschütternden Lärm kämpfender Zwietracht unter den Gewalthabern oder nach Gewalt Strebenden so viel wie möglich zu verschließen.

Graf Hoyer ließ den Freund in seiner angestrengten Tätigkeit unbehelligt, weil er wusste, was diesen zu so rastlosem Fleiße spornte. Eike hatte ihm gesagt, dass es sich jetzt für ihn um einen Wettstreit mit Petrus de Vinea handele, und die Vorhaltung des Grafen, dass doch sein Rechtsbuch ein bedeutenderes und viel umfassenderes sei als das des kaiserlichen Hofrichters, konnte seine Sorgen nicht zerstreuen. Gar nicht erbaut von Eikes Überstürzung seiner Arbeit war Gerlinde, denn nun sah sie den allstunds Ersehnten noch weniger als bisher; kaum bei Tische hielt er stand, war wortkarg und hatte den Kopf von anderen Dingen voll als von dem Verlangen, ihr seine Liebe immer wieder aufs Neue zu erkennen zu geben. O dieses unselige Gesetzbuch! seufzte sie in heller Verzweiflung. Der scheidende Sommer wehrte sich noch gegen das Vordringen des Herbstes, musste aber seinem unablässigen Angreifer doch endlich weichen und ihm das Feld räumen.

Und nun, da er im Besitze war, zeigte sich der Sieger von seiner freundlichsten Seite. Mit strahlendem Sonnenschein hielt er seinen Einzug in das eroberte Gebiet, vergoldete das Laub der Buchen, Eichen und Birken und färbte die Blättlein der Heidelbeeren purpurn, die in breiten Ansiedlungen zwischen dunkelgrünen Wachholderbüschen einen gar lieblichen Anblick boten, während rote Vogelbeeren und Hagebutten nebst blauschwarzen Schlehen sich hie und da in Baumwuchs und Strauchwerk mischten.

Schneeweiße, vom Volke Altweibersommer genannte Spinnfäden schwebten durch das Tal, blieben hie und da an einem Strauche haften, bis sie sich wieder losringelten und weiter flogen, um mit ihren mehr als klafterlangen Wimpeln anderswo zu landen. Wohin ihre Reise ging, wussten die winzigen Segler, die in dem lustigen Schifflein saßen, selber nicht, denn sie mussten sich willenlos von jedem Hauche treiben lassen, weil sie kein Steuer an Bord hatten.

An einem dieser sonnigen Herbsttage langten liebe Gäste auf dem Faltenstein an. Graf Burkhard von Mansfeld und seine Schwiegertochter Irma ritten ein und brachten mit ihrem unerwarteten Erscheinen eine wohltuende Abwechselung in das Stillleben der Burg, von den Bewohnern freudig bewillkommnet.

Die Grafen Burkhard und Hoyer waren gute Freunde und ehemalige Waffenbrüder, und ein ebenso inniges Verhältnis bestand seit ihrer fast gleichzeitigen Verheiratung auch zwischen den Gräfinnen Irma und Gerlinde.

Gleich nach der Begrüßung fragte Graf Hoyer:

»Warum hat euch dein Sohn nicht begleitet?«

»Alwin ist mit zwei Waldhütern den Wilderern in unseren Forsten auf der Fährte, und gerade heute hofft er sie fahen zu können,« erwiderte Graf Burkhard. »Wie steht es denn bei dir mit dem edlen Waidwerk?«

»Schlecht; ich darf nicht mehr auf die Berge steigen.«

»Rumort das Herz wieder?«

Graf Hoyer nickte und winkte dem Freunde mit der Hand, davon zu schweigen. Burkhard forschte auch nicht weiter danach, sondern sagte nach einem Weilchen:

»Ich musste dich einmal wiedersehen und wollte dir auch danken für die unermessliche Freude, die du mir bereitet hast.«

»Womit?« fragte der andere erstaunt.

»Damit, dass du mir den ehrenfesten Ritter Dowald von Ascharien zugeschickt hast.«

»Burkhard! Traust du mir das zu?«

»Bewahre! Er behauptet aber, du hättest ihn an mich gewiesen, weil ich einen guten Posten für ihn hätte.«

»Etwan als Kellermeister? Den alten verlotterten Säufer?«

»O er war ungewöhnlich gut ausstaffiert.«

»Das glaub’ ich! Mit meinem besten Rocke, den er mir ausgeführt hat,« lachte Graf Hoyer. »Er wollte von hier auf die Heimburg zum Regensteiner, der ihn dringend eingeladen hätte.«

»Eingeladen! Als ob den ein vernünftiger Mensch zu sich einlüde! Drei Tage lag er bei mir auf der Bärenhaut; damit hatte ich genug von ihm und schob ihn sachte ab.«

»Wohin denn nun?«

»In die Gegend von Halberstadt und dann die Bode entlang wollte er reiten, wie er vorgab. Dort hätte er vermögende Gönner und wackere Gesellen.«

»Denen gönne ich ihn, « spottete Hoyer und fuhr dann fort: »Ich bin an dem Überfall des Aschariers zwar unschuldig, möchte mich aber doch mit einem ehrlichen Sühnetrunk vor dir reinigen. Komm’ mit mir zu einem guten Tropfen in mein Kämmerlein, die beiden jungen Weibsen werden uns zwei Alte nicht vermissen.«

Als sie in Hoyers Zimmer beim Weine saßen, begann der Mansfelder:

»Ich habe noch einen Pfeil im Köcher. Was ist das mit dem neuen Gesetzbuch, das hier auf dem Falkenstein geschrieben wird?«

»Dacht’ ich’s doch!« rief Hoyer. »Dir hätt’ ich heute auch ohne deine Frage alles gesagt, aber dem Dowald wollt’ ich’s verschweigen. Das glückte jedoch nicht; einer meiner Dienstleute, ehemals Klosterschüler in Gröningen, der dem Rechtskundigen die Abschriften besorgt, hat es dem alten Schnüffler verraten.«

»Dowald war auf den Ritter von Repgow schlecht zu sprechen.«

»Sehr begreiflich, denn mit der Aufforderung, uns abschreiben zu helfen, haben wir den Faulpelz schon am ersten Tage nach seiner Ankunft ausgeräuchert. Du wirst ja bei Tische die Bekanntschaft meines gelehrten Freundes machen; jetzt darf ich ihn von seiner Arbeit nicht aufstöbern. So höre denn!«

Nun erstattete Graf Hoyer seinem Besuche genauen Bericht, erzählte ihm, wie er den Reppechower einst zu fällig im Gasthaus am Scheideweg getroffen, dieser ihm dort seine Absichten anvertraut und er ihn darauf eingeladen hätte, sein Buch auf dem Falkenstein zu schreiben. Hier hätte ihn Eike tiefer in seinen Plan eingeweiht, ihn von der Notwendigkeit einer Verbesserung der deutschen Rechtsverhältnisse überzeugt und ihm die Grundsätze, die ihn dabei leiteten, ausführlich entwickelt, was alles Graf Hoyer nun seinerseits dem ihm gegenüber Sitzenden klärlich darlegte.

Graf Burkhard folgte dem umständlichen Vortrage mit gespannter Aufmerksamkeit, und nachdem er sich über einzelne Punkte nähere Auskunft erbeten hatte, die durchaus zu seiner Befriedigung ausfiel, stimmte der von dem Ascharier ganz falsch Unterrichtete dem kühnen Plane, Rechtseinheit in ganz Sachsenland zu schaffen, freudig zu.

»Du bist also mit allem, was ich dir mitgeteilt habe, einverstanden?« fragte Hoyer.

»Vollkommen.«

»Das ist mir viel wert, denn ich nehme Verbindlichkeit und Bürgschaft für das Buch auf mich,« erklärte Hoyer, »und man kann nicht wissen, ob man nach der Veröffentlichung so durchgreifender Änderung in unserem Gerichtswesen, die vielleicht manchem Widerspruch im Lande begegnen wird, nicht einmal einen starken Rückhalt gegen gehässige Angriffe braucht.«

»Sie werden nicht ausbleiben,« versetzte Burkhard. »Auf mich kannst du zählen, ich halte treu zu dir und dem mutigen Gesetzgeber. Hast du schon mit Hohnstein darüber gesprochen?«

»Nein«

»Oder mit dem Blankenburger?«

»Auch nicht.«

»Wie ich die beiden kenne, werden sie sich gewiss uns anschließen, und von dem gesunden Sinn unserer anderen Standesgenossen in den Harzer Grafschaften erwarte ich das gleiche. Du aber wirst einst stolz darauf sein, Hoyer, dass diese patriotische Tat von deiner Burg Falkenstein ausgegangen ist.«

»Ich hoffe es, Burkhard!«

»Gott segne das Werk!« sagte der Mansfelder, und sie schüttelten sich die Hände und tranken auf gutes Gelingen.

Den beiden Freundinnen war es ganz recht, dass die Herren sie allein gelassen hatten, denn sie sahen sich selten und hatten nun den Wunsch, sich wieder einmal gründlich untereinander auszusprechen.

Auch Gräfin Irma war eine hübsche Frau, schlank, mit blondem Haar, graublauen, lustigen Augen und von zarter Gesichtsfarbe. Sie hatte, obwohl Mutter von zwei Kindern, nicht die liebreizende Fülle wie Gerlinde, die dennoch einen jugendlicheren Eindruck machte als die um zwei Jahre Jüngere. Die Blonde und die Schwarze bildeten einen anmutigen Gegensatz zwischen der norddeutschen und der südländischen Rasse, und auch in ihrem Wesen zeigte sich ein beträchtlicher Unterschied. Irma war leichtlebig, flink und beweglich, während Gerlinde die äußerlich gelassenere, innerlich aber tiefer angelegte, leidenschaftlichere Natur war.

Fröhlich plaudernd wandelten sie aus dem Empfangsraum nach dem Gemach der Burgherrin. Hier aber, schon beim Öffnen der Tür, bekam Gerlinde einen Schreck und wollte über die Schwelle vorauseilen, um in dem Zimmer schnell etwas zu verdecken, was die Eintretende nicht sehen sollte. Zu spät; Irma schritt sofort auf den Stickrahmen zu, der am Fenster stand und von dem die gerade daran beschäftigt Gewesene bei der Meldung des überraschenden Besuches aufgesprungen war ohne an die Beseitigung der heimlichen Arbeit zu denken.

»Ei wie schön!« rief Irma, »was soll das werden? Wohl ein Kursit? Und wie kunstvoll ist das beinah fertige Wappen, bei dessen Ausführung ich dich gestört habe, denn die Nadel steckt noch darin. Aber das ist nicht das gräflich Falkensteinsche; ist es das deines fränkischen Geschlechts?«

»Nein, es ist das Wappen des Herrn von Repgow,« gab Gerlinde verlegen zur Antwort.

»Ach, das ist euer Gast, der das Buch hier schreibt. Ja, reitet denn der noch in die Schranken? Ist er denn nicht ein Rechtsgelehrter, ein alter Herr, bei dem von Turnier und Lanzenrennen keine Rede mehr sein kann?«

»Da irrst du, es ist kein alter Herr,« lächelte Gerlinde. »Im Gegenteil, er ist noch jung, ein stattlicher, streitbarer Ritter, der zu Fuß und zu Pferd, mit dem Schwert und mit der Feder seinen Mann steht. Sieh ihn nur erst und dann urteile selbst!«

Das in den Rahmen Gespannte war allerdings ein Kursit von blauer Seide, d. h. ein kurzer, ärmelloser Wappenrock, wie ihn die Schildbürtigen bei festlichen Aufzügen oder Turnieren über dem Harnisch zu tragen pflegten.

Irma hatte, die Stickerei betrachtend, Gerlindes Verlegenheit nicht bemerkt. Jetzt horchte sie jedoch auf und fragte, nachdem beide auf der Wolfsfellbank Platz genommen hatten:

»Ist dieser Herr von Repgow dir ein willkommener Gast?«

»Anfangs war er mir das nicht, und es wurde mir nicht leicht, mich mit ihm zu vertragen,« erwiderte Gerlinde. »Er huldigt kirchenfeindlichen Grundsätzen, die er auch in seinem Gesetzbuch zur Geltung bringt und über die wir mehr als einmal hart aneinander geraten sind. Aber als ich ihn allmählich näher kennen lernte, flößte er mir immer mehr Vertrauen, immer größere Achtung ein, die sich bald zu dem Gefühl der Bewunderung steigerte.

Ich versichere dir, Irma, noch niemals ist mir ein Mann begegnet, bei dem Ritterlichkeit und Gelehrsamkeit, ernster Sinn und froher Lebensmut so herrlich vereint waren wie bei Herrn Eike von Repgow.«

»Du singst sein Lob in hohen Tönen,« warf Irma ein.

»Muss ich auch,« rief Gerlinde, »und es reicht noch lange nicht an das heran, was er wirklich ist. Wenn du ihn voll Begeisterung von seinem umfassenden Werke reden hörtest, würde er dir als ein sieghafter Held erscheinen, der sich mit seiner Willenskraft die halbe Welt erobern könnte.«

Aus der Maßen erstaunt über die schwärmerischen Worte der Freundin fragte Irma:

»Ja, sage mir, Gerlinde, — liebst du ihn denn?«

»Ja! Ich liebe ihn,« bekannte Gerlinde errötend, doch frei und stolz.

»Weiß er das?«

»Ja!«

»Und — liebt er dich wieder?«

»Ich glaube es, aber — —«

»Nun? Was aber? Sprich weiter! Weshalb der bange Seufzer?«

»Wir sollen unserem Glück entsagen, verlangt er,« gestand Gerlinde.

»Verlangt er, dein turnierfähiger Gast, der willensstarke Held?« lachte Irma hell heraus. »Du, auf diesen geharnischten Büßer mit der Dornenkrone der Entsagung in den Locken bin ich neugierig.«

»Seine Liebe ist eine so selbstlose, dass er mir um meiner Herzensruhe willen das Opfer strenger Zurückhaltung bringt.«

»Ein seltsames Mittel, Herzensruhe zu schaffen und Sehnsucht zu stillen,« spöttelte die Mansfelderin. »Von stummer Verehrung wird ein hungriges Herz nicht satt. Hauche dem Marmorbilde warmes Leben ein, dass es aus seiner Starrheit erwacht und von dem hohen Sockel unbeweglicher Tugend mit offenen Armen herabsteigt. Frauen wie wir vermögen über die Männer alles, was wir wollen.«

»Ich darf aber nichts wollen und wagen, was wider Gottes Gebot wäre. Die heilige Jungfrau würde zürnend ihr Angesicht von mir abkehren, und ich wäre eine Verlorene.«

»Du sollst dich nicht verlieren, sollst deinem Herrn Gemahl nicht Hals über Kopf untreu werden,« sprach Irma. »Aber,« fuhr sie fort, »in eurem trübseligen Eulennest hier, wo hinreichend dafür gesorgt ist, dass die Bäume der Lustbarkeit nicht in den Himmel wachsen, darfst du dir wohl einmal ein kurzweiliges Minnespiel erlauben, das deiner unsterblichen Seele keinen Schaden zufügen wird. Wenn dein nachsichtiger Gewissenspfleger, der Abt von Gröningen, im blütenprangenden Wonnemond wiederkommt, dir die Beichte abzunehmen, wird er dich für das Beten von drei Rosenkränzen gern von dem fröhlichen Sündenfall absolvieren.«

»Irma!« begehrte Gerlinde empört gegen die Spötterin auf, »wenn du das ein kurzweiliges Minnespiel nennen kannst, so begreifst du den furchtbaren Ernst meiner Lage nicht, in der ich mich verzweifelnd abquäle, in der ich mit mir ringe und kämpfe, dass es fast über meine Kräfte geht. Ich ertrag' es nicht länger, und – «

Stürzende Tränen erstickten ihre Stimme.

Nun endlich sah die leichtherzige, aber keineswegs gefühllose Freundin, dass es sich hier doch um eine echte, große Liebe handelte, eine Angelegenheit so verhängnisvoller Art, dass guter Rat dabei teuer war. Sie zog die Weinende in ihre Arme und redete ihr tröstlich zu:

»Ruhig, Linde, ruhig! Ihr werdet euch beide schon auf den richtigen Fuß miteinander zu stellen wissen. Suche eine offene, trauliche Aussprache mit dem Ritter, damit ihr eine Form des Umganges findet, an dem ihr eure Freude haben könnt. Ich kann mir denken, was du dagegen einzuwenden hast, aber jetzt nichts mehr davon! Du bist schon aufgeregt genug. Komm' hinaus ins Freie, lass dir vom frischen Herbstwind die heißen Wangen kühlen und schöpfe Atem, gewinne Ruhe. Komm'! Wir gehen auf den Altan.«

Das taten sie. Auf dem Altan sagte Gerlinde:

»Hier war es, wo uns Eike von Repgow zuerst Plan und Inhalt seines Buches offenbarte; nie vergesse ich jenen Frühlingsabend.«

Dann standen sie an der Brüstung und schauten sinnend in das friedliche Tal hinab. Was der Wind Gerlinde in die Ohren raunte, verriet sie nicht.

Statt Eike durch Folkmar zum Mittagessen rufen zu lassen, holten ihn die beiden Grafen selber aus seinem Zimmer dazu ab.

Schon über diese ihm erwiesene Ehre war er hoch erfreut, noch weit mehr aber über die ihm vom Grafen von Mansfeld zuteilwerdende Anerkennung seines unbeirrten Strebens, Rechtseinheit im Sachsenlande zu schaffen.

»Kann ich Euch bei Eurer schwierigen Arbeit einen Dienst oder irgendwelche Hilfe leisten, Herr von Repgow, so bitte ich, über mich zu verfügen,« schloss Graf Burkhard seine Begrüßung, während er Eikes Hand fest in der seinen hielt.

»Ich danke Euch, Herr Graf!« erwiderte Eike. »Euer Einverständnis mit meinem Unternehmen ist mir eine große Genugtuung.«

Graf Hoyer aber sagte: »Welch' eine Schicksalsgunst ist es für mich, Eike, dass wir uns im Gasthaus am Scheideweg getroffen haben! Du machst den Falkenstein zu einem über das ganze Reich hin leuchtenden Gipfel der Gerechtigkeit, wie sich mein Jugendfreund vorhin mir gegenüber so ungefähr ausdrückte, und dabei weiß er noch gar nicht, wie sehr du mir und meiner Frau das Leben durch deine Gegenwart verschönst und erheiterst. Am liebsten ließe ich dich nie wieder fort von hier.«

Eike schwieg. Was hätte er auch auf diese Worte erwidern sollen?

Dann gingen sie zusammen nach dem Speisesaal, wo die beiden Frauen ihrer bereits harrten.

Gräfin Irma unterzog den Burggast, der ihr nach Gerlindes Eröffnungen kein gleichgültiger Fremder mehr war, einer scharfen Prüfung, deren Befund wohl ein durchaus wohlgefälliger sein musste, denn sie war sehr freundlich zu dem ihr ritterlich begegnenden Mann. Bei Tische knüpfte sie mehrmals ein Gespräch mit ihm an, aber zu einem längeren Austausch kamen sie nicht, weil die Grafen immer wieder von dem Gesetzbuch anfingen und die alten verworrenen Rechtsbräuche mit den neuen, von Eike angebahnten verglichen, von denen er manche dem Mansfelder noch näher erläutern musste.

Unterdessen beobachtete Irma insgeheim ihre Freundin, deren Augen beständig an Eikes Lippen hingen, die sich aber in ihrer nachwirkenden Erregung an der allgemeinen Unterhaltung nur wenig beteiligte, obwohl Irma sie durch geschickt eingestreute Scherze von ihrem Leid abzulenken suchte.

Graf Hoyer wurde nicht müde, seinen jungen Freund zu rühmen und seiner noch in der Zukunft ruhenden Verdienste wegen zu feiern, wobei Graf Burkhard kräftig in dasselbe Horn stieß. Irma wechselte einen flüchtigen Blick mit Gerlinde, der sie den inneren, kaum zu bemeisternden Jubel vom erglühenden Gesichte las.

In vorgerückter Nachmittagsstunde brach Graf Burkhard mit seiner lustigen Schwiegertochter auf, und als Gerlinde dieser den Mantel um die Schultern legte, fragte sie leise:

»Nun? Was sagst du?«

Irma flüsterte ihr eilig zu:

»Du hast Recht, er ist ein ganzer Mann und deiner Liebe wert; darum bleibe ich dabei, dass du sobald wie möglich eine Unterredung mit ihm herbeiführst. Ihr müsst euch über euer Verhalten untereinander klar werden und einen Entschluss fassen; so geht's nicht weiter.«

Von den Falkensteinern und Eike auf den Burghof begleitet, verabschiedeten sich die Mansfelder mit vielen Händeschütteln von ihren Gastfreunden, stiegen zu Pferde und ritten ab.

Sechzehntes Kapitel.

Der Besuch des Grafen von Mansfeld hatte Eikes Mut zu seinem Werke wesentlich gestärkt und ihn so mancher Sorgen, die ihn in letzter Zeit beschwert hatten, enthoben. Graf Burkhard war der Spross eines der ältesten deutschen Grafengeschlechter und genoss landein, landaus eines hohen Ansehens, so dass Eike wahrlich allen Grund hatte, sich des rückhaltlos ausgesprochenen Beifalls des welterfahrenen Mannes zu freuen und aus seine Befürwortung und Unterstützung der von ihm geschriebenen Gesetze zu hoffen.

Nun hätte er sich mit doppeltem Eifer seiner Arbeit widmen können, hätte ihm nicht eines wie Feuer auf der Seele gebrannt, — das grenzenlose Vertrauen des Grafen Hoyer. Er betrachtete seine Liebe zu Gerlinde als einen Verrat, einen Einbruch in die Unverletzbarkeit des Gastrechtes, und unter diesen Umständen die Gunst und Güte des Grafen immerfort hinzunehmen, von ihm zu hören, dass er ihn gar nicht wieder fortlassen möchte, an einem Tisch mit ihm zu sitzen, ihm in die Augen zu sehen, —das alles wurde ihm von Tag zu Tag peinlicher.

Unablässig gemahnte er sich an seinen verantwortungsvollen Beruf als Vertreter des Rechtes, aller Rechte, auch der durch einen Ehebund geheiligten.

Noch war ja nicht das Geringste geschehen, was er zu bereuen hätte. Noch nicht! Aber war er sicher, dass nicht über kurz oder lang etwas geschehen könnte, wofür es keine Entschuldigung und keine Verzeihung gab? Auf Gerlindes Beschränkung war kein Verlass. Die mit allen Fasern und Fibern an ihm Hängende verlor immer mehr die Herrschaft ihrer selbst; erst jüngst, in Anwesenheit der Mansfelder, hatte er mit Schrecken wahrgenommen, wie aufgeregt sie gewesen war, wie sehnsüchtig ihr Blick den seinen gesucht hatte. Daher schwebte er in beständiger Furcht, die in ihrer Leidenschaftlichkeit Unberechenbare könnte sich, von ihren Gefühlen hingerissen, einmal völlig vergessen und vor den Augen und Ohren des Grafen oder eines vom Gesinde eine Torheit begehen, die sie und ihn als Frevler an Zucht und Sitte brandmarkte.

Auch Gerlinde war ohne Ruh' und Rast und wusste nicht, was tun und was lassen. Du musst ihn zur Rede stellen und vereint mit ihm einen Entschluss fassen, wie ihr euren Verkehr hier gestalten wollt, so hatte Irmas Rat gelautet. Sollte sie ihm folgen? Allen Stolz hintan setzen und nur dem ungestümen Drange ihres Herzens gehorchen? Ach, schon längst trieb es sie, den Weg ihrer Wünsche zu gehen, wenn ihr der Geliebte nur ein Weniges entgegenkäme. Gern wollte sie sich von ihm führen lassen, wohin es ihm gefiele, wie sie ihn durch die Wildnis geführt hatte zu jener zauberumwobenen Stätte, wo ihrer beider Liebe aus ihren Herzen hervorgebrochen war. Sie wollte, von seinen Armen umschlungen, aus seinem Munde Worte der Liebe hören, nach denen sie dürstete wie eine Verschmachtende nach einem rettenden Trunk.

Aber ihr fehlte. noch immer der Mut zum ersten Schritt, und doch sagte sie sich: du musst dich entscheiden, zagen und zaudern wäre jammerliche Schwäche.

Da beschloss sie nach kurzem Kampfe, die Wallfahrt nach dem Glücke, dem einzigen Glücke, das sie begehrte, auf eigene Faust anzutreten; der Zufall und die Gelegenheit sollten ihr die Pfade ebnen und die Brücken bauen.

Eine Woche lang musste sie sich indessen noch gedulden, ehe die Stunde zum Handeln schlug, musste jeden Mittag und jeden Abend willig oder unwillig mit anhören, wie die beiden Männer über das Gesetzbuch sprachen und stritten. Seit sie ihn auf der Waldwanderung ihrer freudigen Zustimmung zu dem Werke versichert hatte, war Eike auch in ihrer Gegenwart mit seinen Mitteilungen darüber freigebiger, und manchmal griff sie selber mit klugen, oft den Nagel auf den Kopf treffenden Bemerkungen in das Wortgefecht ein. Meist aber gingen die gründlichen Erörterungen über ihren Gesichtskreis hinaus, zumal wenn sich Eike umständlich über das friesische Recht, das der Engern und Westfalen oder über das bayrische und alemannische und gar über das Volksrecht der Angelsachsen ausließ, die er alle unter einen Hut bringen wollte. Das war die Welt, in der er lebte und webte und die von der, in welcher sie mit ihrem Sehnen und Hoffen die Tage kommen und schwinden sah, sternenweit getrennt war. Was kümmerten sie die Volksrechte der Angelsachsen! Auf die Rechte des Herzens, die sie an ihn hatte, schien er sich nicht zu besinnen.

Endlich nahte eine Gelegenheit, die ihr, wenn sie sich in ihren Berechnungen nicht täuschte, ein Alleinsein mit dem schwer Zugänglichen ermöglichen konnte.

Allherbstlich wurde ein Gedenktag in der Geschichte des Falkensteinschen Grafenhauses auf der Burg gefeiert zur Erinnerung an die vor fast zweihundert Jahren erfolgte Belehnung des Ahnherrn mit der Gaugrafschaft.

Früher hatte dabei ein üppiges Gastmahl im Schlosse mit den Familien des benachbarten Adels stattgefunden. Das hatte Graf Hoyer längst abgestellt, aber dem Burggesinde sollte der altherkömmliche Brauch und seine Bedeutung erhalten bleiben und deshalb wurde ihm an dem Abend in der Dirnitz ein vergnüglicher Schmaus angerichtet, zu dem auch stets der Talmüller, Meister Beutling mit Frau und Kindern, geladen wurde; Großmutter Suffie konnte ihres hohen Alters wegen den Berg nicht mehr erklimmen.

Heute war dieser Abend, und die gewölbte Halle war zu dem Bankett hell erleuchtet und festlich geschmückt. Gewinde von Tannenreisern und von Eichen und Buchenlaub schlangen sich kreuzweis hinüber und herüber, und aus den Rüstkammern hatte man Schwerter und Spieße, zerschrotene Helme, zerbeulte Schilde und verblichene Fahnen geholt und an den Wänden in malerischer Anordnung aufgehängt.

Graf Hoyer hielt in friedlichen Zeiten keine starke Besatzung in der Burg, und doch war die Versammlung eine zahlreiche. Der Wild- und Waffenmeister, Reisige, Jäger, Stellmacher und Schmied, Torwart und Türmer, Diener und Knechte, der Kellermeister und der Koch mit den Küchenfrauen, Zofen und Mägde saßen in ihren besten Kleidern an der langen, in der Mitte des Baumes befindlichen Tafel und ließen es sich bei den reichlich aufgetragenen Speisen und Getränken wohl sein, scherzten und neckten sich, lachten und sangen.

Für die später zu erwartende Herrschaft war seitwärts von der großen Tafel ein besonderer Tisch gedeckt, und beim Eintritt des Grafen und der Gräfin mit Eike von Repgow blies der Türmer auf seinem Horn einen fröhlichen Willkomm, wobei sich alle erhoben und stehen blieben, bis jene dort Platz genommen hatten. Dann durfte jedoch, nach dem ausdrücklichen Willen des Grafen, keineswegs eine verschüchterte Stille walten, sondern die Unterhaltung musste ihren zwanglosen Verlauf weiter nehmen.

Nachdem der Burgherr eine Zeitlang dem lustigen Treiben mit Behagen zugeschaut hatte, ging er zu diesem und jenem seiner Leute und hatte für jeden ein gnädiges Wort. Auch Gräfin Gerlinde besuchte mehrere der an der Tafel sitzenden Frauen zu einer kurzen Begrüßung.

Eike, den alle hoch achteten, weil sie wussten, was er mit seiner Feder hier tat, auch für sie tat, um ihnen und ihresgleichen im Lande ein besseres Hof- und Dienstmannenrecht zu schaffen. Eike wandelte, den Becher in der Hand, umher und ehrte die ihm Bekanntesten mit einem freundlichen Zutrunk, so den Wildmeister, die über diese Auszeichnung errötende Melissa, seinen Schreiber Wilfred und sogar den treuen Pfleger seines Rosses, den biedern Sibold.

Der Wildmeister brachte an: »Herr von Repgow, wenn Ihr bei Eurer Arbeit an das Wildbannrecht kommt, hätte ich ein paar bescheidene Wünsche.«

»Und die wären?« fragte Eike.

»Ja, die muss ich Euch allein vortragen, wenn Ihr einmal die Armbrust auf die Schulter nehmt und wir auf die Pirsch gehen. Übrigens nichts für ungut, Herr Ritter! Weidmanns Heil!«

»Ich kann Euch leider nicht Weidmanns Dank sagen, Wildmeister, denn ich bin kein hirschgerechter Jäger,« erwiderte Eike.

»Du hast ganz recht, Scharruhn,« fiel der Graf ein, der sich zufällig in der Nähe befand, »ich liege dem Ritter schon lange damit in den Ohren. Nimm ihn nur einmal mit und stelle ihn gut an, wo ein Zwölfender wechselt.«

»Das will ich gern tun, Herr Graf,« versetzte der graubärtige Waldläufer. »Sie röhren noch, und ich würde mich freuen, wenn ich Herrn von Repgows Kappe mit einem Eichenbruche zieren könnte.«

Eike lächelte und schüttelte ungläubig sein ausdrucksvolles Denkerhaupt.

Noch eine Viertelstunde bewegte sich der Graf unter seinem ihm anhänglich ergebenen Gesinde; dann hatte er genug von dem Tumult und verließ bei schon herabgesunkener Nacht ohne Aufsehen, nur von Folkmar zu seiner Bedienung begleitet, die geräuschvoll zechende Gesellschaft.

Damit hatte Gerlinde gerechnet, und als bei Hoyers Verabschiedung von ihnen auch Eike Miene machte zu gehen, flüsterte sie ihm zu:

»Ich bitte Euch, bleibt noch!«

Er stutzte vor dem eigentümlichen Ton, mit dem sie das gesagt hatte, blieb aber, dieser Aufforderung nach gebend, bei ihr.

Sie war nun, mit Eike allein an dem kleinen Tische, von einer fieberhaften Unruhe, zerstreut, geistesabwesend, und bald nach Folkmars Rückkehr in die Halle sprach sie entschlossen:

»Jetzt ist es Zeit, kommt!«

Sie erhoben sich, und sofort war Melissa zur Verfügung der Herrin, die ihr hastig befahl:

»Geh' voraus, mache Licht im Schlafzimmer und erwarte mich oben.«

Stumm schritten die zwei über den vom Monde beschienenen Burghof an dem Brunnen vorüber, dessen von vier Pfeilern getragenes, seltsam geformtes Dach einen unheimlichen Schatten auf den stillen Platz warf.

Aber nicht in das Schloss führte Gerlinde den ihr verwundert Folgenden so schnell, dass er Mühe hatte, mit ihr Schritt zu halten, sondern in den Burggarten und dann die Stufen empor auf den Altan.

Dort trat sie geisterbleich, zitternd vor ihn hin, keines Wortes mächtig. Sie hatte sich alles sorglich ausgedacht, was sie ihm sagen wollte, und nun war sie unfähig, es vorzubringen.

»Gerlinde! Was ist Euch? Was ist geschehen?« fragte er bestürzt.

»Ich — ich kann nicht mehr leben so,« stieß sie aus gewaltig arbeitender Brust heraus.

»Um Gottes willen, redet! Was ist geschehen?«

»Wie könnt Ihr noch fragen! Ahnt Ihr, ratet Ihr nicht, was mich in Verzweiflung treibt?« stöhnte sie. »Denkt an den Heidenquell!«

Da wusste er auf einmal alles. Die Leidenschaft ging mit ihr durch, zum rasenden Sturm entfesselt.

»Gerlinde!« sprach er ernst mit warnend erhobenem Finger, »dann denkt auch Ihr an das, was ich Euch dort gesagt habe. Wir müssen uns überwinden, dürfen nicht pflichtvergessen die Schranken durchbrechen, die uns unverrückbar gezogen sind.«

»Uns überwinden!« wiederholte sie bitteren Tones. »Wenn Ihr es könnt, — ich kann es nicht.«

»Glaubt Ihr, dass es mir leicht wird? Was Euch im Innersten bewegt, das schlägt auch hier seine schütternden Wellen, und doch müssen wir es niederringen, und sollten wir darüber zugrunde gehen.«

»Ich bin schon nahe daran,« flüsterte sie. Dann fuhr sie immer erregter werdend fort:

»Das eine Wort, das unauslöschlich in unseren Herzen geschrieben steht, ist niemals zwischen uns gesprochen worden; jetzt spreche ich es aus: Liebe – Liebe lässt sich nicht niederringen, Eike von Repgow!«

Mit einem schmerzlichen Lächeln entgegnete er:

»Man lernt im Leben manches, was einen erst unmöglich däuchte. Das Schicksal ist stärker als wir, Gerlinde!«

»Der Starke schafft sich sein Schicksal selbst.«

»Ein Glück, auf Unrecht und Schuld erbaut, ist kein wahres Glück, ist ein unseliges Los, ein Fluch, dem wir nie und nirgend auf Erden entrinnen könnten.«

»Er falle auf mein Haupt! Ich werde ihn tragen!« rief sie herausfordernd, hoch aufgereckt.

Eike schwieg, denn mit Worten waren Gerlindes heiß überquellende Worte nicht zu widerlegen. Aber er musste seine ganze Mannheit aufbieten, der Liebeatmenden, der Liebeverlangenden gegenüber fest zu bleiben. In verführerischer Schönheit stand sie vor ihm; er brauchte nur die Arme auszustrecken, sie an sich zu reißen, und sie war sein.

Ihm bebte das Herz, ihm siedete das Blut in den Adern; er war auch ein Mensch. Was sollte er beginnen, sich und die Geliebte aus der sie beide umgarnenden Gefahr zu befreien? Dazu gab es nur ein einziges Mittel, und schnell fasste er in diesen schwersten Augenblicken seines Lebens den Entschluss, der dem Kampf ein Ende machte. Mild und doch mit aller Bestimmtheit sprach er:

»Gerlinde, wir müssen scheiden.«

Fragend, verständnislos blickte sie ihn an.

»Ich meine, es ist ratsam, nein, nötig, dass wir uns auf eine Weile trennen,« erklärte er schonend, ihre Hand mit seinen beiden umfassend. »Seht Ihr das ein, Gerlinde?«

Da sank ihr wie geknickt das Haupt auf die Brust, aber kein Laut kam mehr von ihren Lippen. Sie entzog ihm ihre Hand und ging still davon.

»Seht wohl, Gerlinde!« rief er ihr nach, »ich reite morgen heim nach Reppechowe.«

Sie erwiderte nichts, wandte sich nicht nach ihm um, schritt langsam die Stufen vollends hinab und verschwand in der dämmrigen Nacht.

Eike blieb auf dem Altan in tiefen Gedanken. Er hatte getan, was er als ehrlicher, gewissenhafter Mensch und als Gast des Grafen tun musste, aber ihm war wund und wehe im Herzen. Einem Traumwandler gleich begab er sich durch den Garten zum Schlosse.

Hell und heiter schien der zunehmende Mond vom Himmel, und von der Dirnitz her scholl jauchzender Gesang.

Siebzehntes Kapitel.

Halb betäubt von dem Misserfolg ihrer erregten Aussprache mit Eike langte Gerlinde in ihrem Schlafgemach an, bemerkte aber trotzdem den beobachtenden Blick Melissas, der mit einem schlauen Lächeln über sie hinglitt. Das Lächeln wich jedoch schnell einem Ausdruck des Erschreckens vor den verstörten Zügen der Gräfin.

Auch das sah Gerlinde noch. Melissa wusste also nicht allein, warum sie so lange auf ihre Herrin hatte warten müssen und mit wem sich diese versäumt hatte, sondern auch, dass die Zusammenkunft in nächtlicher Stunde keine erfreuliche gewesen war.

Sie machte sich nichts daraus, mochte jene denken, was sie wollte, ihr war jetzt alles gleichgültig. Die Erde hatte keine Blüten, der Himmel keine Sterne mehr, da einer von ihr schied, ohne den ihr das Leben zu einem jämmerlichen Schattenspiel wurde.

Kein Schlummer senkte sich lind und heilsam auf Gerlindes tränennasse Augen und erlaubte ihr, von dem ihr versagten Glücke wenigstens zu träumen, dessen Verwirklichung sie von der Allmacht der Liebe so sehnlichst erhofft hatte. Mit grausamer Zähigkeit hielt sie der Gedanke wach, dass Eike von Repgow sie morgen verlassen würde. Sie sollte ihn nicht mehr sehen, nicht mehr hören, nicht mehr an seinem Schaffen teilnehmen. Auch dieses Glück hatte sie sich mit ihrem leidenschaftlichen Vorgehen verscherzt, und den, dem sie es verdankte, vertrieb sie aus der ihm lieb gewordenen Stätte, von wo das Werk mit dem aufsteigenden Ruhme seines Schöpfers in die staunende Welt hatte hinauswandern sollen.

Und dabei musste sie sich zu ihrer Beschämung noch gestehen, dass Eike mit seiner Ablehnung ihres Verlangens nach innigerem Verkehr im Rechte war und nicht anders handeln konnte, wenn er den Burgfrieden nicht gefährden und den schönen Einklang fröhlicher Gastfreundschaft nicht verstimmen wollte.

Aber über die Trennung von ihm konnte sie nicht hinwegkommen, konnte sich kein Bild davon machen, was werden würde, wenn er nicht mehr hier war. Sie wollte auch morgen nicht Abschied von ihm nehmen, weil sie es nicht wagte, sich die Kraft nicht zutraute, ihm, ehe er zu Pferde stieg, in Gegenwart ihres Gatten die Hand zu reichen und lachenden Mundes zu sprechen: Auf Wiedersehen!

Wiedersehen? Ja, wie war das denn? Eike hatte gesagt: »Wir müssen uns eine Weile trennen.« Eine Weile! Wie schätzte er denn die Zeit? Auf Tage oder auf Wochen? Darüber hatte er sich ihres Wissens nicht geäußert, und sie schöpfte daraus die Hoffnung, dass er binnen Kurzem wiederkommen würde. Nur eines war ihr noch unerfindlich. Wie wollte er dem Grafen gegenüber seine plötzliche Abreise begründen? Denn die Wahrheit, dass er ihretwegen ginge, durfte er ja nicht sagen. Dafür einen glaubhaften Vorwand zu ersinnen musste sie ihm überlassen, ihm dabei helfen konnte und wollte sie nicht.

Noch lange floh sie der Schlaf. Endlich aber erbarmte er sich ihrer und deckte den dicht gewobenen Schleier des Vergessens über sie.

Auch für Eike war diese Nacht eine ruhelose. Nicht, dass er wieder wankend wurde und sich noch einmal überlegte, was er tun oder lassen sollte. O nein! Sein Entschluss stand unerschütterlich fest in ihm. Morgen wollte er Burg Falkenstein auf Nimmerwiederkehr verlassen; es musste sein. Gerlinde hatte den am Heidenquell eingegangenen Vertrag gebrochen und damit sich und ihn in eine auf die Dauer unhaltbare Lage gebracht.

Was bis jetzt scheu und verborgen als beseligendes Geheimnis zwischen ihnen gewaltet hatte, war gegen die Abrede schweigenden Entsagens an das Licht gezogen worden und hatte, frank und frei ausgesprochen, seinen zartesten Duft und Schmelz eingebüßt. Aber das nicht allein. Nach der beiderseitigen Offenbarung ihrer Liebe würde die bisher bewahrte Vorsicht in ihrem Benehmen zueinander mehr und mehr schwinden und die Gefahr der Entdeckung ihres verpönten Herzensbundes mit jedem Tage wachsen, wenn er jetzt noch hier bliebe.

Noch ahnte Graf Hoyer nichts und schenkte dem als Gast unter seinem Dache Hausenden unbegrenztes, unbedingtes Vertrauen, das schändlich zu missbrauchen Eike ein entsetzlicher

Gedanke war. Schlimm genug schon, dass er dem edlen Manne den wahren Grund seines Abschieds zu verhüllen, mit Lug und Trug unter die Augen treten musste.

Das konnte er sich nun leider nicht ersparen und hatte auch schon eine geschwinde Ausflucht bei der Hand. Er wollte sagen, er müsse stracks nach Reppechowe reiten, um sich eine Anzahl von seinen dort noch befindlichen Aufzeichnungen zu holen, die er früher als überflüssig erachtet hätte, deren er jedoch, wie er sich jetzt überzeugt, durchaus benötigt wäre. Forschte der Graf, wie zu erwarten war, nach der Ursache seines langen, seines gänzlichen Ausbleibens, so würde sich später wohl auch dafür eine annehmbare Erklärung finden lassen.

Das Gesetzbuch war zu drei Vierteln fertig; das letzte Viertel musste Eike nun zu Hause schreiben, eine ihn keineswegs lockende Aussicht. Wilfreds Hilfe würde ihm gewiss manchmal dabei fehlen, aber das war das Wenigste. Was alles andere er dabei schmerzlich entbehren würde, — daran mochte er gar nicht denken.

Früh morgens erhob er sich vom Lager. Sein letzter Tag auf dem Falkenstein war angebrochen, und nun stand er vor einem Abschnitt, an einer Wendung seines Lebens. Wie traurig würde er in ein paar Stunden den Berg hinunterreiten, den er vor wenigen Monaten so freudig heraufgeritten war! Von einem wehmütigen Gefühl durchschauert trat er ans Fenster, um das fesselnde Bild, das sich ihm hier bot, noch einmal tief in sich einzusaugen. Er schaute zu den Bergen hinüber, in das breite Tal hinab und auf den herbstlich bunten Wald den er in sprossendem Frühlingsgrün gesehen hatte.

Dort drüben hatte er einst gerastet und mit spähenden Augen Gerlindes Kemenate gesucht, als von Süden her der Adler geflogen kam, der ihm, wie er träumte, einen Gruß vom Kaiser Friedrich brachte. Jetzt zogen, vom Westwind getrieben, graue Wolken über das Tal hin, und kein Fleckchen blauen Himmels zeigte sich ihm zu einem freundlichen Fahrewohl.

Er kehrte sich vom Fenster ab seinem Gemache zu und ließ sinnend den Blick auf seinem Schreibtisch ruhen, wo er die langen Tage gesessen und an seinem Gesetzbuch geschrieben hatte. Gerlinde und das Sachsenrecht, das waren die festen Pole, um die sich sein Dasein hier gedreht hatte. Das Buch nahm er mit sich, aber von der Geliebten musste er scheiden. Doch er wollte nicht weich werden, musste sich zur Reise rüsten, seinen Mantelsack packen und dann Abschied nehmen.

Als er dem Bücherrück zuschritt, seine Papiere zu sammeln, fiel ihm noch eine List ein, die seine Absicht, auf immer davonzugehen, besser verdeckte als gefälschte Worte. Er wollte außer seinem fertigen Manuskript nebst Wilfreds Abschriften davon nur das einstecken, dessen er zur Fortsetzung des Werkes noch bedurfte, alles übrige aber zurücklassen, als ob er bald wieder kommen und hier weiter arbeiten würde.

Das Einpacken war schnell besorgt, und nun war es Zeit, dem Grafen seinen Entschluss mitzuteilen und die Veranlassung dazu auseinanderzusetzen. Eike machte sich also auf den Weg, und das wurde ihm ein sehr schwerer Gang.

Graf Hoyer nahm das ihm dringlich Vorgestellte als hinreichenden Grund zu einer Heimfahrt gläubig hin, fragte jedoch:

»Kann denn die dir fehlenden Schriften nicht Sibold holen?«

»Nein, sie sind eingeschlossen, und ich muss auch selber wählen, um die richtigen herauszufinden,« erklärte Eike.

»Nun, wenn du dieserhalb durchaus nach Reppechowe musst, so reite in Gottes Namen hin,« sagte der Graf, »ich reite mit.«

Eike erschrak nicht wenig, denn dieses gutgemeinte Anerbieten warf seinen Plan völlig über den Haufen.

Der Graf würde nicht ohne ihn umkehren, sondern ihn mit einigen zum Schein zusammengerafften Papieren sofort wieder nach dem Falkenstein entführen wollen.

Dem musste er vorbeugen und dem alten Herrn das Mitreiten auszureden suchen.

»Herr Graf,« begann er in fürsorglichem Tone, »zur Elbe hin ist es ein weiter Weg.«

»Bis an die Elbe will ich dich auch nicht bringen,« erwiderte Hoyer. »Um eine kleine Strecke will ich dich begleiten, muss einmal wieder in den Sattel und fühle mich jetzt gesund und kräftig genug dazu. Wann willst du abreiten?«

»In dieser Stunde noch, wenn es Euch genehm ist,« entgegnete Eike erleichtert aufatmend. »Mein Mantelsack ist gepackt und mein Pferd bestellt.«

»Und wann gedenkst du wiederzukommen?«

Diese verfängliche und doch so natürliche Frage trieb den eben erst aus einer schlimmen Verlegenheit Entschlüpften aufs Neue in die Enge.

»Wann ich wieder komme, — ja — das — das hängt von den Umständen ab, das kann ich auch nicht annähernd bestimmen, muss zu Hause einen ganzen Stapel von losen Blättern und Zetteln durchmustern, und das wird wohl mehrere Tage in Anspruch nehmen,« gab er stockend zur Antwort.

»So so! Hm!« machte der Graf kopfschüttelnd. »Na, dann also vorwärts! Ich werde mich zum Aufsitzen bereit machen.«

Als sie sich eine halbe Stunde später auf dem Burghof trafen, wo die Pferde ihrer schon harrten, richtete der Graf dem sehr ernst gestimmten Freunde aus:

»Meine Frau lässt sich entschuldigen, weil sie noch in ihrem schlichtesten Morgengewand ist. Ich habe ihr gesagt, dass und warum du uns auf einige Tage verlassen müsstest. Sie wünscht dir mit ihrem besten Reisesegen glückliche Fahrt.«

Dann schwangen sie sich in die Bügel, und Eike ritt mit dem Grafen ab, weil er nicht zum Schelmen an ihm werden wollte.

Unten im Tale blickte er noch einmal zur Burg empor, aber kein Schleier, kein Tuch winkte ihm von oben einen Abschiedsgruß zu.

Achtzehntes Kapitel

Geräuschvoll hatte Eikes Gegenwart nie gewirkt. Er hatte tagaus, tagein still in seinem Zimmer gesessen und geschrieben, immer geschrieben, aber nun, nach seinem Abgange, schien es in der Burg noch stiller geworden zu sein. Er fehlte allen, denn alle bis zum untersten Knecht und zur jüngsten Magd hatten ihn lieb gewonnen und die wenigen Dienste, deren der anspruchslose, leutselige Gelehrte bedurfte, gern geleistet. Am schmerzlichsten vermisste ihn Gräfin Gerlinde, obwohl seine Abwesenheit, nach der Andeutung des Grafen, nur von kurzer Dauer sein sollte. Sie vermied es, ihren Gemahl zu fragen, ob Eike unterwegs etwas über den mutmaßlichen Tag seiner Rückkehr geäußert hätte, so sehr sie auch darauf brannte, dies zu erfahren, um ihm einen festlichen Empfang bereiten zu können. Dem Türmer hatte sie schon anbefohlen, einen laut schmetternden Ruf zu blasen, sobald er den Gast im Tale heranreiten sähe.

Als sie einmal sein Zimmer mit einer Andacht, als wäre es ein Heiligtum, betrat, sah sie dort, welch' eine Menge von Schriftstücken er zurückgelassen hatte, die er alle noch bearbeiten wollte; also wiederkommen musste er.

Auch sie selber war, als er abritt, mit ihrer Stickerei für ihn noch nicht fertig, an der sie, des Entfernten gedenkend, emsig weiter wirkte. Dennoch waren es trübe Stunden, die sie am Rahmen verbrachte, von keinem Sonnenstrahl freundlich erhellt, denn der Himmel hatte sich in Dunst und Wolken gehüllt, und der Wind summte eine schwermütige Weise um die Zinnen der Burg, zu der die Wetterfahne misstönig knarrte. Sonst hatte sich Gerlinde mit fleißigen Fingern allmählich an die Mittags- und Abendmahlzeit herangestichelt in der frohen Gewissheit, den Geliebten sich dann gegenüber zu haben. Wenn Melissa sie jetzt zu Tische rief, schnellte sie nicht wie der Vogel vom Ast flink vom Stuhl empor, sondern erhob sich lässig und unlustig, blickte nicht in ihren silbernen Handspiegel, sich das wellige Haar an Stirn und Schläfen zu ordnen, und eilte nicht beflügelten Schrittes zum Speisesaal.

Auch Graf Hoyer war in keiner erbaulichen Verfassung. Der Ritt in Eikes Begleitung, den er weiter ausgedehnt als er sich vorgenommen, hatte ihm nicht gut getan. Dazu kam, dass er jetzt etwas entbehren musste, was ihm zu einem seelischen Bedürfnis geworden war, die Besprechungen mit Eike über dessen Werk.

Diese empfindliche Lücke in seinem täglichen Leben machte ihn oft übellaunig, worunter auch Gräfin Gerlinde zu leiden hatte.

Der einzige, der Eikes Verschwinden nicht bedauerte, war Wilfred, weil er nun von aller Last und Plage befreit war und seine Zeit verwenden oder vielmehr totschlagen konnte, wie es ihm gefiel. Er besuchte sein liebes Füchslein draußen im Walde, lungerte in den Ställen bei Rossen und Rüden herum, störte mit Geschwätz und läppischen Flausen das Burggesinde bei der Arbeit, begegnete aber allen neugierigen Fragen nach der Ursache und der Dauer von des Ritters Abwesenheit mit der geheimniskrämerischen Ausrede, dass er als Eingeweihter zum Schweigen verpflichtet sei und nichts verraten dürfe.

Eike hatte sich unter demselben Vorwande von ihm verabschiedet, den er dem Grafen Hoyer gegenüber gebraucht hatte. Wilfred aber glaubte nicht recht an das Herbeiholen noch anderen schriftlichen Stoffes, sondern sah darin nur einen ziemlich fadenscheinigen Deckmantel für die unbegreifliche Flucht, die ihm einen etwas verdächtigen Anstrich hatte. Einen Zwist zwischen der Herrschaft und dem Gaste konnte es nicht gegeben haben; sonst hätte der Graf ihn nicht begleitet. Da mussten also andere, schwerwiegende Gründe vorliegen, die er noch nicht zu durchschauen vermochte. Er wusste nur, dass Eike nicht alle Aktenbündel mit sich genommen hatte, und es stachelte ihn, herauszukriegen, welche Papiere er hier zurückgelassen hatte. Zu dem Zwecke stahl er sich in des Ritters Zimmer, durchstöberte die dort noch lagernden Schriftstücke und fand, dass nur die in dem Gesetzbuche bereits verarbeiteten hiergeblieben waren, die anderen, ihrer Benutzung noch harrenden aber in dem Regal fehlten. Daraus folgerte er, dass der von hier Ausgerückte sein langweiliges Buch in Reppechowe fertig schreiben, also nicht wiederkommen wollte, eine Entdeckung, die ihn überaus fröhlich stimmte, die er jedoch für sich zu behalten beschloss, weil er sie vielleicht irgendwie zu seinem Vorteil verwerten konnte.

Auch Melissa zerbrach sich den Kopf über Eikes plötzliche Abreise, doch sollte ihr des Rätsels Lösung nicht lange zu schaffen machen. Nach einigen Tagen fing die Gräfin aus freien Stücken an, davon zu sprechen und das in wohlerwogener Absicht.

Gerlinde war überzeugt, dass ihre scharfsichtige, hellhörige Gürtelmagd längst wusste oder wenigstens ahnte, wie sie mit Eike stand, wollte aber nicht, dass sich Melissa über seine Entfernung eine falsche Meinung bildete und eine ehrenrührige, seinem Rufe schadende Veranlassung dazu vermutete. Darum sagte sie eines Morgens so beiläufig:

»Nächstens wird auch Herr von Repgow wiederkommen, Melissa; wir können ihn jetzt fast jeden Augenblick erwarten. Er ist nach seinem Lehen an der Elbe geritten, um sich noch einige ihm nötige Schriften für seine Arbeiten zu holen.«

Melissa äußerte, sich in die Seele der Gräfin versetzend, ihre lebhafte Freude darüber und schob die ihr an der Gebieterin bisher völlig fremde Unsicherheit und Befangenheit bei der Mitteilung auf die Ungeduld des Hoffens und Harrens, die sie ihr seit dem Abzuge des Ritters deutlich ansah.

Zum Teil hatte sie das Richtige damit getroffen, aber nicht ganz. Es war nicht bloß Ungeduld, es war schon Zagen und Bangen, was sich der Vereinsamten mehr und mehr bemächtigte.

Gerlinde hatte sich die Frist bis zu Eikes Wiederkehr so berechnet: zwei Tage für den Hinweg nach Reppechowe, höchstens zwei für den Aufenthalt dort zur Auswahl der Skripturen und zwei für den Rückweg, also zusammen, reichlich bemessen, sechs Tage, und heute waren schon acht nach seinem Wegritt verflossen. Das beunruhigte sie und weckte ihr Zweifel, ob er überhaupt jemals wiederkommen würde.

Diese Sorge entging der treuen Dienerin nicht, und nun versuchte sie, den sich mit jedem Tage steigernden Trübsinn ihrer lieben Herrin mit bescheiden tröstlichem Zuspruch nach Möglichkeit zu vertreiben. Dazu schüttelte Gerlinde nur traurig das Haupt, seufzte und schwieg.

Verdüstert und vergrämt saß sie endlos lange Stunden in ihrem Zimmer, fand auch am Stickrahmen keine Linderung und Stillung ihres Schmerzes, und ihre Hoffnung auf ein Wiedersehen mit dem Geliebten sank und sank.

Da, in ihres Herzens bitterer Not, nahm sie ihre Zuflucht zur Harfe, spielte erst eine sanft hinschwebende Melodie, schlug dann bewegtere Töne an und sang dazu:

> Ein Falke strich daher im Forst,
> Und als er hier gebaut den Horst,
> Da hab' ich's kommen sehen.
> Ich spürte seiner Flügel Schlag
> Wie Kosewind am Maientag
> Mich wonniglich umwehen.
>
> Ich hätt' ihn gerne mir gezähmt,
> Vor seiner Augen Blick beschämt
> Musst'· ich die Wimpern senken.
> Ich habe seinem Wort gelauscht,
> Mich aufgerichtet, mich berauscht
> An seinem kühnen Denken.
>
> Mit Geistes Kraft bezwang er mich.
> Stolz, immer stolzer schwang er sich
> Empor ob meinem Haupte.
> Ich folgte seinem hohen Flug,
> Weil Sehnsucht hin zu ihm mich trug,
> Der meine Ruh mir raubte.

Nun aber über Berg und Tal
Ist er zu meines Herzens Qual
Von dannen doch gezogen.
Wann kehrest du zu mir zurück
Wie weit, mitnehmend all mein Glück
Hast, Falk', du dich verflogen?

Bei dem einen Liede blieb es nicht. Sie behielt die Harfe im Arm, drückte sie an ihre wogende Brust und starrte, auf der Wolfsbank sitzend, mit feucht schimmern den Augen ins Leere. Dann hub sie wieder an:

Vergebens in die Ferne
Tauch' ich den müden Blick,
Umsonst frag' ich die Sterne:
Wie lenkt ihr mein Geschick?

O lasst dies Leben enden
Und schiebt den Riegel vor,
Nichts hat mehr zu verschwenden,
Wer alles schon verlor.

Ich wandelte auf Wegen,
Beglänzt von Sonnenschein,
Jetzt möchte' ich still mich legen,
Ins dunkle Kämmerlein.
Mir blühten ringsum Rosen
In funkelhellem Tau,
Jetzt ist in Sturmes Tosen
Der Himmel wolkengrau.

Und aus den Saitensträngen
Kein Lied mehr davon schallt,
Was mir mit Wunderklängen
Im Traum nur widerhallt.

Auch damit hatte sie noch nicht genug; es lag ihr zu vieles auf der Seele, was herunter musste, und noch einmal begann sie in ihrer Gefühle wehmutsvollem Drang:

Blätter fallen nieder
Blumen welken auch,
Doch sie kommen wieder
Mit des Frühlings Hauch.

Ist das Herz gebrochen,
Blüht es nimmer neu,
In den Wind gesprochen
Waren Lieb und Treu.

Was man nie besessen,
Lässt man leicht zurück,
Schwer ist zu vergessen
Ein verlor'nes Glück.

Mein kann ich nicht nennen,
Was so lockend gleißt,
Dass man soll erkennen,
Was entsagen heißt.

Ach, ich will entsagen,
Aller Hoffnung bloß,
Schweigend will ich tragen
Mein verzweifelt Los.

Dürft darum nicht wähnen,
Dass mein Herz versteint,
Saht ja nicht die Tränen,
Die ich nachts geweint.

Ganz leise nur waren die Worte ihren Lippen entflohen, und es war ihr, als hätte nicht sie mit dem Spiel ihrer Finger die Töne aus den schwirrenden Saiten hervorgebracht, sondern als wäre die Harfe wie eine andere, teilnehmende Sängerin mit eigener, lebendiger Stimme zur Begleitung eingefallen. Danach erhob sie sich langsam, hängte die Harfe wieder an die Wand und sprach schmerzbewegt:

»Verstumme nun, du traute Genossin meines Leides! Dies wird das letzte Lied gewesen sein, das wir zwei miteinander gesungen haben.« —

Die Fanfare des Türmers erklang noch immer nicht, so sehr auch alles, was Ohren hatte in der Burg, darauf wartete und horchte. Denn der Wächter auf der Plattform des Bergfrieds hatte es allen gesagt:

»Wenn ihr mich jetzt einmal recht laut und lustig tuten hört, so bedeutet das: unser Ritter kommt wieder. Die Gräfin hat's befohlen, ich soll ihn in alle vier Winde ankündigen, dass die Füchse im Bau und die Ratten in ihren Löchern die Lauscher spitzen.«

»Da könnt ihr lange warten!« hatte Wilfred dazu listig in sich hineingekeckert. »Den bläst hier kein Hornstoß wieder an.« Seit er unbeschränkte Freiheit hatte, war der Leichtfuß voll Übermut und lief, wann und wo es nur anging, Melissa nach, bei der er jetzt mehr denn je in Gunst stand, weil er zu ihrer Freude in der Dirnitz öfter mit ihr getanzt hatte als mit der ihr verhassten Müllerstochter. Nun hatte er sie aber jüngst einmal belauert, wie sie aus dem obersten Ausguck des Schlosses nach der Stelle hinlugte, wo die Landstraße um die Berge in das Tal einbog. Das verdross ihn, und als sie auf den Burghof herabkam, warf er ihr vor:

»Ich habe dich gesehen, wie du dir da oben den Hals ausrecktest nach einem, in den du verliebt bist, du falsche Katze! aber das nützt dir nichts, er kommt nicht wieder, der versessene Rechtsklitterer.«

»Erstens, Fred, bin ich keine falsche Katze, zweitens bin ich nicht verliebt in den Ritter, und drittens kommt er allerdings wieder; er holt sich nur neue Schriftstücke von seinem Lehngute,« erwiderte Melissa.

»Jawohl! Das hat er mir auch aufgebunden, nichts als eitel Flunkerei!« höhnte Wilfred. »Ich sage dir, er kehrt nicht auf den Falkenstein zurück.«

»Warum sollte er denn nicht zurückkehren?« fragte Melissa. »Er ist ja in Fried' und Freundschaft von hier geschieden.«

»Er wird schon wissen warum.«

»Ach was, dummes Zeug, eine rein aus der Luft gegriffene törichte Einbildung von dir!«

»Wollen wir wetten, dass er nicht wiederkommt?«

»Ja! Um was?«

»Um sieben Küsse.«

»Gleich sieben auf einmal?«

»Auf einmal! Einen nach dem andern natürlich.«

»Aber warum just sieben? Einer wäre wohl auch genug,« meinte Melissa.

»Weil sieben eine heilige Zahl ist. Sieben Sakramente gibt es, sieben Todsünden, sieben Planeten, sieben Weltwunder und sieben freie Künste. Sieben Tage hat die Woche und sieben Heerschilde das Lehnrecht,« dozierte er großartig.

»Der gut abgerichtete Klosterschüler spukt dir noch im Kopfe, Fred, aber von dem Rechtsklitterer scheinst du doch auch was gelernt zu haben,« hänselte ihn Melissa.

»Mehr als mich verlangte,« lachte er. »Also gilt's? Sieben Küsse! Wenn er von heute binnen zweimal sieben Nächten nicht hier ist, hab' ich die Wette gewonnen.«

»Meinetwegen!«

»Topp!« sagte Wilfred, »er kommt nicht.«

»Topp! Er kommt,« behauptete die Streitlustige.

Er hielt ihr die Hand hin, und Melissa schlug ein.

»Was habt ihr euch denn so feierlich gelobt?« fragte herzutretend Goswig, der, hinter einer Säule des Brunnens verborgen, die miteinander Tuschelnden heimlich beobachtet hatte.

»Wollt ihr freien? Du hast nichts, und sie hat auch nichts als ihr hübsches Lärvchen und ihr schnippisches Schleckermäulchen.«

»Aber viel mehr Verstand als unter einer gewissen Marderpelzmütze zu finden ist,« trumpfte Melissa den sich ungerufen Einmischenden ab, der von der Wette und ihrem Preise glücklicherweise nichts gehört hatte.

»Wir haben gewettet,« fügte Wilfred hinzu, »ob einer, den wir kennen, abends nach dem vierten oder fünften Kruge Bier noch Mann und Weib voneinander unter scheiden kann.«

»Lasst's doch einmal drauf ankommen, ihr beiden!« knurrte der Alte und zog sich beleidigt in seinen Schmollwinkel, das Torstübchen, zurück. —

Dem Grafen Hoyer wurde Eikes Abwesenheit je länger sie währte, je unverständlicher, denn er konnte sie auf keine Weise mit der ihm dargelegten Absicht des Freundes in Einklang bringen. Nun ließ es ihm keine Ruhe mehr; er wollte wissen, was dahinter steckte. Vielleicht konnte ihm Wilfred Auskunft geben. Sofort beschickte er den Schreibgehilfen seines beurlaubten Gastes, um aus ihm eine Deutung von Eikes Verschwinden herauszupressen.

Wilfred, der immer ein gebrochen Schwert und nie ein ganz reines Gewissen hatte, erschien mit ängstlich klopfendem Hasenherzen vor dem gestrengen Burgherrn und war auf manches gefasst, nur nicht auf etwas Erfreuliches.

Der Graf stellte jedoch in einem fast gnädigen Ton die Frage an ihn:

»Wilfred, hat dir Herr von Repgow Näheres über die Zeit seiner Wiederkehr gesagt?«

»Nein, Herr Graf! Er wollte sich nur noch einige Schriftstücke für sein herrliches Gesetzbuch holen,« entgegnete Wilfred.

»Ganz recht,« sprach der Graf, »aber davon könnte er doch längst wieder hier sein.«

»Das hab' ich mir auch schon gedacht.«

»So! Du auch, — und was denkst du dir sonst noch?«

Wilfred zuckte die Achseln und erwiderte:

»Nichts, Herr Graf! Mich hat Herr von Repgow nicht ins Vertrauen gezogen.«

»Besinne dich wohl! Es kommt mir viel darauf an,« ging ihm der Graf nun schärfer zu Leibe.

»Ich habe keinerlei Vermutung über den Verbleib des Ritters,« log Wilfred unsicher und eingeschüchtert.

»Du kannst mir also nicht den geringsten Anhalt über die Pläne und Maßnahmen des Ritters geben?« fragte der Graf noch einmal dringlich den vor ihm Zitternden.

»Ich glaube, Herr Graf —.«

»Ach was, glauben! Tu', was ich dir befohlen habe,« schnitt ihm der Graf schnell das Wort ab und winkte ihm, zu gehen, denn in diesem Augenblick war die Gräfin eingetreten, die von diesem Gespräch nichts wissen sollte.

Wilfred, froh, dass das peinliche Verhör damit ein Ende hatte, machte sich schleunig aus dem Staube.

Er war gerade auf dem Sprunge gewesen, seine Entdeckung in Bezug auf die von Eike mitgenommenen und von ihm hiergelassenen Papiere einzugestehen. Wäre ihm dazu Zeit gelassen worden, so hätte der Graf erfahren, dass Eike niemals wiederkommen wollte, und das hätte zu Erörterungen im Schlosse führen können, von denen sich der diesmal Unschuldige nichts Gutes versprach. Diese Gefahr war durch den Eintritt der Gräfin abgewendet.

.Gerlinde hatte mit ihrem Gemahl nur eine kurze Besprechung über eine Wirtschaftsangelegenheit, in der sie seinen Rat zu hören wünschte und nach deren Erledigung sie ihn wieder verließ.

Dem Grafen war es aufgefallen, wie bleich und bekümmert sie ausgesehen hatte, und er brauchte nach der Ursache davon nicht zu suchen.

»Eike fehlt ihr ebenso wie mir,« sprach er zu sich, »sie härmt sich um ihn, und das ist sehr begreiflich. Sie standen so freundschaftlich miteinander, er unterhielt sie so gut, und sie redete so gern mit ihm von seinem Werke, wie ich, ganz wie ich. Das soll nun alles mit einem Male vorbei sein? Nein! Auch ich will ihn wiederhaben, und ihr bereite ich eine Freude, wenn ich ihn wieder einfange und sie eines schönen Tages mit seiner Rückkehr überrasche.«

Er erhob sich und schritt, die Hände auf dem Rücken, im Zimmer auf und ab.

»Wenn ich reiten könnte, holt' ich ihn mir selber. Aber schreiben werd' ich ihm, einen geharnischten Brief, der ihm an Herz und Nieren geht. Scharruhn muss damit hin zu ihm und mir den Abtrünnigen heranschaffen.«

Er beschied den Wildmeister, auf den er sich unbedingt verlassen konnte, zu sich und eröffnete ihm:

»Scharruhn, du musst morgen zu Herrn von Repgow reiten nach Reppechowe, gegenüber von Aken an der Elbe, darfst aber keiner Menschenseele sagen, wohin dein Weg geht, hörst du? Keiner Menschenseele, auch nicht der Gräfin und keinem vom Burggesinde. Ich werde dir einen Brief mitgeben, und nicht Antwort sollst du mir darauf bringen, sondern den Ritter selber, wie er geht und steht, und lässt keine Ausrede, keine Entschuldigung von ihm gelten. Bist du im Klaren, Alter?«

»Wie ein Schweißhund auf frischer Fährte, Herr Graf!«

»Gut! Dann sattle nach der Morgensuppe. In vier, spätestens fünf Tagen erwarte ich dich mit dem Ritter zurück. Den Brief werde ich dir heute noch hier in meinem Zimmer einhändigen, ehe du zum Abendtrunk in die Dirnitz gehst.«

»Es wird alles so geschehen, wie Ihr befehlt, Herr Graf,« sprach der Wildmeister, verneigte sich ehrerbietig und trat ab.

Abends stellte er sich wieder ein und nahm den Brief in Empfang, der folgendermaßen lautete:

> Eike von Repgow!
>
> Wo bleibst Du? Warum kommst Du nicht wieder? Was soll ich davon denken? Du fehlst uns, mir und der Gräfin, an allen Ecken und Enden, und wir wollen Dich wiederhaben. Wahrscheinlich hast Du Dich dort in die gefundenen Schriften verbissen und vergisst uns darüber, statt mit ihnen zu uns zurückzukehren und hier weiter zu arbeiten. Du hast Dein Buch manchmal unser Buch genannt, und nun willst Du mich der größten, der einzigen Freude meiner letzten paar Jahre berauben, daran teilzunehmen? Das darfst Du mir nicht antun, Eike! Ich beschwöre Dich: komm' wieder! Der Wildmeister hat gemessenen Befehl, Dich uns zurückzubringen, und wir lassen ihn nicht über die Zugbrücke ohne Dich. Dixi. Auf Wiedersehen, mein Eike!
>
> Hoyer von Falkenstein.

Am andern Morgen ritt der mit so dringender Botschaft Betraute in seinem besten Jagdkoller, Weidmesser an der Hüfte, von der Burg ab. Am Tore fragte ihn Goswig:

»Wo hinaus hoch zu Rosse?«

»Ins Thüringerland zum Brautkauf,« gab ihm der im Sattel zur Antwort. »Hab’ da noch eine Feinsliebste sitzen; die will ich heimführen.«

»Da wird’s aber Zeit mit dem Kränzlein,« lachte Goswig. »Wird wohl schon eine recht ehrwürdige Jungfrau sein, oder ist’s eine gut erhaltene Wittib mit einem erklecklichen Sparpfennig zuunterst in der Truhe?«

»Wart’ es ab, alter Kettenhund, und belle sie nicht an, wenn ich mit ihr meinen Einzug halte,« erwiderte der Weidmann.

»Na dann Heil und Segen zum fröhlichen Beilager, du übermütiger alter Hagestolz!« rief ihm der Torhüter nach.

Neunzehntes Kapitel

Trägen Ganges glitten inhaltleere Tage am Falkenstein vorüber; keiner brachte den entflohenen Gast zurück, aber jeder belud das Herz der Gräfin mit schwererem Leid. Nirgend hatte sie Ruhe, durchirrte die Treppen und Flure des Schlosses, horchte auf jedes Geräusch draußen, auf jeden Hufschlag im Burghof, und jeden ihr zufällig Begegnenden, Mann wie Magd, sah sie erwartungsvoll an, ob er ihr nicht melden wollte: der Ritter von Repgow ist wieder da. Auch von ihm selber kam keine Botschaft, keine Entschuldigung seines langen Fernbleibens; er hatte die hier um ihn Trauernde vergessen.

Ihr Andenken aus seiner Seele verbannt, ihre Liebe von ihm verschmäht, ihr ganzes Dasein vor ihm versunken wie ein in bodenlose Tiefe geschleuderter Stein, das war mehr als Gerlinde zu tragen vermochte.

»Gott im Himmel, gib ihn mir wieder!« betete sie mit gerungenen Händen. »Ich gelobe, mich seinen strengsten Befehlen zu unterwerfen; kein Wort, kein Blick und kein Seufzer soll ihm fürderhin etwas von der verzehrenden Glut ungestillter Sehnsucht verraten, an der ich ohne ihn elend zugrunde gehe.«

Ach, sie wusste wohl, dass Gebet und Gelübde umsonst waren; ihr blieb kein Schimmer von Hoffnung auf sein Wiederkommen.

Schon mehrmals hatte sich ihr in der Abenddämmerung ihres einsamen Zimmers ein aus dem Dunkel heranschleichendes Gespenst genaht, dessen Geisterhauch sie mit kaltem Schauder spürte. Anfangs hatte sie die Kraft besessen, den Dämon mit frommer Entrüstung von sich zu weisen, doch er kehrte wieder, wich und wankte nicht und hängte sich an sie wie ihr Schatten. Sie gewöhnte sich an ihn, befreundete sich mit ihm, und bald erschien er ihr nicht mehr als Dämon, sondern als ein Erlöser aus folternden Qualen. Es war der Gedanke, aus dem Leben zu scheiden, da Eike von ihr geschieden war, und endlich reiste der Plan zum Entschluss, über dessen Ausführung in einer unentdeckbaren Weise sie nun ernstlich nachsann.

Ein Dolchstoß ins Herz würde sich als eigene Tat offenbaren und schonungslose Fragen nach dem Beweggrunde zur Folge haben. Es gab steil abfallende Felsen hier in der Umgegend, und ein Fehltritt würde den Absturz erklären, aber das war ihr nicht sicher genug; dabei könnte sie sich, statt die Vernichtung zu finden, vielleicht nur eine mäßige Verletzung zuziehen, mit der ihr nicht gedient war. Sie dachte an die ägyptische Königin Kleopatra, die sich eine Schlange an den Busen setzte, aber die Schlangen waren ihr ein zu widerwärtiges Gezücht, und es gab ja noch andere Gifte als Schlangengift. Ha! Jetzt hatte sie's.

Großmutter Suffie, die das Gras wachsen hörte, die Sprache der Vögel verstand, die Säfte aller Pflanzen kannte und damit Menschen gesund und krank machen konnte, die sollte ihr raten und helfen. Ohne Säumen trat sie den Weg zur Talmühle an. —

Die Gräfin und die uralte Müllerin waren seit Jahren schon gute Nachbarn und Gefreunde. Gerlinde hatte die in vielen Dingen Wohlbewanderte öfter besucht, sich an ihrer abergläubischen Spruchweisheit ergötzt und ihre nützlichen Winke über Landesbrauch und Gewohnheit, Hausarzneien und Heilmittel nicht zu ihrem Schaden befolgt. Suffie hatte ihr immer willig des Langen und Breiten Auskunft gegeben, und zu diesen Unterredungen ließen sämtliche Beutlings nach ehrfürchtiger Begrüßung der Herrin die zwei stets unter sich allein in der Stube.

Suffies faltenreiches Gesicht glänzte in Freuden auf beim Erscheinen der Gräfin, und kaum dass diese Platz genommen hatte, wurde sie von der Geschwätzigen mit einem Schwall von Fragen überschüttet, wie sie den Sommer verlebt, ob sie fleißig gestickt, täglich Harfe gespielt und gesungen und was sie sonst noch getan und getrieben, da sie sich seit undenklicher Zeit nicht in der Mühle hätte blicken lassen.

»Freilich,« fügte sie, ohne auf die Antwort zu hören, hinzu, »Ihr habt einen Gast im Schlosse, einen vornehmen, jungen Ritter, der Euch geflissentlich mit minniger Kortasie aufwarten wird. Da ist es nicht zu verlangen, dass Ihr Euch auf eine alte, verschrumpelte Unke besinnt wie ich bin.«

»Unkenhaft schaut Ihr nicht aus, Großmutter,« versicherte die Gräfin. »Schon das lustige Gefunkel Eurer Augen straft Eure Worte Lügen.«

»Die Augen, ja, die tun noch allweg ihren Dienst,« versetzte Suffie. »Ich erkenne noch genau, wohin die Wetterfahne oben auf Eurem Dache zeigt.«

Auch vom Grafen Hoyer, von Wilfred, von Melissa und noch mehreren ihres Hofstaates musste Gerlinde erzählen, denn die neuigkeitsüchtige Alte wollte über alle Burgbewohner auf dem Laufenden erhalten sein.

Die Gräfin saß wie auf Kohlen vor Ungeduld, die eigenartige Veranlassung ihres Besuches anbringen zu können. Endlich gelang ihr dies.

»Großmutter Suffie,« begann sie mit erregt hastender Stimme, »ich komme, Euch einmal wieder um einen guten Rat zu bitten.

Ihr wisst ja mit allerlei Ziefer und Zauber Bescheid; nun sagt mir, wie wir uns der abscheulichen Ratten erwehren sollen, die auf dem Falkenstein in erschreckender Weise überhand nehmen. In die aufgestellten Fallen gehen sie nicht mehr, und die Hunde werden auch nicht Herr über die entsetzliche Plage. Was sollen wir dagegen tun?«

»Da müsst Ihr den Biestern Gift legen, gnädigste Frau Gräfin!« erklärte Suffie ohne Bedenken.

»Ja, Gift, — das wird schwer zu haben sein,« meinte die Burgfrau vorsichtig, Suffies Anerbieten erwartend, es ihr beschaffen zu wollen.

»Nichts leichter als das!« lachte die Alte. »Tollkirsche ist das Beste, zu dem ich Euch raten kann; das räumt im Umsehen unter dem garstigen Viehzeug auf, denn es wächst nichts Giftigeres im ganzen Gebirge.«

»Wächst es auch hier?« fragte Gerlinde begierig.

»Am Heidenquell wuchert es, Frau Gräfin! Kennt Ihr den?«

Am Heidenquell! Wie ihr der Name ins Herz griff!

»Ob ich ihn kenne, Großmutter Suffie!« sagte sie mit einem wehmütigen Lächeln. »Ihr selber habt mich ja einst zu dem der Frau Holle geweihten wundertätigen Born hingewiesen.«

»Hab' ich? Ach ja, ich erinnere mich,« bestätigte die alte Heidin. »Wenn man über die neunzig Jahre hinauskommt, wird das Gedächtnis immer schwächer; das werdet Ihr an Euch auch noch einmal erfahren, liebe, junge Gräfin. Wie alt seid Ihr denn?«

»Achtundzwanzig.«

»O da habt Ihr ja noch ein ganzes, langes Leben voll Glück und Freuden vor Euch.«

Gerlinde schwieg und blickte verlegen zu Boden. Dann bat sie, ihr das Aussehen der Tollkirschen zu schildern, und lauschte der Beschreibung mit größter Aufmerksamkeit.

Suffie belehrte sie:

»Es ist ein krautartiger Strauch, etwa eine Elle hoch, mit länglichen, zugespitzten Blättern und glänzend schwarzen Beeren. Den müsst Ihr mitsamt den Wurzeln ausgraben, denn die Wurzeln und die Blätter sind das Giftigste an ihm, nicht die Beeren. Also nur die Wurzeln und die Blätter müsst Ihr in Wasser zu einem dicken Brei einkochen und etwas Speck dazutun. Wenn davon so ein liebes Tierchen nur ein Fingerhütlein voll nascht, dauert es keine Stunde, und es streckt alle Viere von sich.«

»So rasch wirkt es?«

»So rasch geht es, so stark ist das Gift,« nickte die Sachverständige. »Ihr müsst deshalb mit aller Fürsichtigkeit dabei zu Werke gehen und Euch dann gleich die Hände waschen, denn wenn Ihr nachher beim Sticken an den Finger leckt, um die Seide in das Nadelöhr zu fädeln, könnte es leicht um Euch geschehen sein. Aber Ihr werdet ja das Kochen nicht selbst besorgen.«

»Doch, ich möchte keinen meiner Leute einer solchen Gefahr aussetzen,« fiel Gerlinde geängstigt ein. »Ich habe in meinem Schlafgemach eine kleine Weingeistlampe, auf der ich mir zuweilen ein Tränklein gegen Heiserkeit beim Singen braue.«

»Gut, desto besser! Dann bleibt das feine Mittelchen unter uns. Sagt's niemand, dass ich es Euch angeraten habe,« raunte Suffie.

»Ach nein! Ich werde stumm sein,« gab ihr Gerlinde ernst zur Antwort. »Lasst auch Ihr niemals verlauten, dass ich Euch danach gefragt habe, niemals!«

Sie erhob sich, drückte der Alten die knöcherne Hand und sprach:

»Habt Dank, Großmutter Suffie, und — lebt wohl!«

»Ich freue mich immer, wenn ich Euch zu Willen und Gefallen sein kann,« erwiderte Suffie und geleitete, auf ihren Krückstock gestützt, die Gräfin zum Zaun des Mühlengehöftes. Dort blickte sie der Scheidenden nach und murmelte, das greise Haupt schüttelnd:

»Ratten? Und darum kommt sie selbst? Wunderlich, sehr wunderlich! Sie war so seltsam unruhig wie sonst nie, sah auch schlecht aus, blass und abgezehrt, und ihre Augen flackerten unstet wie bei einer, die nicht Frieden im Herzen hat. Sie wird doch mit den Tollkirschen nichts Arglistiges im Sinn haben? Wem anders aber als Ratten sollte sie Gift mischen wollen? Doch nicht etwan...? Ach, schäme dich, altes, dummes Weib!«

Mit gebeugtem Nacken humpelte sie nach dem Hause zurück. —

Gerlinde, den Burgberg hinansteigend, gedachte Eikes.

Was würde er sagen, wenn er ihr plötzliches Hinsterben erfuhr? Würde er glauben, dass sie eines natürlichen Todes verblichen war? Gewiss nicht! Er, er allein, würde sofort die volle Wahrheit erfassen, aber auch unverbrüchlich schweigen. Nur peinigte es sie, dass er auf den Gedanken kommen könnte, an ihrem Tode schuld zu sein! Das musste sie durchaus verhüten und ihn vor dieser Angst bewahren. Sollte sie ihm zum Zeichen, dass sie ihm nicht grolle, noch einen letzten Gruß senden? Nein! Das wäre für den Überbringer wie für jeden, dem das Gerücht von solchem auffälligen Scheidegruß zu Ohren drang, der deutliche Beweis ihres vorsätzlichen Handelns.

Aufrichtiges Mitleid fühlte sie mit dem Grafen, ihrem Gemahl, der in den sechs Jahren ihrer Ehe stets liebevoll und freundlich gegen sie gewesen war und der mit ihr nun auch die zweite Gattin verlor und wieder zum Witwer wurde. Und nicht einmal Abschied nehmen durfte sie von ihm; hinterrücks musste sie von ihm gehen, nachdem sie jede erkennbare Spur ihrer grausigen Tat getilgt und verwischt haben würde, mit welchem Schrecken er dann auch, das Ungeheure nicht begreifend, vor ihrer entseelten Hülle stehen würde. Den ihm damit zugefügten großen Schmerz bat sie ihm jetzt schon im Stillen ab und wollte, ehe sie den Löffel mit dem Gift zum Munde führte, an ihrem Betpult auch die heilige Jungfrau um Vergebung dieser Sünde inbrünstig anflehen.

Oben im Schlosse muteten sie die gewohnten Räume fremd an, als gehörte sie nicht mehr hierher, schon einer anderen Welt verschrieben und verfallen, und doch musste sie bis morgen Nachmittag hier noch ausharren, weil es heute für den Gang nach dem Heidenquell zu spät geworden war.

Von allem, was sie besaß, hätte sie nur ihre kleine Harfe und ihren Rosenkranz, ein altes Erbstück ihrer Mutter, mit großen, schön geschliffenen Bergkristall- und Bernsteinkugeln, gern mit ins Grab genommen, aber sie durfte ja keine Bestimmungen treffen, die als Vorbereitungen zum Sterben angesehen werden könnten.

In der Nacht schlief sie wenig, und die Zeit von früh bis Mittag wurde ihr sehr lang. —

Endlich war sie wieder inmitten der einsamen Wildnis, durch die sie sich im Sommer mit Eike Bahn gebrochen hatte, und da kamen ihr die Erinnerungen an jenen seligen Morgen wie grüßende Wanderer entgegen. Jedes ihrer damaligen Gespräche über die Schönheit des Waldes in den wechselnden Jahresseiten, über die Gesetze der Natur und der Menschen, über Eikes Rechtsbuch und Walters Minnesang hallte traumhaft in ihr wider.

Die zerklüftete Schlucht musste sie diesmal allein überwinden und vollbrachte es ohne Anwandlung von Schwachheit mit dem unerschütterlichen Willen, ihr Ziel zu erreichen.

Bald hatte sie es erreicht und stand nun nahe der Klippe, aus der das als wundertätig gepriesene Wasser unter dem Denkstein mit der verwitterten Runenschrift hervorquoll, auf derselben Stelle, wo sie Eike von Repgow schluchzend an die Brust gesunken war.

Jetzt stand sie erhobenen Hauptes und ließ den Blick in die Runde schweifen, um den geheimnisvollen Waldeszauber noch einmal, zum letzten Male, zu genießen.

Dann wandte sie sich langsam den schon entdeckten Stauden mit den spitzen Blättern und den schwarzen Beeren zu, kniete bei der einen und der andern nieder, grub sie, ihre zarten

Hände nicht schonend, mitsamt den Wurzeln aus und legte sie in das dazu mitgebrachte Tuch, das sie an den vier Zipfeln verknupfte.

Darauf trat sie festen Schrittes den Heimweg an und schaute nicht mehr zurück nach der Stätte, wo das Glück einst dicht an ihr vorbei geflogen war.

Zwanzigstes Kapitel.

Die liebe Nachmittagssonne bestrahlte Giebel, Dächer und Zinnen des Falkensteins mit einem behäbigen Lächeln und schien alles, was da fleucht und kreucht, in den Schlaf gezwinkert zu haben, denn nichts regte sich innerhalb der Umwallung, kein Ton, kein Tritt klang durch die friedliche Stille. An den Wänden gähnte eine wahrhaft feiertägliche Langeweile, und war doch gar kein Feiertag heute, nicht einmal der Namenstag des kleinsten Kalenderheiligem mit dem man es aus irgendeinem Grunde doch auch nicht gern verderben will.

Diese beschauliche Ruhe verwandelte sich indessen schnell in das Gegenteil, als vom Turm ein dröhnender Hornruf erscholl, der in eine lockende Jagdweise überging. Da ward es lebendig in der Burg. Von allen Seiten, über alle Treppen und aus allen Türen kamen die Insassen zusammengelaufen, als wäre Feuerlärm geblasen worden.

Aber alle zeigten fröhliche Gesichter, denn sie wussten, was das zu bedeuten hatte. Der Ritter Eike von Repgow musste im Anzuge sein, und nun standen sie in dichten Haufen auf dem Burghof, ihn zu erwarten.

Auch Graf Hoyer war herbeigeeilt, ihn an der Spitze seines vollzählig versammelten Gesindes zu begrüßen.

Nach seiner Gemahlin spähte er jedoch vergebens aus.

»Wo ist die Gräfin?« fragte er verwundert.

Melissa gab Antwort:

»Die Frau Gräfin hat vor kaum einer Stunde das Schloss verlassen, wohl zu einer Wanderung in den Wald.«

»Was hat sie denn jetzt allein im Walde zu suchen? Das ist doch sonst nicht ihre Gewohnheit,« sprach der Graf, ungehalten, dass sie bei der Wiederkehr des Freundes nicht zur Stelle war.

Da kam Eike schon mit dem Wildmeister durch das innere Tor eingeritten, und auf seinen Zügen glänzte die Freude, sich so allgemein bewillkommnet zu sehen.

Er sprang vom Pferde und schritt auf den Grafen zu, der ihn in seine Arme schloss und frohgemut ausrief:

»Eike! Haben wir dich endlich wieder? Den Wild- und Waffenmeister musste ich dir also erst auf den Hals schicken, um dich in Haft und Gewahrsam nehmen zu lassen, du trotzköpfiger Ausreißer! Komm hinauf! Oben sollst du mir beichten, warum du so lange ausgeblieben bist, kannst mir dabei den größten Bären aufbinden, der im Harzwald herumzottelt, ich will alles auf Treu und Glauben hinnehmen, was menschenmöglich ist.«

Ehe die Herren in das Schloss eintraten, wandte sich Eike zu den Umstehenden und nickte und winkte ihnen seinen Dank zu für den freundlichen Empfang. Dem Schreiber reichte er die Hand und sagte:

»Ich bringe viel Arbeit mit, Wilfred!«

Melissa schabte dem verblüfft Dreinschauenden lachend mit den Zeigefingern Rübchen in ihrem Triumph, Recht behalten und ihre Wette gewonnen zu haben.

Graf Hoyer geleitete seinen lieben, wieder eingebrachten Gefangenen in dessen früheres Losier und blieb dort bei ihm.

»Nun sag's kurz, Eike! Was hast du zu deiner Entschuldigung anzuführen?« begann er.

»Nichts, Herr Graf!« gestand Eike verlegen und kleinlaut.

»Du hast dich in die zu Hause noch vorgefundenen Papiere wie ein Dachs eingegraben und dich dann aus deinem vollgestopften Bau nicht wieder herauswühlen können, nicht wahr?«

»Ja, so ist es.«

»Na, mach' nur nicht so ein jämmerliches Armsündergesicht, als hättest du Wunder was verbrochen!« beruhigte ihn der Graf in seiner heiter biederen Weise, »nun du wieder hier bist, soll dir alles verziehen sein.

Wir haben dich, wie ich dir schrieb, hier schwer vermisst, auch meine Frau; ich hab's ihr angemerkt, wie sie sich um dich härmte, wäre fast eifersüchtig auf dich geworden,« fügte er launig hinzu. »Sie ist in den Wald gegangen, konnte ja Tag und Stunde deiner Ankunft so wenig wissen wie ich. Gesteh' mal aufrichtig: wärest du auch ohne den Wildmeister und meinen Brief gekommen?«

Eike zuckte die Achseln; ihm war schwül zumute.

»Vielleicht nicht so schnell,« erwiderte er ausweichend. »Aber Eure dringende Aufforderung zur Rückkehr war mir eine große Freude, und ich danke Euch von Herzen dafür, Graf Hoyer!«

»Also ein kluger Gedanke von mir,« belobte sich der Graf. »Hat dir Scharruhn denn nun seine Wünsche in Bezug auf den Wildbann vorgetragen, von denen er an dem Abend in der Dirnitz sprach?«

»Jawohl, es betraf einige Fragen des Jagdrechts,« versetzte Eike. »Er verlangte für die Bannforsten des Harzes größeren Schutz gegen jeden, der sie betritt. Die Armbrust müsste abgespannt, der Köcher geschlossen, die Bracken angekoppelt und allen Tieren dort Friede gewirkt sein außer Bären, Wölfen und Füchsen. Ferner forderte er höhere Bußen für getötete singende und stimmende Vögel, womit er die Beizfalken meinte.

Die Weiber dürften nur so viel Reisig auflesen wie die Krähe vom Baume tritt und wenn einem Bauer etwas an seinem Wagen zerbricht, dürfte er sich so viel Holz aus dem Walde hauen wie zur Ausbesserung des Schadens nötig ist, mehr nicht. In alledem konnte ich ihm beipflichten und werde das in den Artikeln des Jagd- und Forstrechts berücksichtigen. Dagegen verweigerte ich ihm die Aufhebung des Verbotes, die Saaten auf dem Felde durch Jagen und Hetzen niederzutreten, sobald das Korn schon Knoten und Gelenke an den Halmen angesetzt hat.

Sich empfindlichen Jagd- und Wildschaden gefallen zu lassen ist den Bauern nicht zuzumuten. Aber da predigte ich tauben Weidmannsohren. Er vergalt mir meine vergebliche Belehrung mit der Erzählung einiger köstlichen Jagdgeschichten, die meine Gläubigkeit mehrmals auf eine harte Probe stellten. Ich hinwiederum musste ihm bei Sankt Huberten mein Wort darauf geben, jetzt mit ihm oder ohne ihn zuweilen aus die Pirsch zu gehen. Das will ich auch tun, habe eure frische, kräftige Harzluft blutnötig nach dem langen Stubensitzen.«

»Man sieht dir's an, also Weidmanns Heil!« sprach der Graf und erhob sich. »Jetzt wirst du deine Schriften auspacken und ordnen wollen, und dabei will ich dich nicht stören.«

»Ich möchte lieber den Spuren der Frau Gräfin folgen,« erwiderte Eike. »Vielleicht begegne ich ihr im Forste.«

»Tu' das, Eike!« sagte der Graf. »Wird die eine Freude haben, wenn du unverhofft und plötzlich wie ein Waldschrat vor ihr auftauchst! Das möcht ich mit ansehen, aber ich kann nicht mit. Auf Wiedersehen bei Tisch!«

Damit ließ er den Freund allein. —

Nun war Eike doch wieder da, wohin niemals zurückzukehren er sich fest vorgenommen hatte, und es war ihm lieb, dass er wieder hier war. Auch ihm hatte in seiner stillen Behausung zu Reppechowe vieles von dem gefehlt, was ihm auf dem Falkenstein zur freundlichen Gepflogenheit geworden war. Besonders trug er an der Trennung von Gerlinde, je länger sie währte, je schwerer, und er hatte sich nach der angebeteten Frau gesehnt. Jetzt, vor dem Wiederbeisammensein mit ihr konnte er sich des ernsten Bedenkens nicht entschlagen, ob sie die dazu nötige Selbstbeherrschung ihm gegenüber betätigen würde. Die nächste Stunde musste ihn darüber aufklären.

Er hatte in Reppechowe fleißig an seinem Buche geschaffen und brachte ein zwei Finger dickes Heft von dort geleisteter Arbeit mit, aber nichts von neuen Aufzeichnungen, sondern nur die alten, von hier entführten und sein ganzes, bis zum jetzigen Stande der Entwickelung gediehenes Manuskript nebst Wilfreds Abschriften.

Mit dem Auspacken und Ordnen seiner Papiere hatte es keine Eile; jetzt lag ihm Wichtigeres am Herzen, das Wiedersehen mit Gerlinde.

Aber wo sie finden im weiten Walde? Er musste es aufs Geratewohl versuchen und schritt ohne Säumen fürbass.

Als er schon etwas entfernt von der Burg unter den hohen Eichen und Buchen war, erinnerte er sich, von ihr einmal gehört zu haben, dass sie auf ihren einsamen Streifereien die urwüchsige Wildnis in der Gegend des Heidenquells allen anderen Gebieten der Umgebung vorziehe. Einen

Pfad dahin gab es nicht; aber die Richtung wusste er, und die schlug er nun in herzklopfender Spannung ein.

Mehrmals blieb er bei seinem Vordringen stehen, lugte und lauschte nach rechts und links, damit Gerlinde nicht etwa seitwärts unbemerkt von ihm vorüberwandelte.

Sollte er mit weithin schallender Stimme ihren Namen rufen? Das könnte sie, wenn sie den Ruf vernähme, befürchten lassen, dass auf der Burg ein Unglück geschehen wäre, dessentwegen man Boten nach ihr aus gesandt hätte. Deshalb unterließ er es.

Endlich sah er in einiger Entfernung etwas Helles durch die Bäume und Sträucher schimmern, was sich bewegte und sich näherte. Das musste sie sein. Schnell verbarg er sich hinter einem noch ziemlich belaubten Busch, um sie beobachten zu können, ehe sie ihn entdeckte

Es war Gerlinde. Mit einem kleinen Bündel kam sie gesenkten Hauptes langsam daher.

Als sie heran war, trat er vor, streckte ihr beide Hände entgegen und sagte ruhig:

»Gerlinde!«

Erschrocken blickte sie auf und. stand wie angedonnert, zitternd und sprachlos da. Dann ließ sie das Tuch, in dem die eingesammelten Pflanzen steckten, zur Erde gleiten und legte in Eikes Hände die ihrigen, die er fest umschloss und an seine Lippen drückte.

In dem nämlichen ruhigen Tone fuhr er fort:

»Da bin ich wieder, Gerlinde. Ich bin Euch nachgegangen, weil ich Euch auf diesem Wege zu finden hoffte.«

Während ihre Hände noch in den seinen lagen, atmete sie hoch auf, und ihn wie eine überirdische Erscheinung betrachtend, stammelte sie:

»Sagt mir, — ist dies kein Traum? Seid Ihr es wirklich, Eike von Repgow?«

»Wahr und leibhaftig, Gerlinde!« lächelte er. »Ich bin zurückgekehrt, um mein Buch hier zu vollenden. Ist Euch das recht?«

»Ach! — Was fragt Ihr? Seid mir willkommen viel tausendmal!« klang es ihm jubelnd entgegen.

Da küsste er noch einmal ihre Hände und sprach:

»Ich danke Euch, Gerlinde! Kommt schnell zur Burg; der Graf erwartet uns, denn ich habe ihm gesagt, dass ich Euch im Walde suchen wollte.«

Er hob das Bündel vom Boden auf, um es ihr zu tragen. Dabei löste sich der zu leicht geschlungene Knoten, und die Tollkirschen fielen heraus.

Sofort erkannte Eike das todbringende Gift; ein fürchterlicher Verdacht packte ihn und wurde ihm zur Gewissheit, als er Gerlindes angststarrende Augen und ihre zuckenden Lippen sah.

Nun weiß er alles! war nach fassungsloser Verwirrung ihr erster greifbarer Gedanke, und eine Blutwelle schoss ihr bis zur Stirn hinauf.

Mit geschwinder Geistesgegenwart bezwang Eike seine gewaltige Erschütterung, und mit gemacht gleichmütigem Tone sprach er:

»Ich möchte Euch warnen, Gerlinde, diese Pflanzen wie einen Blumenstrauß in Euer Zimmer zu stellen. Sie nehmen sich zwar äußerlich recht hübsch aus, verbreiten aber eine Ausdünstung um sich her, die heftiges Kopfweh erzeugt. Ihr erlaubt wohl, dass ich das Euch sicher nicht bekannte Unkraut beseitige.«

Ohne eine Antwort abzuwarten, schleuderte er die Tollkirschen mit dem Fuß ins Gebüsch und warf das Tuch hinterdrein.

Gerlinde sagte kein Wort, und eine Zeitlang gingen sie stumm nebeneinander dahin, denn keiner mochte dem andern offenbaren, was seine ganze Seele erfüllte. Eike hatte soeben mit Entsetzen erfahren, zu welchem verzweifelten Schritt Gerlinde in ihrem Liebesleid fähig war. Den Tod hatte sie sich seinetwegen geben wollen. Morgen wäre er zu spät gekommen und hätte sie nicht mehr lebend angetroffen. Sie hatte sich also die Ruhe völliger Entsagung noch nicht erkämpft. Würde ihr das bei seiner Anwesenheit und seinem Einfluss vielleicht besser gelingen? Er hoffte es und beschloss, mit kühler Besonnenheit dabei behilflich zu sein. Denn er sah ein, dass er es, ohne ihr Leben aufs Spiel zu setzen, nicht wagen durfte, wieder von ihr zu scheiden, ehe nicht die Vollendung seines Werkes die wohlgegründete Veranlassung dazu gab.

Um das beklemmende Schweigen nicht nach länger andauern zu lassen, fing er an:

»Ich bin im Burghof vom Grafen und von allen seinen Leuten sehr herzlich empfangen worden.«

»Hättet Ihr uns Eure Rückkehr vorher angemeldet, hätte ich bei Eurer Begrüßung wahrlich sucht gefehlt,« bedeutete ihn Gräfin.

»Wie konnte ich denn? Der Wildmeister hat mich doch wie ein Häscher überfallen und geholt,« entgegnete er lustig.

»Der Wildmeister bat Euch geholt?« fragte sie höchst erstaunt.

»Freilich! Der Wildmeister mit dem Briefe des Grafen.«

»Der Graf hat Euch geschrieben?«

»Jawohl! Wisst Ihr das nicht?«

»Nein!«

O weh! Da hatte er etwas ausgeplaudert, was er nicht hätte verraten sollen; aber wie konnte er das ahnen!

Nicht freiwillig, nicht von seinem Herzen getrieben ist er zurückgekommen, sondern dazu überredet gezwungen, dachte Gerlinde enttäuscht.

Ihre Niedergeschlagenheit bemerkend und verstehend suchte er seine Übereilung gutzumachen, indem er sehr geschickt einlenkte:

»Ich hätte den Abschnitt, den ich just unter der Feder hatte, gern erst noch fertig geschafft, was nur einen kurzen Aufschub erfordert hätte, aber der Wildmeister drängte so entschieden zur Eile, dass ich mitten im Kapitel abbrechen und alles zusammenpacken musste, um gleich mit ihm zurückzureiten.«

Gerlinde war sich nun vollständig klar darüber, dass es Eike mit seiner gänzlichen Trennung von ihr auf Nimmerwiederkehr bitterer Ernst gewesen war, den er, wenn sie fortan nicht die größte Zurückhaltung bewahrte, noch einmal und dann unwiderruflich gegen sie anwenden würde. Sie war auch überzeugt, dass Eike nicht allein wusste, zu welchem Zwecke sie die Tollkirschen gesammelt hatte, sondern auch, dass sie sein heutiges Eintreffen auf dem Falkenstein einzig der Aufforderung des Grafen zuschrieb und an seine geplante Rückkehr ohne diese Aufforderung nicht glaubte.

So wusste jeder um das Geheimnis des anderen, aber beide schmiegen im Weiterwandern, denn die Gedanken hielten die Zungen gebunden.

Allmählich gelang es ihnen jedoch, den Bann von sich abzuschütteln und ein harmloses Gespräch miteinander zu führen, so dass sie in der Burg mit fast fröhlichen Gesichtern erschienen.

—

Am Abendtische saßen die drei in alter Traulichkeit einmütig beisammen, und es war ihnen, als wäre Eike gar nicht von hier fort gewesen. Er musste von dem Aufenthalt in seiner Heimat und besonders von der Förderung seiner Arbeit erzählen. Graf Hoyer war wieder mit allem Eifer bei der Sache und ebenso Gräfin Gerlinde, die mit den Männern stritt, scherzte und lachte. Hatte sie doch Eike wieder sich gegenüber, fing ihm die Worte vom Munde und las ihm aus den Augen, dass er sie doch noch liebte. Da versanken ihr die Erinnerungen an die qualvollen letzten Tage wie ein nächtlicher Spuk in das Nichts der Vergessenheit.

Im Lauf des Mahles beim herzerfreuenden Wein sagte Eike nach einer kleinen Stille:

»Auf meinem Ritt nach Reppechowe habe ich eine ganz besondere Genugtuung gehabt.«

Graf und Gräfin blickten ihn erwartungsvoll an.

»Wieder einen geflügelten Gruß von Eurem erhabenen Beschützer Kaiser Friedrich?« fragte Gelinde schalkhaft.

»Nein, so hoch hinaus nicht, aber etwas Ähnliches. Bald nachdem Ihr, Herr Graf, von mir abgeschwenkt waret, traf ich mit den Grafen Johann von Blankenburg und Günter von Regenstein zusammen. Sie kamen selbander von einem Gastmahl beim Fürsten Heinrich von Anhalt und hatten dort von meinem Gesetzbuch gehört. Der Fürst, bei dem ich, wie Ihr wisst, eine Zeitlang als Knappe in Kriegsdiensten stand und der mich zum Ritter geschlagen, hatte sich vor allen seinen Gästen über mich und mein Bestreben, Rechtseinheit zu schaffen, das ganz und gar in seinem Sinne wäre, außerordentlich günstig geäußert und mir den besten Erfolg gewünscht, zu dem er alles, was er könnte, gern beitragen wollte. Graf Burkhard von Mansfeld hatte ihn auf einem Jagdausfluge eingeweiht und ihm eine warme Teilnahme an meinem Unternehmen eingeflößt.«

»Der wackere Mensch! Aber das war von ihm zu erwarten,« warf Graf Hoyer dazwischen.

»Ich konnte mit den beiden Grafen eine gute Strecke Weges reiten, und da nahm ich die Gelegenheit wahr, mit den Herren mancherlei Gerechtsame ausführlich zu besprechen.«

»Seht gut, ausgezeichnet, Eike!« rief Graf Hoyer. »Der Blankenburger und der Regensteiner und die übrigen, die mit bei dem Gastmahl gewesen sind, werden das dort Vernommene nun noch weiter herumbringen, und du wirst dir, ehe du deine Schrift fertig hast, schon eine Menge Anhänger und Freunde im Lande erobert haben.«

»Jaja, aber an Gegnern wird es mir auch nicht fehlen« wandte Eike ein. »Neben dem Grafen von Regenstein hatte ein ritterlicher Lehnsmann des Fürsten aus dem Hasgau gesessen, und der war anderer Meinung gewesen. Er hatte aus dem Munde — nun, wessen wohl?«

»Dowalds von Ascharien?«

»Dowalds von Ascharien scharf absprechende Urteile gehört und sie dem Grafen Günter hinterbracht, ohne indessen bei diesem ein geneigtes Ohr zu finden.«

»Der alte Esel, der Ascharier, der es uns nie verzeihen wird, dass wir ihm damals so schnell heimgeleuchtet haben, wird mit seinen hirnverbrannten, nur von schnödem Eigennutz eingegebenen Anschauungen von Gerechtigkeit und Billigkeit nirgend Gehör finden,« brauste Graf Hoyer auf.

»Er soll mir nur noch einmal auf den Falkenstein kommen! Da werde ich einen rascheren Kehraus mit ihm machen als ihr es getan habt,« drohte Gräfin Gerlinde in flammender Entrüstung.

»Allen Dank für Euer huldvolles Fürnehmen, Frau Gräfin!« lachte Eike. »Aber der gekränkte Ehrenmann wird auf seinen rastlosen Stegreiffahrten solche hämischen Anzettelungen überall unter denen ausstreuen, die einen Strang mit ihm ziehen, wird sie gegen mich aufhetzen und mir Feinde werben.«

»Die schlagen wir aus dem Felde,« tröstete ihn der Graf. »Es ist von großem Werte, dass meine lieben Waffenbrüder, die Harzgrafen, jetzt schon Kenntnis von deinen Bestrebungen erhalten. Von ihnen und ihrer Gefolgschaft verbreitet wird die Kunde vom Aufkommen einer neuen Rechtsordnung immer weitere Kreise ziehen und allerwegen freudig begrüßt werden, denn das verlangen danach ist im ganzen Volke vorhanden. Heilo, Eike! Stoß' an, — unser Sachsenrecht!«

Drei Becher klangen aneinander, und sechs Augen blitzten sich an in hochfliegender Hoffnung. —

Als Gerlinde zu später Nachtstunde ihre Gemächer betrat, nickte sie mit einem glücklichen Lächeln ihrer Harfe zu und flüsterte:

»Du! Wir bleiben noch zusammen, und morgen singen wir wieder.«

Einundzwanzigstes Kapitel.

»Ach, war das eine Nacht voll Schlaf! Und ich lebe noch, sehe die Sonne und den blauen Himmel, und er ist wieder da, nur durch ein paar Wände von mir getrennt. Heilige Mutter Gottes, ich danke dir!«

Mit diesem ihr aus voller Brust kommenden Ausruf reckte und streckte Gerlinde morgens beim Erwachen behaglich die ausgeruhten Glieder, blieb aber noch auf dem schwellenden Lager und fragte sich, Vergangenes und Künftiges bedenkend, wie es nun mit ihr und Eike hier werden sollte. — Alles so, wie es gewesen war, nur in einem Punkte anders. Von jetzt an wollte sie sich schweigend mit dem Besitz seiner Liebe begnügen und ihn in der heimlichsten Kammer ihres Herzens bewahren wie einen güldenen Hort, den ihr keine Macht der Erde rauben oder verleiden sollte.

Sie überlegte nicht im Einzelnen, wie sie ihr Benehmen gegen Eike einrichten wollte, denn das würde sich in den Bahnen, die sie sich unabweichbar vorgeschrieben hatte, von selber ergeben. Auch das Alleinsein mit ihm scheute sie nicht, wünschte es vielmehr herbei, um ihm zeigen zu können, dass er keine Torheit, keinen überschäumenden Gefühlserguss mehr von ihr zu befürchten hatte.

So in ihrem Innern gefestigt, erhob sie sich und sah dem aufsteigenden Tage mutig entgegen.

—

Beim Frühmahl tauschten Graf und Gräfin ihre Wahrnehmungen über Eikes Aussehen aus, das sie nicht rühmen konnten, denn beiden war er bleich und abgearbeitet erschienen. Der Graf sagte:

»Er will nun öfter einmal pirschen gehen, und das wird ihm gut tun. Ob er ein trefflicher Schütz ist, weiß ich nicht und traue ihm in dieser Beziehung nicht viel zu; soll mich wundern, ob er Haar oder Feder heimbringen wird. Das schleichende und streichende Raubzeug wird wohl vor seinen Bolzen sicher sein.«

»Er wird zur Ausübung des Weidwerks wenig Zeit und Gelegenheit gehabt haben,« meinte Gerlinde. »Der Wildmeister sollte ihn füglich dazu anlernen.«

»O der wird gern dazu bereit sein,« erwiderte der Graf.

Sie hatte des Wildmeisters erwähnt in der Erwartung, dass der Graf nun dessen Sendung zu Eike mit dem Briefe zur Sprache bringen würde; das geschah indessen nicht. Warum wohl nicht? dachte Gerlinde. Sie wollte nicht davon anfangen, dass ihr Eike Mitteilung von dieser Botschaft gemacht hatte, ohne die er gestern nicht wiedergekommen und sie heute nicht mehr am Leben wäre.

Das konnte sie ihrem Gatten freilich nicht sagen, denn er durfte niemals erfahren, aus welcher furchtbaren Not und Verzweiflung er durch sein Eingreifen ahnungslos zu ihrem Retter geworden war. Aber das war wohl Gottes Wille gewesen, der mit seiner unerforschlichen Weisheit ihr Schicksal so wunderbar gelenkt hatte. Von diesem Glauben durchdrungen und gehoben vermochte sie jetzt nicht von anderen, gleichgültigen Dingen zu reden, stand deshalb auf und begab sich in ihr Zimmer.

Ihre Seele war des Dankes so voll gegen den Allbarmherzigen, dass sie die Harfe nahm und mit halb lauter Stimme sang:

> Könnt' ich mit Engelszunge singen,
>
> Ein Cherub in dem großen Heer
>
> Der Himmlischen mit Schwert und Schwingen,
>
> Im Halleluja sollte klingen
>
> Mein Saitenspiel zu Gottes Ehr'.
>
> Er hielt mich, als ich fast verloren,
>
> Mit seiner gnadenreichen Hand,
>
> Und die ich mir den Tod erkoren,

Ich atme nun wie neugeboren,
Als schaut' ich das gelobte Land.

Mit Freundes Arm umfängt mich wieder
Des Daseins holde Wirklichkeit,
Und sanft. wie mit des Schwans Gefieder
Senkt Ruh und Friede sich hernieder —
In meine Brust von Schuld befreit.

Still will ich in des Lichtes Glanze
Einhergehn mit ergebnem Sinn
Und bei der Horen schnellem Tanze
Gleichwie geschmückt mit grünem Kranze
Aufblicken zu den Sternen hin.

Sie hatte das Lied stehend gesungen, setzte sich nun auf das Spannbett und verharrte, wie durch ein dargebrachtes Opfer entsündigt, eine Welle regungslos.

Dann gingen ihre Gedanken andere Wege. Der gewaltige Umschwung in ihrer Lage von gestern auf heute warf ihr eine Fülle von Glück in den Schoß, und auch diesen Empfindungen musste sie Worte und Töne leihen.

Erregter, schwärmerischer als das erste erklang das zweite Lied:

Ich hab' es getragen und standhaft verhehlt,
Behutsam im Tiefsten verborgen,
Was mir wie leuchtende Sonne gefehlt
Am wolkenverschleierten Morgen
Doch nun ist die Not und das Bangen vorbei,
Nun sing' ich und jubele Tandaradei.

Es ist mir, als käme der Frühling gebraust
Mit Stürmen, mit Wachsen und Werden,
Die Hölle hat mir in der Seele gehaust,
Jetzt hab' ich den Himmel auf Erden.
Die Welt hat verwandelt sich wohl über Nacht,
Sie schimmert und glänzt mit in zaubrischer Pracht.

Ihn habe ich wieder, den heiß ich ersehnt
Bei jeglichem Herzensschlage,
Mit übermenschlichem Glücke belehnt,
Erfreu' ich mich nun meiner Tage,
Denn er, der mir alle die Seligkeit gibt,
Mein ist er und bleibt er, dieweil er mich liebt.

Damit hatte sie das, was sie am mächtigsten bewegte, laut und lustig wie Lerchengeschmetter hervorgewirbelt und streckte sich nun zufriedenen Herzens auf der Ruhebank aus.

Der, dem dieser Überschwang der Gefühle gegolten hatte, Eike von Repgow, saß wieder auf seinem alten Platz und war fleißig an der Arbeit. Er hatte diese Nacht, ehe er einschlief, die gestrigen Ereignisse noch einmal im Geiste an sich vorüberziehen lassen und war nach reiflichem Nachdenken zu der Überzeugung gelangt, dass die Gefahr für Gerlindes Leben nach seiner Rückkehr verschwunden war und sie den Tod nicht noch einmal suchen würde, auch dann nicht, wenn er eines, nicht mehr allzu fernen, Tages auf eine unberechenbar lange Zeit von ihr Abschied nehmen musste.

Diese Zuversicht schöpfte er hauptsächlich aus seiner Beobachtung ihres teils ruhigen, teils sehr heiteren Gebarens gestern Abend bei Tisch, das nicht die leiseste Nachwirkung ihres düsteren Vorhabens verraten hatte.

Darum hoffte er auch, dass sie sich nunmehr in ihrem Verkehr miteinander als ebenso maßvoll und willensstark erweisen würde wie er.

Seine Liebe gab der ihrigen nichts nach, nur dass er sie zu zügeln wusste, so unsäglich schwer ihm dies auch manchmal wurde. Ihm wollte das Herz überwallen und auf die Zunge springen, wenn er ihre schöne, schlanke Gestalt vor sich hatte, ihr in die dunklen Augen sah und ihrer klang- und seelenvollen Stimme lauschte. Dann kostete es ihn die größte Überwindung, sie nicht rasch in die Arme zu schließen und fest an seine Brust zu drücken. Doch er wollte seinem Vorsatz, bei der bisher geübten Zurückhaltung zu beharren, bis zur letzten Stunde seines Hierseins treu bleiben, und die Vertiefung in seine Arbeit sollte ihm sicheren Schutz gewähren gegen aufrührerische Gedanken und begehrliche Wünsche.

Er arbeitete jetzt stets allein, wie er es in Reppechowe gemusst und dadurch sich angewöhnt hatte. Wilfred ließ er oben in seinem Turmstübchen Abschriften machen, und weil der jetzt fleißige und flinke Gehilfe damit gut vorwärts kam, ließ er ihn von dem bereits Erledigten noch eine zweite Abschrift anfertigen

Da begegnete ihm eines Morgens etwas ganz Merkwürdiges. Es klopfte an der Tür, und auf sein Herein! traten Wilfred und Melissa zu ihm ins Gemach, wo jeder dem andern überließ, zuerst das Wort zu ergreifen.

Erstaunt fragte Eike:

»Nun? Was habt ihr zwei auf dem Herzen? Ihr seht mir aus, als hättet ihr euch gezankt und ich sollte einen Sühneversuch mit euch anstellen; redet!«

Mit einer Schüchternheit, die ihrem hübschen Gesicht höchst anmutig stand, begann Melissa:

»Es ist so, wie Ihr sagt, Herr von Repgow. Wir wollten Euch züchtig und bescheiden bitten, als Rechtsgelehrter einen Streit zwischen uns zu schlichten, in dem wir uns nicht einigen können.«

»Da bin ich aber neugierig,« versetzte Eike. »Trage mir euren Handel vor, Melissa! Ich werde, wenn ich das Urteil finde, den Spruch fällen.«

»Es geht um eine Wette,« berichtete sie. »Wir haben gewettet, ob Ihr von Reppechowe nach dem Falkenstein zurückkehren würdet oder nicht. Fred schwur Stein und Bein, Ihr kämet nicht wieder, ich dagegen hielt Euch die Stange und behauptete, Ihr kämet wieder, und nun seid Ihr da, und ich habe die Wette gewonnen.«

»Das ist klar wie die Sonne, du hast die Wette gewonnen, Melissa,« bestätigte Eike. »Will Fred etwa die Buße nicht zahlen?«

»Gewiss will ich sie zahlen,« fiel Wilfred ein, »aber Melissa will sie nicht nehmen.«

»Will sie nicht nehmen? Ach! — Wie hoch beläuft sich der Preis? Um was habt ihr gewettet?« Da wollte keiner mit der Sprache heraus.

»Melissa, ihr habt mich als Schiedsrichter angerufen, und ich bin ein schöffenbarer Mann, dem du die Wahrheit sagen musst, denn ich kann dir den Eid staben, wenn ich will,« vermahnte sie Eike. »Um was habt ihr gewettet?«

»Um — um sieben Küsse,« flüsterte sie errötend.

»Um sieben Küsse?« lachte Eike hell auf und schnellte vom Sitz empor. »Eine Wette um sieben Küsse! Etwas Närrischeres gibt's doch in der Welt nicht, und das hab' ich auch noch nicht erlebt, dass der Schuldner seine Schuld bezahlen und der Gläubiger sie nicht nehmen will.«

»Habt Ihr darüber nichts in Eurem Rechtsbuch, Herr Ritter?« fragte Melissa.

»Bis jetzt noch nicht,« lachte Eike wieder. »Aber das könnte allerdings ein feines Stückchen werden, ein Kapitel über das Kussrecht; das fehlt noch zwischen all den anderen Rechten. Hast du schon einmal von dem großen Minnesänger Walter von der Vogelweide gehört, Melissa?«

»Ei ja! Unter der Linden auf der Heide —«

»Richtig! So fängt eins seiner schönsten Lieder an. Er sagt auch: Küsse sind der Minne Rosen. Und ein anderer, genannt der tugendhafte Schreiber, singt: Minne ist Mannes Mund an Weibes Munde.«

Melissa schlug hold verschämt die Augen nieder und schielte dann verstohlen zu Wilfred hin.

»Dichter sind kluge Leute und kennen sich in den höchsten und süßesten Freuden des Herzens gründlich aus,« fügte Eike hinzu. »Warum willst du dir denn die Küsse von Wilfred nicht gefallen lassen?«

»Weil er mich geärgert hat,« stieß sie störrisch hervor.

»Luitgard, die heimtückische Müllerstochter, steckt dahinter, doch das gehört nicht hierher.«

»Nein, das geht mich nichts an,« stimmte Eike zu.

»Aber jeder von euch hat hier sowohl ein Recht wie eine Pflicht, und denen muss Genüge geschehen. Wilfred hat die Pflicht, die Buße für die verlorene Wette bar und blank zu erlegen, und das Recht, zu verlangen, dass du sie von ihm annimmst, es sei denn, dass ihr einen Vergleich schlösset, der euch über das eine und das andere hinweg hilft. Wie steht es damit?«

»Ich bin bereit dazu und will mich mit der Hälfte zufrieden geben,« erklärte Wilfred.

»Das soll heißen: Du wünschest, dass dir Melissa die Hälfte deiner Schuld erlässt, — in Ansehung des Objektes ein sonderbarer Wunsch.«

»Die ganze erlasse ich ihm, verzichte auf alles,« rief Melissa ziemlich erregt.

»Das darfst du nicht, ich will durch Annahme der Buße von meiner Schuld befreit werden,« begehrte Wilfred auf.

»Wenn dich die Schuld drückt, geh' doch wieder zu Luitgard, die erlöst dich gern davon,« höhnte Melissa.

»Mit der hab' ich nicht gewettet,« entgegnete Wilfred brummig. »Auf weniger als die Hälfte lasse ich mich nicht herunterdrücken, und wenn mir mein Recht nicht freiwillig gewährt wird, so nehme ich's mir.«

Dabei machte er eine Bewegung gegen Melissa, als wollte er sie überfallen, so dass sie erschrocken einen Schritt von ihm zurückwich.

»Halt!« lachte Eike, »das verbiete ich, das wäre Mundraub im wörtlichsten Sinne, und der ist strafbar.

Übrigens, wie denkt ihr euch denn die Teilung der Buße in zwei Hälften? Die Hälfte von sieben Küssen sind drei und ein halber. Worin sich aber ein halber Kuss von einem ganzen unterscheiden soll, kann ich mir nicht vorstellen, mit einem halben wüsste ich, weder als Schöffe auf dem Stuhl noch als Mensch im Leben etwas anzufangen.«

So eine verwünschte Wette! Woher mag der Windhund, der Wilfred, die Witterung haben, dass ich nicht wiederkommen wollte? dachte er, fand aber den Schlüssel zu diesem Geheimnis nicht. .

Dann hub er wieder an:

»Ja, wenn es sich um gemünztes Geld handelte! Den Hof- und Pachtzins oder den Zehnten kann man dem Zinsherrn auf die Schwelle legen, an den Zaun oder an die Türklinke binden, dass er ihn dort findet, steht in meinem Gesetzbuch. Aber beim Küssen ist diese Art von Schuldentilgung nicht anwendbar. Ein ganz verzwickter *casus*! — *non liquet, non liquet*!« murrte er und rannte, die Hände auf dem Rücken, im Zimmer hin und her.

»Ihr seid doch nun einmal Rechtsgelehrter, Herr Ritter, und müsst unseren Streit zum Austrag bringen können,« erinnerte ihn Melissa.

Da blieb er vor ihnen stehen und sagte entschlossen:

»Ja! Will ich auch. Und wenn ihr mit eurer Sache zur höchsten Dingstatt unter Königsbann ginget, würdet ihr auch keinen anderen Spruch erhalten als den, den ich euch jetzt verkündigen werde. Also höret, wie von Rechts wegen erkannt wird. Du, Wilfred, hast die Wette verloren und musst die Buße unweigerlich zahlen. Du, Melissa, hast die Wette gewonnen, kannst die Zahlung fordern, musst sie aber auch ebenso unweigerlich einstecken. Von Teilung kann keine Rede sein, sieben Küsse habt ihr euch zu versetzen, keinen mehr und keinen weniger, dabei bleibt es. Wenn binnen heut' und drei Tagen das gesprochene Recht in *optima forma* erfüllt ist, dann ist die Sache damit abgetan und erledigt. Wenn aber nicht, dann kann der Unbefriedigte wieder hier vor meinen Stuhl kommen und gegen den Widerspenstigen das Gerüste schreien, das heißt die Klage erheben und dann auch die Zwangsvollstreckung beantragen. Fürsprecher·, Bürgen und Eideshelfer braucht ihr nicht, denn ihr seid beide eures Paktes geständig. Geht! *actum est.*«

»Wir bedanken uns schön für den gnädigen und weisen Spruch, Herr Ritter,« sagte Wilfred vergnügt mit einer tiefen Verbeugung.

»Mit dir wette ich in meinem Leben nicht wieder,« schmollte Melissa, als sie mit Wilfred hinausging.

Eike blickte ihnen kopfschüttelnd nach und lachte, sich selbst verspottend:

»Und das nennst du Urteil finden, schöffenbarer Mann?« —

Draußen auf dem einsamen Flur sprach Wilfred:

»Der Ritter hat zu meinen Gunsten entschieden, Melissa. Nun will ich dir auch sagen, dass ich gar nicht in der Talmühle gewesen bin; nicht von Luitgard, sondern von meinem lieben Füchslein kam ich, als du mich neulich im Walde sahest.«

»Ist das wahr?« fragte sie, halb noch zweifelnd, halb in zitternder Freude.

»Ich schwöre es dir bei deinem seidenweichen Blondhaar, deinen liebestrahlenden Augen und deinem purpurroten Munde. Glaubst du's nun?«

»Ja!« jauchzte sie auf und umschlang ihn mit beiden Armen.

Da küsste er sie, bis ihr der Atem verging.

»Hör' auf!« keuchte sie, »jetzt sind es schon zehn.«

»Macht nichts, zehn ist auch eine heilige Zahl. Denk an die zehn Gebote, und in keinem heißt es: Du sollst nicht küssen.«

Zweiundzwanzigstes Kapitel.

Die Zwietracht zwischen Wilfred und Melissa war durch seine Versicherung, dass er gar nicht in der Talmühle gewesen wäre, vollständig gehoben, und nach dem endgültigen Austrag ihrer Wette waltete wieder Friede und Freundschaft zwischen ihnen. Auf Melissas Frage, warum er das nicht vor Anrufung des Ritters gesagt hätte, erwiderte er, es hätte ihm Spaß gemacht, sich an ihrer Eifersucht zu weiden, worauf sie ihn einen abgefeimten Bösewicht schalt.

Dem Wortlaut nach hatte Wilfred nicht gelogen, als er schwur, dass er an dem Tage, da sie ihn hätte aus dem Walde kommen sehen, nicht bei Luitgard, sondern bei seinem Fuchse gewesen wäre. Dass er aber einige Tage vorher einen wenig erfreulichen Besuch in der Talmühle gemacht hatte, verschwieg er, und diese Tatsache bestimmte ihn auch, nicht gar zu frech die gekränkte Unschuld zu spielen. Nachdem er nun aus dem Streit um die sieben Küsse als Sieger hervorgegangen war, wollte er das ihm treu anhängliche Mädchen, das er viel lieber hatte als die trotzige Kratzbürste da unten im Tale, beruhigen und versöhnen, was er ja auch ‚*in optima forma*' wie es in dein Schiedsspruch ausbedungen war, schicklich und glimpflich besorgt hatte.

Zur Befestigung des wieder hergestellten herzlichen Einvernehmens trug bald darauf ein missliches Ereignis bei, das Wilfred einen großen Schmerz bereitete und Melissas inniges Mitgefühl erregte.

Eike wollte sich jetzt dann und wann eine Ausspannung von seiner anstrengenden Arbeit gönnen und, wie er sich vorgenommen, ein wenig des edlen Weidwerks pflegen. Er ließ also den Wild- und Waffenmeister um eine Armbrust und einen Köcher voll scharfer Bolzen bitten und zog hoffnungsvoll damit zu Holze.

Als er nun von solchem Pirschgang einmal mit einer Beute auf der Schulter heimkehrte, fand er zufällig Wilfred und Melissa auf dem Burghof plaudernd am Brunnen stehen und warf Wilfred das erlegte Stück Wild im Schwunge zu mit den Worten:

»Da hast du Reinhart den Voss und kannst dir aus dem Balg einen schönen Pelzkragen für dein Winterwams machen lassen.«

Wilfred fing das Tier mit den Armen auf und erkannte an dem Schlitz im Ohr seinen Fuchs, den Eike erschossen hatte. Er konnte vor Wut keinen Ton hervor bringen, drückte sein liebes Füchslein an sein Gesicht und wischte sich mit der dicken Lunte die ihm feucht werdenden Augen.

Eike hatte dessen nicht Acht und begab sich ohne weiteres in die Burg. Melissa, die sofort begriff, welcher Tort Wilfred damit angetan war, wollte ihm ihr herzliches Bedauern aussprechen. Er aber hob die geballte Faust und drohte dem Schützen nach:

»Den Schuss wirst du noch einmal bereuen, Ritter von Repgow!«

Sie erschrak vor dem Ausdruck grimmigen Hasses und wilder Rachgier in Wilfreds Zügen und hielt ihm zu seiner Besänftigung vor, dass es doch nicht des Ritters Absicht gewesen wäre, ausgesucht diesen Fuchs, seinen zutraulichen Waldgesellen, zu töten, von dessen Zähmung Eike nichts wusste. Wilfred unterbrach sie jedoch schluchzend:

»Meinen besten, einzigen Freund, den ich auf der Welt hatte!«

Seinen besten, einzigen Freund! wiederholte sich Melissa bitter und traurig. Und ich? Bin ich ihm nichts? Nicht einmal so viel wie der Fuchs ihm war?

»Lass ihn von einem Jäger abbalgen,« sagte sie gutmütig. »Ich will dir den Pelztragen anfertigen zum Andenken an deinen Liebling —« und an mich, hätte sie beinah hin zugefügt, verschluckte diesen heimlichen Wunsch jedoch. —

Mit dem bisher guten Verhältnis zwischen Eike und seinem Gehilfen war es nun vorbei. Wilfred sprach mit jenem fortan kein Wort mehr als er durchaus musste, tat die ihm aufgebürdete Arbeit verdrossener denn je und wartete ungeduldig auf die Gelegenheit, dem Mörder seines lieben Schlitzohrs einen recht bösen Possen spielen zu können.

Dem nun öfter, doch ohne jeglichen Erfolg die Wildbahn besuchenden Gelehrten fiel das veränderte Benehmen des Schreibers nicht auf. Ihm waren Kopf und Herz voll von seiner Arbeit und von seiner Liebe zu Gerlinde, deren gemessenes, aber stets fröhliches Wesen ihn wahrhaft beglückte. Da durfte auch er sich zwanglos geben, und weil er sich seinen Wirten jetzt mehr widmen konnte, dehnten sich die Mahlzeiten länger aus und wurden noch heiterer als bisher.

Einmal forderte ihn die Gräfin sogar zum Schachzabel auf, um, wie sie lachend sagte, die Niederlage wettzumachen, die er ihr einst beigebracht hatte. Eike ging gern auf den Vorschlag ein, und diesmal war er der Unaufmerksame, Zerstreute, denn er musste fortwährend an das Spiel auf dem Altan denken, das Gerlinde, in ihrer leidenschaftlichen Erregtheit damals die Flucht ergreifend, kurzer Hand abgebrochen hatte. Heute war sie ruhig, durchkreuzte die Züge nicht wieder mit abschweifenden Fragen, nahm ihrem Gegner eine Hauptfigur nach der andern und setzte ihn binnen einer halben Stunde matt. Sie hatte ihm zeigen wollen, dass sie nicht nur Meister auf dem Schachbrett, sondern jetzt auch Meister ihrer Gefühle sei.

Graf Hoyer hatte sich, als die beiden das Spiel begannen, in seine Gemächer zurückgezogen, weil ihn das müßige Zuschauen nicht lockte und eine Unterhaltung dabei nicht möglich war. Ihn beschäftigte in dieser Zeit unausgesetzt Eikes allmählich der Vollendung entgegen reifendes Werk, und mit Bedauern sah er den Tag von weitem herankommen, wo der Unermüdliche sein *Finis* darunter schreiben und dann dem Falkenstein für immer *Valet* sagen würde. Trotzdem empfand er die reinste innigste Freude über den baldigen Abschluss der großartigen Schöpfung und genoss schon im Voraus den Triumph, ringsumher rühmen zu können:

»Und das ist in meiner Burg, unter meinen Augen zustande gekommen!« —

Da traf eines Nachmittags unerwarteter Besuch ein.

Es war Herr Engelhard, der Abt des Klosters Gröningen an der Bode unweit Halberstadt. Dieser pflegte jährlich einmal hier einzukehren, las Messe, hörte Beichte und ließ es sich in der Burg ein paar Tage wohl sein. Stets kam er in der Zeit zwischen Ostern und Pfingsten, war auch heuer Anfang Mai schon hier gewesen, und sein nochmaliges Erscheinen im Spätherbst wunderte den Grafen und die Gräfin. Er war ein Mann in höheren Jahren, mit fast weißem Haar und klugen Äuglein im vollwangigen Antlitz, der vergnügt plaudern und scherzen konnte, alle kirchlichen Angelegenheiten aber sehr ernst nahm.

Mit dem Beweggrunde zu seiner zweiten Reise hierher rückte er vorläufig nicht heraus, und als sich Eike zum Abendessen im Speisesaal einstellte, war er keineswegs überrascht, schon einen Gast auf dem Falkenstein vorzufinden. Die beiden Herren wurden miteinander bekannt gemacht, wobei es Graf Hoyer indessen nicht für nötig hielt, den Hochwürdigen in der schwarzen Ordenstracht der Benediktiner mit dem goldenen Kreuz auf der Brust über den Grund der Anwesenheit seines jungen Freundes aufzuklären. Die gegenseitige Begrüßung war eine durchaus freundliche, und es entspann sich schnell ein lebhaftes Tischgespräch. Manchmal sah der Abt den Ritter sinnend und prüfend an, und zuweilen schien es, als wollte er ihm mit unverfänglichen, leicht hingeworfenen Fragen über seine Ansichten von weltlichen Dingen im Allgemeinen ein wenig auf den Zahn fühlen. Zur Erörterung von Gegenständen, über die sich hätte streiten lassen, kam es jedoch nicht, und so verlief das Mahl von Anfang bis zu Ende einträchtig und frohmütig.

Am Vormittag schlug der Abt, nachdem er in der Kapelle die Messe gelesen hatte, der Gräfin bei dem schönen Herbstwetter einen Gang in den Wald vor, den sie nicht ablehnen konnte.

Unter den Bäumen, deren entlaubte Zweige den noch wärmenden Sonnenstrahlen freien Durchlass gewährten, wandelten sie gemächlich dahin und unterhielten sich über den Sommer und die Ernte, die Familienverhältnisse der benachbarten Adelsgeschlechter und die Botmäßigkeit der Lehns- und Dienstleute. Hier anknüpfend, brachte der geistliche Würdenträger die Rede auf Wilfred, dessen er sich als einstigen Zöglings der Gröninger Klosterschule erinnerte, und erkundigte sich nach dem gegenwärtigen sittlichen Verhalten des damals leichtfertigen Burschen.

Die Gräfin konnte nur gute Auskunft geben, denn es war kein Tadel über Wilfred verlautbart.

»Nun er zu seinen Jahren gekommen ist, wird er ja hoffentlich vernünftig werden,« sprach der Abt. »Was tut und treibt er denn hier auf dem Falkenstein?«

»Der Graf hat ihn nach seinen Vagantenirrfahrten wieder in Gnaden aufgenommen, und jetzt versieht er das Amt eines Schreibers bei Herrn von Repgow,« berichtete die Gräfin.

»Dann besorgt er also wohl die Niederschrift oder die Abschrift des neuen Gesetzbuches, das der Ritter hier ausarbeitet?«

»Ihr wisst davon?« erstaunte Gerlinde.

»Man hat gelegentlich dies und jenes davon gehört,« gab der Abt ausweichend zur Antwort. »Seid Ihr in den Geist und Inhalt einigermaßen eingeweiht, Frau Gräfin?«

»Gewiss! Ziemlich genau sogar,« erwiderte Gerlinde.

»Darf ich fragen, was für ein Urteil Ihr Euch darüber gebildet habt?«

»Das denkbar günstigste, hochwürdiger Herr!«

»Ei, ei! Und ist dieses Lob ohne jede Einschränkung?«

»Das Werk ist von der höchsten Bedeutung und zeugt von einer außerordentlichen Kenntnis unserer Rechtszustände, die Herr von Repgow für einer gründlichen Besserung sehr bedürftig erklärt. Es behandelt das Lehnsrecht, das Land-, Stadt-, Hof-, Send- und Dingrecht, das Ehe-und Erbrecht, das Weichbildrecht und das Gewohnheitsrecht,« zählte Gerlinde der Reihe nach auf.

»Ihr habt das Kirchenrecht vergessen, Frau Gräfin,« betonte Herr Engelhard. »Sollte das in dem Elaborat des Ritters nicht die ihm gebührende Berücksichtigung finden?«

»Das Recht der Kirche und der ihr Geweihten fährt darin nicht so gut wie alle die anderen Rechte,« gestand Gerlinde.

»Das wäre doch sehr zu beklagen. Dann ist es wohl gar in einem ganz freidenkerischen Geiste geschrieben?« forschte der Benediktiner mit einem lauernden Blick.

»Ja. das lässt sich leider nicht leugnen,« gab Gerlinde unumwunden zu. »das ist aber auch das einzige, woran ich Anstoß nehme.«

»Könnt Ihr auf den jungen Edeling, der mit seiner stattlichen Erscheinung viel eher in den Sattel und in den Harnisch als an den Schreibtisch des Gelehrten passt, nicht einwirken, dass er Euch zu Liebe dieser verderblichen Richtung absagt und der Kirche gegenüber andere, ehrfürchtigere, wohlwollendere Saiten aufzieht? Ihr tätet damit ein gutes, Gott wohlgefälliges Werk,« sprach der Abt.

Mir zu Liebe? dachte Gerlinde betroffen. Was will er damit sagen? Sollte er gemerkt haben, was es mit mir und Eike im Geheimen für eine Bewandtnis hat?

»Nein, hochwürdiger Herr! Ich habe keinen Einfluss auf den Ritter,« erwiderte sie. »Er ist in seinen Grundsätzen und in den Schlussfolgerungen seiner Wissenschaft so selbständig und unabirrbar fest, dass er Einrede und Widerspruch von einem Nichtfachmann und vollends von einer Frau nicht dulden würde.«

»Schade, sehr schade!« meinte der mit seiner Zumutung Abgewiesene, strich sich nachdenklich das glatte, runde Kinn und lenkte die Unterhaltung in andere Bahnen.

Er hatte aus der ihm bereitwillig Rede stehenden Schlossherrin alles herausgeholt, was sie ihm an wünschenswerten Nachrichten zu liefern vermochte, und hatte außerdem noch eine zweite Quelle zu seiner Verfügung, aus der er wahrscheinlich noch mehr ins Einzelne Gehendes schöpfen konnte.

In die Burg zurückgekehrt machte die Gräfin ihrem Gemahl ausführliche Mitteilung von ihrem ernsten Gespräch mit dem Abte.

»Nun, da hast du ja mit deinen Offenbarungen und Fingerzeigen dem wissbegierigen Seelenhirten recht gründlich auf die Sprünge geholfen,« sagte der Graf missbilligend.

»Das habe ich nicht getan,« beteuerte sie gekränkt. »Er fragte mich nach dem Gesetzbuch, dessen bald beendete Schöpfung ihm bekannt war.«

»Ihm bekannt war? Dann kommt das wieder von den verfluchten Quertreibereien des Aschariers her,« fuhr der Graf wütend auf. »Wenn ich doch dem Landstörzer, dem Dowald, an den Hals könnte! Dem wollte ich die Hölle heiß machen.«

»Die Grafen von Blankenburg und Regenstein wussten doch auch schon davon, wie uns Eike sagte,« wandte Gerlinde ein.

»O die Grafen, das ist gut, aber die Pfaffen, das ist schlimm,« rief der Graf, »und ein echter, ausbündiger Pfaff mit seiner klug berechneten Geschmeidigkeit und salbungsvollen Verschmitztheit ist der Gröninger auch. Ja, wenn es den heuchlerischen Kuttenträgern in Wahrheit um den reinen, christlichen Glauben, um das Evangelium der Liebe zu tun wäre, aber das dient ihnen nur zum Deckmantel ihrer schändlichen Absichten. Unbeschränkte Macht, bedingungsloser Einfluss nach oben und nach unten und zu diesen Zwecken die Knechtung alles Denkens und Fühlens im Volke ist es, was sie anstreben, und es zu erreichen ist ihnen kein Mittel zu schlecht. Hat er von dir verlangt, ihm zu beichten?«

»Nein.«

»Natürlich nicht!« lachte der Graf. »Das Beichtgeheimnis darf er nicht verraten, aber Geständnisse außerhalb des Beichtstuhles sind vogelfrei. Er ist ja doch nur dazu hergekommen, um hinterlistig das auszukundschaften und demnächst kanonisch auszubeuten, was du in deiner gottesfürchtigen Frömmigkeit die Güte hattest, ihm über Eikes Gesinnung anzuvertrauen.«

Die Gräfin war bestürzt und bereute, sich zum Abte so offenherzig ausgelassen zu haben.

Bei Tische zeigte sich der Benediktiner ganz anders gegen Eike als gestern Abend, zwar höflich, aber kühl und zurückhaltend, und es gab eine etwas gedrückte Stimmung. Nur Graf und Gräfin durchschauten diesen Wechsel in seinem Benehmen; Eike ahnte nichts, denn seines Werkes wurde auch heute Mittag mit keiner Silbe gedacht.

Nach dem Mahle, während Graf Hoyer der Ruhe pflegte, wollte Herr Engelhard seine zweite Erkenntnisquelle sprudeln lassen und beschied den ehemaligen Klosterschüler zu sich in sein Losament.

Da hatte die Stunde der Vergeltung für den getöteten Fuchs geschlagen, und zur Ausführung des Planes, den sich Wilfred seit der Ankunft des Abtes aufgebaut hatte, kam dieser ihm auf mehr als halbem Wege entgegen.

»Wilfred Bogner,« redete ihn der Prälat an, »ich denke, du weißt, dass du die sehr gelinde Bestrafung deines abscheulichen Pudelstreiches in Gröningen nur mir zu verdanken hast, nicht wahr?«

»Ja, das weiß ich und werde Euch Eure große Nachsicht mit meinem Leichtsinn nie vergessen, hochwürdigster Herr,« erwiderte Wilfred demütig.

»Gut! Du besorgst die Abschrift von dem Buche des Ritters von Repgow, musst also über den Inhalt unterrichtet sein.«

»*Prorsus et perfecte*, hochwürdigster Herr!«

»Dann frage ich dich: in welcher Weise werden die kirchlichen Verhältnisse in diesen neuen Gesetzen behandelt?«

»In einer ganz unverantwortlichen Weise, hochwürdiger Herr!« erwiderte Wilfred ohne Zögern. »Die Rechte unserer heiligen Kirche und die der hochwürdigen Geistlichkeit werden über alle Maßen beschränkt und geschädigt, geradezu mit Füßen getreten.«

»Was du sagst! Erkläre dich näher!«

»Zum Beispiel ist die Erbfähigkeit der Geistlichen einschließlich der Bischöfe und Äbte, sowie aller Klöster und Stifter gänzlich abgeschafft und in Zukunft null und nichtig.«

»Wilfred! Das ist doch nicht möglich.«

»Hochwürdiger Herr, es steht schwarz auf weiß von meiner Hand geschrieben,« versicherte Wilfred.

»Ist dir die Abschrift zugänglich, so dass du mich Einsicht darin nehmen lassen könntest?«

»Ich habe sie oben in meinem Turmstübchen, aber hochwürdiger Herr, — wenn Ihr mir die große Ehre erweisen wolltet, mich dort zu besuchen, oder wenn ich mit dem Aktenstoß zu Euch herunterkäme und es sähe jemand, so würde das sehr auffallen und einen unliebsamen Verdacht erregen,« stellte Wilfred dem Abte vor.

»Da hast du Recht, aber ich möchte mich doch gern mit eigenen Augen von dem überzeugen, was du mir zu meinem Entsetzen aufgedeckt hast.«

»Wie wäre es denn, hochwürdiger Herr, wenn ich Euch kurze Auszüge von einigen der verwerflichsten Stellen des Buches machte, die Ihr einstecken und mitnehmen könntet?« erbot sich der schamlose Ränkeschmied.

»Ein vortrefflicher Vorschlag, Wilfred!« rief der Prälat frohlockend. »Ich müsste sie freilich bis morgen früh haben, weil ich dann abreisen will.«

»Heut' Abend noch, hochwürdiger Herr! Aber wo und wie soll ich sie Euch ohne Zeugen einhändigen?«

»Hm! Weißt du was?« flüsterte der Abt. »Wenn ich heut' Abend mit den gräflichen Herrschaften bei Tisch sitze, schleichst du dich hier ein und legst mir das Schriftstück in mein Bett unter den Pfühl zu Häupten. Verstehst du?«

»*Optime*, hochwürdiger Herr! so werd' ich's machen,« versprach Wilfred.

»Habe Dank, Wilfred!« schloss der Abt die Unterredung, dem schändlichen Zwischenträger die Hand reichend, »und wenn du einmal eine Bitte hast, die ich erfüllen kann, so wende dich an mich, sollst ein offenes Ohr bei mir finden.«

Wilfred ging ab und lachte sich draußen ins Fäustchen.

»Das wird eine Wirkung tun, von der sich der gelehrte Ritter nichts träumen lässt, und damit wird mein armes Füchslein gerächt.« —

Abends war der geistliche Herr wieder in der heitersten Laune und unterhielt mit dem Vorbringen mancherlei drolliger Erlebnisse seine Tischgenossen aufs Angenehmste.

Er konnte wohl aufgeräumt sein, hatte er doch zur Bekämpfung und Unterwerfung des unkirchlichen Freidenkers eine scharf geschliffene Waffe schon so gut wie in der Tasche.

Gräfin Gerlinde aber getröstete sich aus der besonderen Freundlichkeit, die er Eike erwies, der Hoffnung, dass er nichts Arges gegen diesen im Schilde führe.

Vor Aufhebung der Tafel kündigte er seine Absicht an, morgen wieder abzureiten, und da konnte sich Graf Hoyer doch nicht enthalten, ihn nach dem Zwecke seiner Herbstreise zu fragen.

Der Abt zog die Augenbrauen hoch und legte den Zeigefinger auf den gespitzten Mund.

»*Secretum coenubii*, Herr Graf!« sagte er dann. »Ich hatte hier in der Gegend Wichtiges zu ordnen und habe den kleinen Abstecher hierher nur gemacht, um Euch, meinen langjährigen Freund und Gönner, und Euer huldvolles Ehegemahl wiederzusehen.«

Der Graf lächelte nur zu dieser wohlfeilen Ausrede, die ihn in dem bestärkte, was er über den unzeitigen Besuch des Benediktiners zur Gräfin geäußert hatte.

Als sich der gefährliche Gast zur Ruhe begab, fand er unter seinem Kopfkissen versteckt die ihm von Wilfred verheißenen Beweisstücke, und seine Neugier war so groß, dass er sie beim Schein der Lampe sofort zu lesen begann.

Es waren vielleicht acht oder zehn zusammenhanglose gesetzliche Bestimmungen, die seinen höchsten Unwillen erregten und ihn öfter zu heftigem Kopfschütteln und Ausrufen des Zornes brachten, bis er mit einem empörten »*Anatema esto!*« seine Prüfung abschloss.

»Aber welche meisterliche Handschrift hat sich der nichtsnutzige Schlingel, der Wilfred, angeeignet!« murmelte er dann, »fast wie in unsern besten Brevieren; solchen Schönschreiber haben wir im Kloster nicht.«

Bedächtig stieg er ins Bett und schlief den Schlaf des Gerechten.

Anderen Morgens kletterte er auf seinen gut genährten, alten Gaul, verabschiedete sich im Burghof von Hoyer und Eike und ritt von dannen.

Die beiden Zurückbleibenden gingen hinauf zur Gräfin und überbrachten ihr den Gruß und Segen des mit seiner erlisteten Beute vergnügt abziehenden Mönches.

»Eike, du hast da unten auf dem Burghof einem bösen Feinde von dir die Hand gedrückt,« sprach der Graf.

»Glaubt Ihr?«

»Ja! Und ich habe triftige Gründe zu dieser Vermutung. Er kennt den Geist deines Gesetzbuches und wird dir einen derben Strick daraus drehen.«

Dass Gerlinde dem Abt diese Erkenntnis vermittelt hatte, verschwieg er. Sie aber war sich dessen reumütig bewusst und ängstigte sich nun erst recht um das durch ihre Schuld bedrohte Schicksal Eikes und seines Buches.

»Auf Feinde muss ich gefasst sein, Herr Graf,« erwiderte Eike. »Aber das soll mich nicht anfechten, und wenn sie mir mit Bann und Scheiterhaufen drohen, ich widerrufe nichts.«

»Nimm es nicht auf die leichte Achsel,« warnte der Graf. »Sie werden dir, wenn sie können, mit einem bösen *judicium* über den Hals kommen.«

»Ich fürchte mich nicht, Graf Hoyer, und werde mich meiner Haut zu wehren wissen,« gab ihm Eike zur Antwort. »Hab' ich doch den Kaiser auf meiner Seite,« fügte er vertrauensvoll hinzu.

»Auf die Hilfe des Kaisers poche nicht allzu kühn; der ist zu fern vom Deutschen Reich, um entschieden für dich eintreten zu können. Aber du hast ja noch andere mächtige Freunde zu deinem Schutz, die dich nicht im Stich lassen werden, und vorläufig bist und bleibst du hier in Sicherheit und kommst so hold nicht von uns los.«

»Wenn mein Buch fertig ist, muss ich scheiden,« sprach Eike, hütete sich aber, Gerlinde dabei anzusehen.

Dreiundzwanzigstes Kapitel.

Graf Hoyer trug schwerer an den jüngst zu Gerlinde und Eike geäußerten Sorgen, als er die beiden wissen lassen wollte und überlegte, wie er den Folgen des Engelhardschen Besuches abwehrend begegnen könnte. War er auch gewöhnt, jeder Gefahr die Stirn zu bieten, wollte er sich doch von keiner unvorbereitet überraschen lassen und traf seine Vorkehrungen, wenn er vermutete, dass und aus welcher Richtung ein Unheil gegen ihn heranzog. Dem Abte von Gröningen, dem Eikes Gesetzbuch, seit er nähere Kenntnis davon hatte, ein Dorn im Auge war, traute er nicht über den Weg und hielt ihn eines irgendwie ausführbaren Handstreiches, sich in den Besitz der schriftlichen Ausarbeitung zu. setzen, für ebenso fähig wie willig. Deshalb beauftragte er den Wild- und Waffenmeister, dem Türmer und dem Torwart die größte Wachsamkeit einzuschärfen, dass sich nicht verdächtiges Gesindel in die Burg einschleiche.

»Wird nach Euren Befehlen geschehen, Herr Graf,« erwiderte der Wildmeister. »Goswig darf nicht schlafen; er soll die untere Spitze seines Spießes auf seinen Fuß und die obere unter sein Kinn stellen, damit er nicht einnickt.« —

Eike kamen solche Gedanken nicht in den Sinn, obschon es auch ihm unerwünscht war, dass die Klerisei von seiner Neugestaltung des deutschen Rechtswesens vorzeitig Kunde erhalten hatte und ihn nun mit allerhand anmaßlichen Einreden, Verwahrungen und Bestreitungen belästigen und in seiner noch unvollendeten Arbeit stören konnte. Die Angriffe von jener Seite her erwartete er erst dann, wenn sein Buch in die Welt hinausgegangen, im ganzen Reiche verbreitet und nichts mehr daran zu bessern, d. h. zu verderben war.

Dagegen drängten sich ihm Betrachtungen anderer Art auf und stellten ihn vor Fragen, die er sich nicht beantworten konnte.

Schon in den ersten Tagen nach der Abreise des kirchlichen Würdenträgers war es ihm aufgefallen, dass sich Gerlinde scheuer gegen ihn benahm und ihm mehr auswich als bisher. Wie sollte er sich das erklären?

Seit seiner Rückkehr von Reppechowe hatte sich ein so freundschaftlicher, herzlicher Verkehr zwischen ihnen herausgebildet, dass sie die frühere Zurückhaltung mehr und mehr abgestreift hatten, und nun war plötzlich eine Abkühlung bei Gerlinde eingetreten. Sollte auch hierbei der geistliche Herr seine Hand im Spiele haben? Hatte sie ihm Beichte abgelegt und ihm ihre Liebe gestanden, woraus er als Bedingung der Absolution von dieser Sünde die äußerste Beschränkung im Umgang mit ihm, mit Eike, über sie verhängt hatte? Gerade jetzt, nicht lange vor seinem Scheiden, empfand er den Wandel in ihrem Gebaren sehr schmerzlich, denn je näher die Trennung rückte, desto größer ward in ihm das Verlangen nach dem innigsten Einvernehmen mit ihr.

Die Ursache von Gerlindes scheuem Wesen sollte er jedoch bald auch ohne Nachforschung erfahren.

Melissa erschien bei ihm mit der Bestellung, die Frau Gräfin ließe Herrn von Repgow um eine Unterredung in ihrem Gemach bitten.

Das hatte sie noch niemals getan, da musste etwas ganz Außerordentliches vorgefallen sein. Von Unruhe getrieben begab sich Eike zur Kemenate der Herrin.

»Ihr habt befohlen, Gräfin,« sprach er, als er eingetreten war.

»Befohlen, Eike! wie sollte ich Euch wohl jemals etwas befehlen!« entgegnete sie mit sanftem Vorwurf. »Euch etwas Schändliches abzubitten hab' ich.«

Verwundert über diese seltsame Einleitung schwieg er, des Kommenden gewärtig.

Gerlinde zauderte noch mit ihrem Schuldbekenntnis und stieß dann heftig hervor:

»Ich habe Euch verraten, Eike!«

»Ihr mich verraten, Gerlinde?« erwiderte er nun erst recht betroffen, »das glaub' ich Euch nicht.«

»Ich habe dem Abte den Inhalt Eures Buches verraten, — da habt Ihr's mit einem Worte.«

»Weiter nichts?« sagte er gelassen.

»Es bedeutet mehr und Schlimmeres als Ihr denkt.«

»Habt Ihr ihm auch — noch etwas anderes gebeichtet?«

»Nein, nichts anderes, und es war auch nicht im Beichtstuhl. Draußen im Walde hat er mich zur Rede gestellt, und da hab' ich ihm ausgeplaudert, was ich wusste und was ich hätte verschweigen sollen.«

»Was ist da noch groß zu verschweigen? Die Sache ist längst kein Geheimnis mehr im Sachsenlande,« suchte er sie zu beruhigen.

»Hoyer hat mich deswegen tüchtig ausgescholten, und wie ernst er die Sache nimmt, habt Ihr aus seinem eigenen Munde gehört,« sprach Gerlinde mit ängstlicher Hast.

»Und was habe ich ihm darauf geantwortet? Dass ich mich durch den Widerspruch des Klerus nicht im mindesten einschüchtern ließe,« versetzte Eike. »Was habt Ihr denn dem Ketzerriecher graulich Verbrecherisches von mir ausgeplaudert?« fragte er dann sorglos scherzend.

»Er wollte wissen, ob in Euren Gesetzen auch den Rechten der Kirche und der Geistlichkeit die gebührende, ehrfurchtsvolle Berücksichtigung zuteil würde.«

»Und das habt Ihr natürlich schlankweg verneint.«

»Ja!« gestand Gerlinde. »Ich habe zugegeben, dass ich in dieser Beziehung nicht gleicher Meinung mit Euch wäre und an Eurer Behandlung dieser Dinge erheblichen Anstoß nähme. Damit hab' ich auch Euch selbst gegenüber niemals hinter dem Berge gehalten.«

»Zu meiner Freude, Gerlinde, habt Ihr das nicht getan,« versetzte er treuherzig. »Aber was sagte der hochwürdige Herr dazu?«

»Er wünschte, dass ich meinen Einfluss auf Euch benutzen und Euch bewegen sollte, die kirchenfeindlichen Stellen von Grund auf zu ändern.«

»Und Ihr?«

»Ich erklärte ihm, dass ich keinen Einfluss auf Euch besäße,« erwiderte sie, die Wimpern senkend.

»Eine Ausrede, die zur Abwehr der unzarten Zumutung ganz an ihren Platze war,« sprach Eike. »Aber in Wahrheit trifft das nicht zu, Gerlinde; Ihr vermögt viel, vermögt alles über mich. Nur«, fügte er hinzu, »meine Überzeugung von dem, was recht ist, opfere ich auch —«

Er brach ab und beendete den Satz nicht.

»Nun?«

» — auch aller meiner unwandelbaren Liebe zu Euch nicht.«

»Meine Liebe wird die Eurige nicht auf diese harte Probe stellen,« flüsterte sie, helle Glut auf den Wangen.

Es war wieder ein so gefährlicher Moment wie in jener Nacht auf dem Altan. Eine einzige Bewegung jetzt von ihm zu ihr, und sie hätten sich Brust an Brust gelegen.

Doch Eike behielt Gewalt über sich. Er stand auf, schritt ein paarmal im Zimmer hin und her und fragte dann ruhig:

»Habt Ihr dem Abte Wörtliches mitgeteilt?«

»Nein, nicht das mindeste,« versicherte sie.

»So weiß er ja gar nichts,« lachte Eike. »Was will er denn? Mag er doch warten, bis er eine Abschrift vor sich hat und Grund zu Ärgernis darin findet. Das wird er freilich wohl, und dann mag er meinetwegen Lärm schlagen, mich soll's wenig kümmern.«

»Verzeiht Ihr mir meine Unbesonnenheit, Eike?« fing Gerlinde nach kurzem Schweigen an.

»Gerlinde!« rief er mit herzinnigem Ton. »Ich bin ja unsagbar glücklich über diese Lösung des Rätsels, denn Euer Wesen in letzter Zeit war mir ein Rätsel, über das ich mir trübe Gedanken machte. Ich glaubte, Ihr hättet —«

» — Euch nicht mehr lieb?« fiel sie rasch ein.

»Nein, — Ihr hättet dem Abte gelobt, mich zu meiden.«

»Das Gelübde hätte ich ihm nie getan, und wenn er Himmel und Hölle dazu in Bewegung gesetzt hätte,« rief sie. »Ich schämte mich meiner Angeberei und konnte Euch nur deshalb nicht mehr so unbefangen begegnen wie sonst. Das ertrug ich nicht länger, und darum ließ ich Euch bitten, zu mir zu kommen.«

»Das Beste, was Ihr tun konntet.«

»Ich wusste ja, dass Ihr mich freundlich anhören würdet. Und nun — wie soll ich Euch danken, Eike, dass Ihr diesen Druck jetzt von mir genommen habt?« fuhr sie tief erregt fort, sah ihn mit feucht schimmernden Augen an und reichte ihm die Hand, die er mit seinen beiden umfasste und inbrünstig küsste.

Dann stürmte er hinaus wie gescheucht von einer Macht, die stärker war als er und die ihn übermannt hätte, wenn er noch geblieben wäre.

Mit geteilten Gefühlen blickte Gerlinde ihm nach.

Ihr war ein Stein von der Seele, dass Eike ihr den begangenen Fehler verziehen hatte und sie nun wieder frank und frei mit ihm verkehren konnte. Aber — »ein Handkuss und mehr nichts,« seufzte sie.

Als er von ihrem großen Einfluss auf ihn und von seiner unwandelbaren Liebe zu ihr sprach, hatte sie erwartet, dass er ihr diese Liebe noch in anderer Weise als bloß mit Worten bezeugen würde.

Wie konnte sie das nur erwarten! Hatte sie denn vergessen, was sie sich nach seiner Rückkehr von Reppechowe gelobt hatte den festen Vorsatz, nichts mehr von ihm verlangen zu wollen? Brach doch wieder die Sehnsucht nach seinen umfangenden Armen in ihr durch? Nicht um diese Sehnsucht zu stillen, hatte sie ihn zu sich berufen, sondern nur zu einer offenen Aussprache und aufrichtigen Versöhnung, die ja auch schnell zustande gekommen war und deren es gar nicht bedurfte, weil er der Reumütigen nicht im mindesten zürnte. Dabei war es ihnen beiden heiß ums Herz geworden, und Eike, um — wie sie deutlich erkannte — die Versuchung seiner eigenen Erregtheit zu fliehen, war just so eilig ihr entronnen wie sie damals ihm beim Schachspiel auf dem Altan.

Sie aber drängte es, dem schmerzlichen Vermissen dessen, was sie einen Augenblick erhofft hatte, in Tönen Ausdruck zu geben, nahm die Harfe zur Hand und sang:

> Ich muss dich, Liebe, fragen
> Schaffst du mehr Lust, mehr Leid?
> Sind Geben und versagen
> Mir wie ein wechselnd Kleid?
> Bald lässt du Rosen mich brechen
> Und bald von Dornen mich stechen.
>
> Ich weiß, mit welchen Mächten
> Die Herzen du gewinnst,
> An Tagen und in Nächten
> Sie zauberstark umspinnst.
> Du lockst mit seligen Freuden,
> Hast Schätze zu vergeuden.
>
> Doch fährt auf hohen Wogen
> Das Glück gradwegs daher,
> weicht mir aus im Bogen
> Und grüßt mich nimmermehr.
> Stets muss ich schweigend mich fügen,
> Hoffnungen schmeicheln und trügen.
>
> Glaubt' ich's zu guter Stunde
> Schon fest an mich geknüpft,
> Ist's meinem durst'gen Munde
> Flugs wiederum entschlüpft.
> Es ist ein Nahen und Schwinden,

Ein Suchen und doch kein Finden.

Nun saß sie, dachte nur an Eike von Repgow und sah ihn im Geiste, wie er vor ihr gestanden hatte, wägend und mit sich kämpfend, was er tun sollte. Um sich seine männliche Erscheinung noch deutlicher und herrlicher vorzustellen, öffnete sie eine eichengeschnitzte Truhe, nahm das nun fertige Kursit heraus und betrachtete es sinnend. Es musste ihn prächtig kleiden, aber die Ritter pflegten es über Brünne und Halsberge zu tragen. Würde sie Eike jemals geharnischt im Sattel sehen, wo doch, wie der Abt gemeint hatte und sie selber glaubte, weit eher sein Platz war als am pergamentbeladenen Schreibtisch? Träumerisch vergegenwärtigte sie sich sein Bild im Schmucke dieses blauseidenen Wappenrockes, den sie ihm schenken wollte, wenn er auf immerdar von dannen ritt.

»Auf immerdar!« sprach sie traurig, den Wappenrock wieder verschließend. »Möchtest du noch lange hier ruhen, Werk meiner Hände!«

Vierundzwanzigstes Kapitel.

Auf Burg Falkenstein bewegte sich alles wieder in den gewohnten Geleisen von Ruhe und Behaglichkeit und der Besuch des Abtes hatte keinerlei Nachwirkungen.

Graf Hoyer wurde ganz irr an dem vorwitzigen Prälaten. gegen dessen Anschläge er bereits Vorsichtsmaßregeln angeordnet hatte und der nun doch nichts Feindliches wider ihn oder Eike zu planen schien. Sollte er dem ehrenwerten Gottesmann mit seinem Verdacht Unrecht getan haben? Das wollte ihm nicht einleuchten, und in völlige Sicherheit ließ er sich durch dessen vorläufige Untätigkeit noch nicht einwiegen, weil er dem Frieden nicht traute.

Die Gräfin aber war glücklich, dass nichts von dem geschah, womit ihr der Graf nach ihrem Gespräch mit dem geistlichen Herrn Bange gemacht hatte. und glaubte an keine Gefahr mehr für Eike, zumal ihr dieser alle Besorgnis so überzeugend ausgeredet hatte.

Der Meistbeteiligte, Eike, sah in dem Zwischenfall nur eines der Hindernisse, die jeder nach einem hohen Ziel Strebende auf seinem Wege zu überwinden hatte, und dachte nicht weiter daran.

Dagegen befand sich Wilfred in einer täglich wachsen den Aufregung und konnte nicht begreifen, warum der Hochwürdige von den ihm eingehändigten Auszügen noch immer keinen Gebrauch machte. Ihn stachelte ungeduldige Rachsucht, die ja der Beweggrund zu seinem schnöden Verrat gewesen war und deren für Eike verderbliche Folgen er schadenfroh mit ansehen wollte.

Trotzdem war ihm unheimlich zumute, denn er verhehlte sich nicht, dass von diesen Folgen einige auch ihn selber treffen konnten, wenn es sich durch eine strenge Untersuchung herausstellte, dass er der hinterlistige Unterstützer des gegen Eike einzuleitenden Verfahrens gewesen war.

Er hatte seine Drohung, sich für den Schuss auf den Fuchs rächen zu wollen, in Gegenwart Melissas ausgestoßen. Das Mädchen war ihm herzlich zugetan und unbedingt ergeben, konnte aber, wenn es dazu gezwungen wurde, zu einer ihn schwer belastenden Zeugin werden, deren fast überführender Aussage gegenüber ihm kein Leugnen half.

Dann war er gerichtet und geächtet, musste sein Bündel schnüren und wieder als Vagant in die weite Welt hinaus wandern, was für ihn hieß: ins Elend gehen.

Und der Winter war im Anzuge. Stürme, die den Wald durchbrausten und die Äste der Eichen und Buchen knarren und knacken machten, auch wohl ein herabwirbelndes Schneegestöber oder ein knatternder Graupelschauer kündigten als Vorboten sein Nahen an. Wo sollte da ein mit Schimpf und Schanden weggejagter Landstreicher ein schützendes Obdach finden und womit auf den an allem Essbaren und Verdaulichen leeren Feldern den nagenden Hunger stillen?

Melissa las ihm die Unzufriedenheit und Verbitterung vom Gesicht, und selbst ihrer liebenswürdigen Zärtlichkeit gelang es nicht, ihn aufzumuntern oder dem Verstockten mit Fragen den Grund seiner üblen Laune zu entlocken. —

Da trat ein Ereignis ein, das zwar an sich nicht groß verwunderlich war, den Grafen jedoch veranlasste, seine Gemahlin und Eike zu sich in sein Zimmer zu entbieten, um sich mit ihnen darüber zu besprechen.

Sie kamen und fanden den Burgherrn mit gekrauster Stirn in seinem bequemen Faltestuhl sitzen und — wohl nicht zum ersten Mal — einen soeben empfangenen Brief lesen.

»Ein reitender Bote hat mir aus dem Stift zu Quedlinburg ein Schreiben überbracht, aus dem ich nicht klug werde,« begann er. »Die Kanonissin Gertrud von Amfurt fordert mich namens der Äbtissin zum schleunigen Besuch auf in einer sehr wichtigen Angelegenheit, die keinen Aufschub vertrüge und über die sie sich brieflich nicht äußern könnte. Was haltet ihr davon?«

Eike hob ratlos die Schultern.

»Sollte der Palmsonntagstreit mit dem Bischof wieder aufflackern?« meinte die Gräfin.

»Daran habe ich auch schon gedacht,« sprach der Graf, »aber der Streit ist endgültig entschieden und beigelegt, und daraus würden sie auch kein Hehl machen. Wenn es überhaupt etwas wäre, das meine Schirmvogtei betrifft, würden sie es doch wenigstens angedeutet haben.

Das Traurige ist, dass ich nicht imstande bin, aufs Pferd zu steigen und nach Quedlinburg zu reiten. Also musst du hin, Eike!«

Gerlinde machte eine erschrockene Bewegung, weil plötzlich eine Ahnung in ihr auftauchte, die sie in die Worte fasste:

»Es wird doch keine Falle sein?«

»Eine Falle?«

»Ja, eine vom Gröninger Abt gestellte Falle. Kennst du die Handschrift der Kanonissin?«

»Nein.«

»Warum schreibt Osterlindis nicht selbst? Der Brief könnte gefälscht sein. Man weiß vielleicht, dass du nicht reiten kannst und baut darauf, dass Herr von Repgow —«

»Ah, jetzt verstehe ich dich,« unterbrach sie der Graf. »Du fürchtest, dass sie Eike einen Hinterhalt legen wollen. Tod und Teufel! Das wäre doch ein Schelmenstück sondergleichen.«

Eike schüttelte den Kopf und sagte ruhig:

»Darauf lass' ich's ankommen; ich reite morgen früh nach Quedlinburg, wenn Ihr glaubt, Herr Graf, dass mir die Äbtissin so viel Vertrauen schenkt, mich anstandslos in die vor liegenden Dinge einzuweihen.«

»Das wird sie gewiss,« erwiderte der Graf, »ich werde dir ein paar Zeilen an sie mitgeben. Sie ist meine Verwandte von der Schwertmagensippe, eine Gräfin Falkenstein, und hat als Äbtissin des freiweltlichen Stiftes den Rang einer reichsunmittelbaren Fürstin. Also niemand außer dem Kaiser hat ihr dreinzureden, was sie tun oder lassen will. Du nimmst Sibold mit und hast auch noch den Reitenden hinter dir, der das Schreiben gebracht hat. Wenn du morgen frühzeitig satteln lässt, kannst du gegen Abend wieder hier sein. Bist du aber bis übermorgen Mittag nicht zurück, so schicke ich dir den Wildmeister mit einem Fähnlein gewappneter Reisiger nach. Einer von ihnen wird ja wohl lebendig wiederkommen und melden können, was aus dir geworden ist, « fügte er lachend hinzu.

Eike lachte mit, aber Gerlinde war still und nachdenklich, denn ihr bangte ernstlich um Eikes Sicherheit.

Es blieb bei der getroffenen Verabredung und sowohl an Sibold wie an den stiftischen Boten erging der Befehl, morgen früh mit dem Ritter von Repgow zu reiten.

Nach der Beratung verließen Gerlinde und Eike den Grafen, und jeden der drei beschäftigte die mit solcher Dringlichkeit und Heimlichkeit betriebene Angelegenheit; insbesondere Graf Hoyer wollte den Verdacht seiner Gemahlin, dass die Aufforderung zu dem Besuch eine vom Abt gestellte Falle sein könnte, nicht ganz von der Hand weisen. Gerade dieser, nicht die Äbtissin, wusste, dass ihm das Reiten schon zu beschwerlich war, und da lag es sehr nahe, dass er den Gastfreund als seinen Vertreter nach Quedlinburg entsenden würde, woraus sich die Möglichkeit ergab, sich Eikes aus einem Hinterhalt zu bemächtigen.

Allein bei Licht besehen wäre es doch eine gar zu große Kühnheit, ja Frechheit seitens des Abtes, Eike unterwegs gewaltsam aufheben zu lassen und ihn als Gefangenen in eine Gröninger Klosterzelle zu sperren, um dort seine gesetzgeberische Arbeit zu überwachen und ganz im Sinne des herrschsüchtigen Klerus zu leiten.

Das wäre ein völlig aussichtsloser Versuch, denn eher machte der Rhein in seinem Laufe Kehrt und flösse bergauf von Köln nach Konstanz, als dass sich Eike nur einen Strohhalm breit beugen ließ.

»Nein, nein!« sprach Hoyer zu sich selbst, »zu so grob zutappenden Übergriffen nimmt der vorsichtige Benediktiner seine Zuflucht nicht, der spinnt feineres Garn für seine Netze und würde sich ohne höheren Auftrag, auf eigene Verantwortung nimmer so weit vorwagen.

Aber welcher Höhere sollte ihm einen solchen Auftrag erteilen? Der Bischof? Der bedient sich keines vorgeschobenen Handlangers, sondern packt selber rasch zu, wo er einzuschreiten für nötig findet. Also abwarten! Eike wird morgen kein Abenteuer zu bestehen haben, es sei denn ein ritterlich gefälliges im Quedlinburger Schlosse, wo es sich vielleicht nur um Rat und Rechtsbeistand handelt, ein umstrittenes Kunkellehen für eine der Konventualinnen zu ergattern, welche 'sehr wichtige Angelegenheit' die gute Osterlindis zu einer *res divina* aufbauscht.«

Gerlinde wurde nicht so schnell mit ihren Sorgen fertig, und dass auch der Graf mit Gefahren für Eike rechnete, ging daraus hervor, dass er ihm, falls er bis übermorgen Mittag nicht zurück wäre, eine Schar Reisige nachschicken wollte. Ja, übermorgen konnten die leicht zu spät kommen, die sollte ihm Hoyer lieber gleich morgen zu Schutz und Geleit mitgeben, aber ihn darum bitten mochte sie nicht, um nicht eine allzu warme Teilnahme durchblicken zu lassen.

Einer freute sich auf den Ritt nach Quedlinburg, der berühmten Heinrichsstadt, wo die Kaiser sächsischen und fränkischen Stammes oft ihr Hoflager aufgeschlagen und manchen glänzenden Reichstag abgehalten hatten. Das war Eike; noch niemals war er in der schön gelegenen Stadt gewesen, hatte sie mit ihrem Schloss und dem ragenden Dom immer nur von weitem gesehen, wenn er sich mit seinem Freunde Hinrik Warendorp ein Stelldichein im Gasthaus am Scheideweg gegeben. Die Besprechung mit der *domina* würde hoffentlich nicht so lange währen, dass ihm nicht noch Zeit genug übrig bliebe, sich in dem mauerumgürteten Quitilingeburg gehörig umschauen zu können.

Als sie sich spät abends gute Nacht wünschten, fragte Gerlinde mit innigstem Ton:

»Werdet Ihr mir auch wiederkommen, Eike?«

Und wie berückend sah sie ihn dabei an mit ihren großen, dunklen Augen!

»Wenn sie mich nicht einfangen und in Ketten schließen, komme ich wieder, Gerlinde; ich lasse Euch mein Herz als Geisel,« entgegnete er lächelnd mit einem treufesten Händedruck und hätte sie so gern, so gern dabei geküsst.

In der Morgenfrühe ritt er frohgemut ab und die zwei Knechte in gebührendem Abstand hinter ihm. Er hatte Wetterglück; ein lauer Wind wehte, und vom nur spärlich bewölkten Himmel schien die Sonne, was er sich zum guten Zeichen nahm.

Wilfred hatte ihn abreiten sehen und sagte nachher zu Melissa:

»Diesmal brauchen wir nicht zu wetten, ob er wiederkommt; er hatte nicht den Mantelsack voll Schriften hinter sich auf dem Pferde, und die Reise geht nur bis Quedlinburg, wie ich von Sibold erfuhr. Was mag er da zu schaffen haben?«

»Wohl eine Rechtssache bei der Äbtissin,« meinte Melissa. »Ich war mit meiner Herrin einmal dort; o da oben auf dem Schloss ist's herrlich, Fred! Prächtiger als in unserer Burg hier. Schade, dass der Ritter dich nicht als Schreiber mitgenommen hat; ich hätt' es dir gegönnt.«

»In Quedlinburg wird es auch schon Gerichtsschreiber geben.«

»Aber keinen so gescheiten und schmucken wie du, Fred!« sprach sie schmeichelnd.

»Danke, mein Liebchen!« lachte er, doch es klang ein wenig gezwungen. —

Gerlinde wurde der Tag unendlich lang, sie zählte die Stunden, und als der Abend niedersank und es zu dunkeln begann, ward ihr bang und immer bänger.

Sie musste sich mit ihrem Gemahl allein zu Tisch setzen, aber als sie einsilbig und gedankenvoll eben Platz genommen hatten, tat sich die Tür auf, und Eike trat in den Speisesaal.

»Eike!!« scholl es wie ein Freudenschrei aus beider Munde, und viel fehlte nicht, dass Gerlinde von ihrem Stuhl auf und dem Ersehnten in die Arme gesprungen wäre. —

»Also nicht gefangen und eingesperrt!« rief der Graf.

»Komm' her, setze dich und erzähle! Ich kann es kaum erwarten, alles von dir zu hören. So sprich doch, Mensch!«

» Erst einen Trunk!« bat Eike, »dieser trockene Herbstwind dörrt einem die Kehle schauderhaft aus.«

Gerlinde schenkte ihm geschwind ein, und nach einem tüchtigen Zug aus dem Becher hub er an:

»Na, — Seine Hochwürden, der Abt von Gröningen lässt grüßen.«

»Was? Du hast ihn gesprochen?«

»Das nicht, aber seine Fußtapfen, will sagen sein Machwerk hab' ich deutlich erkannt.«

»Weiter, weiter!«

»Am Tage von Mariä Opfer kommt der Halberstädter Domdechant Herr Anno von Drondorf mit Vollmacht des Bischofs hierher auf den Falkenstein, um wegen meines Buches mit mir ins Gericht zu gehen.«

Starres Schweigen folgte dieser wie ein Blitz einschlagenden Nachricht.

Gerlinde saß tief erschrocken da. Das war die Wirkung ihrer Geständnisse zum Abte, der dadurch den Bischof gegen Eike aufgehetzt hatte! Sie machte sich wieder die bittersten Vorwürfe.

Der Graf war sehr ernst, aber vollkommen ruhig.

»Hast du das von der Äbtissin selbst?« fragte er.

»Ja!«

»Erzähle der Reihe nach.«

»Die Kapellanin Fräulein Adelheid von Hakeborn meldete mich der Domina an, und es dauerte eine Weile, bis sie mich zu empfangen geneigt war. Sie war erstaunt und, wie mir schien, wenig zufrieden, statt Eurer einen ihr völlig Fremden vor sich zu sehen. Als ich ihr aber Euer Brieflein dargereicht und sie es gelesen hatte, sagte sie verbindlich: 'Mein lieber Vetter Hoyer schreibt mir, er könnte leider nicht nach Quedlinburg reiten, ich möchte Euch· das gleiche Vertrauen schenken wie ihm selber, und das will ich auf die gute Empfehlung hin auch tun'. Darauf eröffnete sie mir unter der Bedingung strengster Verschwiegenheit, der Domherr Konrad von Alvensleben, der ihr und ebenso Euch befreundet sei, habe ihr den Wink zukommen lassen, dass der Domdechant an dem genannten Tage hier erscheinen werde. Das habe sie Euch mündlich mitteilen wollen, weil ihr eine briefliche Preisgebung des Geheimnisses zu bedenklich gewesen wäre. Näheres wisse sie nicht, als dass unzweifelhaft eine feindselige Absicht dahinter stecke. Ihr aber würdet schon verstehen, was dieser Schritt zu bedeuten habe.«

»O ja, ich verstehe es,« versetzte der Graf mit dem Tone beißenden Spottes.

»Ich auch,« sagte die Gräfin. »Osterlindis ist dir für deine Entscheidung des Palmsonntagstreites zu ihren Gunsten Dank schuldig, den Bischof aber hast du dir damit, wie ich dir damals gleich prophezeite, zum unversöhnlichen Feinde gemacht, und als dem Protektor des Herrn von Repgow und seines Buches, das unter deinem Dache und mit deiner Billigung geschrieben ist —«

» — wird er nun auch mit mir den Zank vom Zaune brechen,« fiel der Graf ein. »Darauf bin ich gefasst, und der Domdechant Anno von Drondorf ist ganz der Mann dazu. den Kampf aufzunehmen. Er ist aus anderem Holz geschnitzt als der Abt von Gröningen, ist gelehrt, schlangenkundig und doch zu stolz, um zu heucheln, und auch bei ihm kommt dreimal voran alles Kirchliche und dann erst ganz nebensächlich das Irdische und Menschliche. So ist er die zuverlässigste Stütze der Bischofs, der sich eifersüchtig und trotzig aus seine geistlichen und weltlichen Hoheitsrechte steift und großmächtig den Krummstab über seiner Diözese schwingt. Wir baden es also mit nicht zu verachtenden Gegnern zu tun, Eike, und da gilt es, der anrückenden Gewalt auch mit Gewalt zu begegnen, die Hand am Schwertgriff und den Fuß fast schon im Bügel.«

So sprach der Graf, und die beiden andern sahen's und hörten's ihm an, dass er zum äußersten Widerstand entschlossen war.

»Ich bedaure, Herr Graf, dass ich es bin, der Euch in diese leidigen Zwistigkeiten verstrickt,« sagte Eike.

»Deine Sache ist meine Sache,« erwiderte der Graf, »und auch meine wackeren Gesellen, die Harzgrafen, werden sie zu der ihrigen machen. Ich werde sie zu einer gemeinschaftlichen Beratung einberufen und bin überzeugt, dass wir alle eines Sinnes und Willens sein werden, uns den Halberstädtern mit stahlharter Zähigkeit entgegenzustemmen. Dein Kodex ist hier im Harz entstanden, und wir Harzer werden ihn mit allem Nachdruck vertreten und salvieren. Bis zu Mariä Opfer sind es von heut' an noch sechs Tage; die müssen ausgenutzt werden, damit die Grafen, wenn der Domdechant eintrifft, hier versammelt sind.«

»Aber ich hoffe, Graf Hoyer, Ihr lasst mich an dem Scharmützel teilnehmen.«

»Nicht nur teilnehmen, Eike! Du bist der Angegriffene und verteidigst dich selber, wir wollen nur deine Schildhalter sein. Und nun trink' und erzähle uns noch etwas von Quedlinburg.«

»O, da habe ich viel Schönes und Merkwürdiges gesehen,« berichtete Eike. »Vor dem Mittagsmahl hat mich Fräulein Adelheid von Hakeborn herumgeführt und mir alles gezeigt und erklärt. Besonders erfreute mich der herrliche Ausblick vom Schloss weit ins Land hinein, auf das ganze lang gestreckte Gebirge von Ballenstedt an gen Westen auf die Teufelsmauer, die Lauenburg, das Felsentor des Bodetales, nach Blankenburg, dem schroff abstürzenden Regenstein und im Hintergrunde zu dem alles beherrschenden Brocken, dessen Kuppe weiß beschneit herüberleuchtete. Auch in die wundervolle Basilika hat mich die junge Kapellanin geführt und zu den Grabstätten König Heinrichs des Vogelstellers und seiner Gemahlin Mathilde. Es waren erhebende und nachhaltige Eindrücke, die ich in der hochberühmten Stadt empfing, und darüber vergaß ich alle meine Sorgen.«

»Recht so, Eike!« sprach Gerlinde. »Wie sagt Horaz? In bedrängter Zeit bewahre dir ein Herz voll Gleichmut«

Fünfundzwanzigstes Kapitel.

Sechs Briefe, freilich nur kurze und alle von gleich lautendem Inhalt, hatte Graf Hoyer am nächsten Morgen zu schreiben, und drei Knechte mussten satteln, um sie zu den Burgen der ihm befreundeten Grafen im Harzgau, Schwabengau und Helmgau zu bringen.

Die Mägde mussten die Gastzimmer herrichten, der Koch hatte sich eine Menge Mundvorrat, Fleisch, Geflügel und andere Lebensmittel aus Ballenstedt zu beschaffen und der Wildmeister für Rot- und Schwarzwild zu sorgen, denn die erwarteten Herren, die mehrere Tage zu bewirten waren, kamen nicht allein, sondern brachten jeder einen Gefolgsmann mit.

Die Dienstleute wunderten sich nicht wenig über die umfassenden Vorbereitungen, zu denen ihres Wissens kein Anlass vorlag, auch kein Namens- oder Gedenktag, und Mariä Opfer war nicht ein so hohes Kirchenfest, dass man es sich üppige Gastereien kosten ließe.

Am meisten war Wilfred über die Entsendung gleich dreier reitenden Boten erstaunt, denen noch dazu größte Eile und strengste Verschwiegenheit anbefohlen war, so dass sie dem neugierigen Schreiber jede Auskunft verweigerten, wo sie die ihnen auf die Seele gebundenen Briefe abzuliefern hätten.

Was war da im Gange? Eine überschwängliche Ehrung des Herrn von Repgow zur Feier der Vollendung seines Werkes? Aber so weit war es ja damit noch gar nicht, wie er, der stetige Helfer daran, doch am besten beurteilen konnte. Das wäre ein ausgezahlter Lohn vor getaner Arbeit, also nicht als wahrscheinlich anzunehmen.

Dennoch blieb Wilfred dabei, dass diese geräuschvollen Veranstaltungen in irgendwelchem Zusammenhange mit dem Ritter stehen mussten, als gelte es, ihm ein glänzendes Fest zu bereiten, zu dem vielleicht sogar die Äbtissin von Quedlinburg, bei der er gestern gewesen war, die Anregung gegeben hatte und zu dessen Verherrlichung der Graf nun noch andere adlige Familien brieflich aufforderte.

Dann aber war die Mühe, die er sich mit den schriftlichen Auszügen für den Abt von Gröningen gemacht hatte, umsonst gewesen. Statt der dem Gelehrten rachsüchtig eingerührten Verlegenheiten und Niederlagen sollte dieser nun eitel Lorbeeren ernten, weil der Abt die ihm gelieferten Handhaben zur Demütigung des Feindes leider und unbegreiflicherweise nicht benutzte.

Von Melissa war nichts herauszukriegen, denn die Gräfin hielt den Grund der getroffenen Anordnungen auch vor ihrer getreuen Gürtelmagd geheim, und da musste sich Wilfred mit seinem schadhaften Gewissen zur Geduld bequemen, bis die Tatsachen selber den Schleier lüfteten, der das Nächstkünftige undurchdringlich verhüllte.

Um ihn nicht noch mehr zu beunruhigen, verschwieg ihm Melissa die von ihr gemachte Beobachtung, dass ihre Herrin sichtlich verstimmt und bedrückt sei, als wäre ihr der Empfang der zu beherbergenden Gesellschaft lästig und die von ihrem Gemahl eingeladenen Gäste unwillkommen.

Hierin täuschte sich die kleine Zofe jedoch. Die Gäste waren Gerlinde sehr willkommen bis auf den einen ungebetenen, den Domdechanten von Halberstadt. Sie wusste, was bei dieser Zusammenkunft für Eike von Repgow auf dem Spiele stand, und konnte sich der festen Zuversicht ihres Gemahls, die Gefahr mit Hilfe der anderen Harzgrafen zu beschwören, nicht sorglos anschließen. Darum schwebte sie beständig zwischen Angst und Hoffnung in der peinvollen Ungewissheit, welchen Ausgang die bevorstehenden Verhandlungen nehmen würden.

In ihr wogte ein heißer Kampf der Gefühle. Mit ihrem gläubigen Sinn war sie auf der Seite des Bischofs und des vornehmen Kapitulars, den er als Richter her sandte, und mit ihrem liebenden Herzen hing sie an dem Urheber des bedrohten Werkes und wünschte ihm in dem Streite mit seinen Gegnern den Sieg.

Über diesen inneren Zwiespalt ging sie ernsthaft mit sich zu Rate. Eikes Überzeugungen achtete sie aufs Höchste, und bei so wesentlich voneinander abweichenden Anschauungen, wie die seinigen und die ihrigen waren, musste einer von beiden, er oder sie, im Irrtum sein. Sie war in Ehrfurcht vor der christlichen Kirchenlehre, deren Satzungen ihr als oberstes, unumstößliches

Gebot im menschlichen Leben galten, erzogen und aufgewachsen und hatte nie von anderen Rechten gehört als von den altererbten des Lehnsherrn gegen seine Lehnsleute, und nun kam ein ritterlicher Mann, der sich gegen die bisher unbestrittene geistliche Macht aufbäumte, ganz neue Begriffe von Recht und Unrecht aufbrachte und deren Anwendung in allen Verhältnissen und in allen Schichten des Volkes durchsetzen wollte. Aber — und das gereichte ihr doch wieder zur Beruhigung — er wandelte diesen viel Mut und Selbstvertrauen erfordernden Weg nicht allein, ihr Gemahl und seine gräflichen Standesgenossen schritten neben ihm, ihn mit dem Klange ihrer Namen, und, wenn nötig, mit Waffengewalt zu schützen und zu stützen.

Da musste die in einfältige Frömmigkeit gewiegte Frau wohl an ihrem Wunderglauben irrewerden und sich der besseren Einsicht welterfahrener Männer unterwerfen. Jetzt war ihr sehnlichster Wunsch, dem Lanzenstechen zwischen dem Ritter und dem Dechanten beiwohnen zu dürfen, was man ihr aber schwerlich gestatten würde. —

Von den ausgeschickten Boten kehrten zwei noch an demselben Abend zurück, der dritte erst am nächsten Mittag. Sie brachten von sämtlichen Geladenen Zusagen mit Ausnahme des ältesten von ihnen, des Grafen Christian von Wernigerode, den eine Unpässlichkeit zu kommen verhinderte.

Schon zwei Tage vor Mariä Opfer traf als erster Graf Burkhard von Mansfeld ein, und tags darauf kamen die Grafen Johann von Blankenburg und Günther von Regenstein angeritten. Diese drei Herren waren über Eikes Pläne bereits unterrichtet und mit ihm in vollem Einverständnis. Deshalb verschob man allen Meinungsaustausch bis zur Ankunft der noch fehlenden Grafen Heinrich von Hohnstein und Botho von Stolberg, die für seine Bestrebungen erst gewonnen werden mussten, was Hoyer und Burkhard auf sich nahmen.

Auch die beiden aus dem Helmgau fanden sich rechtzeitig ein, und zwar ebenso wie die übrigen Herren ohne ihre Gemahlinnen, worüber Wilfred wieder den Kopf schüttelte, darauf neugierig, ob trotzdem die Äbtissin von Quedlinburg mit einigen ihrer Stiftsdamen zu dem Festmahl erscheinen würde, das man dem Reppechower zu Ehren anrichtete.

Fünf der Harzgrafen waren nun um den sechsten, den Falkensteiner, versammelt und begaben sich, nachdem auch die zwei Letztgekommenen die Schlossherrin höflich begrüßt hatten, in Hoyers Gemach, um sofort mit ihren Besprechungen zu beginnen.

Die Veranlassung zu dieser eilig anberaumten Tagung kannten sie alle schon aus Hoyers Einladungsschreiben, und dieser hielt nun seinen Gästen einen klaren, fließenden Vortrag über die für Volk und Vaterland unschätzbar hohe Bedeutung der in Rede stehenden gesetzgeberischen Arbeit, dem die Hörer mit gefesselter Aufmerksamkeit folgten. Dann machte er ihnen Mitteilung von dem sich dagegen erhebenden Widerspruch der Geistlichkeit, der unzweifelhaft aus dem Munde des morgen eintreffenden Domdechanten von Halberstadt einen vom Bischof genau vorgezeichneten Ausdruck finden dürfte.

An den mit allseitigem Beifall belohnten und auf fruchtbaren Boden gefallenen Vortrag knüpfte sich eine Reihe besonders von den beiden Helmgauern gestellter, die verschiedenen Rechtsgebiete berührender und ins Einzelne gehender Fragen, auf die Eike oder auch die Grafen Hoyer und Burkhard mehr oder minder ausführlichen Bescheid gaben.

Heinrich von Hohnstein, eine reckenhafte Gestalt mit markigen, gebräunten Zügen, der man den heißspornigen Kampfhahn und wetterharten Pirschgänger auf den ersten Blick ansah, erkundigte sich nach der Behandlung des Forst- und Wildbannes in dem Gesetzbuch, und als ihm Eike befriedigende Auskunft über Hegung und Schonung und über den Schutz gegen Wild- und Holzdiebe erteilte, lachte er dröhnend auf:

»Dann habt Ihr mich schon mit Leib und Seele im Sack und könnt von mir verlangen, was Ihr wollt. Um all das andere Zeug scher' ich mich den Teufel, das fegt Ihr besser auf einen Haufen als ich, Ritter von Repgow!«

Graf Botho von Stolberg, ein bedachtsamer, kirchenfreundlicher Herr, äußerte sich dahin, dass man doch auf die Stellung der Geistlichen im Reich und im Volke gebührliche Rücksicht nehmen und ihnen hie und da des lieben Friedens willen ein wenig durch die Finger sehen müsse.

»Was? Des lieben Friedens willen, Botho?« fuhr der Hohnsteiner wild auf. »Halten denn die Pfaffen Frieden oder stiften sie Hass, Verfolgung und Zwietracht? Was fragen die nach Kaiser und Reich, nach Volk und Vaterland? Herrschen und gebieten wollen sie und wie Tyrannen schalten und walten. Ihre die Wahrheit verdrehenden Hetz- und Schimpfworte, mit denen sie wie mit Pflastersteinen um sich werfen, klingen weiß Gott! nicht nach Frieden, und wo es gilt, ihrem frechen Hochmut den Garaus zu machen, da schlag' ich wuchtig mit drein!«

Darüber kam es zu scharfen Auseinandersetzungen.

Der Stolberger verteidigte den Klerus, aber die anderen pflichteten dem Hohnsteiner bei, trieben den Grafen Botho ungestüm in die Enge und redeten, oft alle zugleich, so lange auf ihn ein, bis er endlich keine stichhaltigen Gegenvorstellungen mehr vorzubringen wusste.

Den Grafen Günther von Regenstein, der auch ein rascher Draufgänger war, suchte sein Freund Johann von Blankenburg zu zügeln, und den Hohnsteiner zu besänftigen hatte Graf Hoyer viel Mühe.

Diesen ermahnte Graf Burkhard von Mansfeld, sich nicht zu große Anstrengungen beim Sprechen zuzumuten. Er riet, die Verhandlungen für heute abzubrechen und erst in Gegenwart des Domdechanten weiterzuführen, dem gegenüber er auf festen Zusammenhalt und volle Einstimmigkeit der Anwesenden hoffe.

Damit waren alle einverstanden. Die wenigen noch nicht ganz ausgeglichenen, aber leicht überbrückbaren Spaltungen in der Erörterung von Nebendingen wurden beiseitegelassen, und keiner der über die Grundzüge der neuen Rechtsordnung schon so gut wie Geeinigten trug dem andern ein derbes Wort nach, das ihm in der Hitze des Gefechts ungewollt entschlüpft war.

Längst waren im Zimmer die Kerzen angezündet, und schon vor einer halben Stunde hatte Folkmar den Kopf zur Tür hineingesteckt und dem Schlossherrn zugewinkt, dass es Essenszeit wäre. Das war jedoch in dem eifrigen Reden und Streiten von niemand beachtet worden.

Jetzt erschien unerwartet Gräfin Gerlinde, was allgemeine Verwunderung und Freude erregte und dem bereits erklärten Burgfrieden eine gewisse Weihe gab.

Die ritterlichen Herren erhoben sich und vernahmen aus dem Munde ihrer verehrten Wirtin die anmutig einladende Mitteilung, dass der Tisch gedeckt sei.

»Halali!« rief Heinrich von Hohnstein in singendem Ton. »Verzeiht, Frau Gräfin! Wir konnten mit meinem alten Freunde Stolberg nicht fertig werden; er will den Papst entthronen und allen Geistlichen vom Bischof bis zum letzten Leutpriester den Brotkorb höher hängen.

Mich dauerten die armen Unterdrückten, schwer Verkannten, und ich trat mit ein paar begütigenden Worten entschieden für sie ein. So ist uns die Zeit im Fluge vergangen, aber jetzt sind wir einig und ganz zu Euren Befehlen, holdeste aller Frauen!«

Da lachten sie alle, auch Botho von Stolberg und Gerlinde, die den bitteren Spott des unbändigen Raufboldes deutlich heraushühlte.

Graf Burkhard von Mansfeld bot der Gräfin den Arm und führte sie in den Speisesaal, wo er an der Tafel zu ihrer Linken Platz nahm, während Graf Hohnstein ihr Nachbar zur Rechten wurde. Eike wusste es einzurichten, dass er neben dem Grafen von Stolberg zu sitzen kam, den er gern noch ein wenig zu seinen Gunsten bearbeiten wollte.

Es ging bei Tische sehr lustig her. Heute waren sie ja noch unter sich, ohne den Domdechanten, und dachten nicht daran, wie das morgen und übermorgen werden würde, wenn die Schlacht zwischen geistlicher Willkür und weltlicher Rechtsordnung geschlagen war.

Die Herren erzählten sich Jagdabenteuer, Fehdegeschichten und Reiterstücklein, sprachen von Pferden und Hunden und auch wohl von Frauenschönheit und Minne.

Graf Hohnstein war an der Seite der Gräfin von sprudelnder Laune, doch sie hielt ihn in Schach, dass er nicht zu weit über die Stränge schlug, wobei ihr Graf Burkhard redlich half. Übrigens gewährte sie ihm große Nachsicht und konnte über seine tollen Späße herzlich lachen.

Eike führte mit dem Stolberger Grafen ein halblautes Gespräch und schien sich in der Tat mit dem ernsten Manne leidlich zu verständigen. Gerlinde horchte hin und warf zuweilen ein ermunterndes Wort dazwischen, um ihn auf heitere Dinge abzulenken. Dann lächelte er ihr freundlich zu, ließ sich aber in seinem Bestreben, den Grafen für sich zu gewinnen, nicht stören.

Die beiden Grafen von Blankenburg und Regenstein plauderten miteinander über Forst- und Feldwirtschaft und ergötzten sich an den drolligen Einfällen de Hohnsteiners und den schlagfertigen Erwiderungen des Mansfelder Grafen.

Nur Graf Hoyer war schweigsam. Ihn beschäftigte fortwährend die ziemlich stürmisch verlaufene Beratung, denn er fühlte sich verantwortlich für alles, was sich in den nächsten Tagen hier auf seiner Burg entrollen und entladen würde.

Erst zu später Nachtstunde hob Gerlinde die Tafel auf, und damit endete das für alle Gäste erfreuliche Mahl.

Sechsundzwanzigstes Kapitel.

Heute war die Vigilie von Mariä Opfer und das Eintreffen des Domdechanten zu erwarten. Da er jedoch vor Mittag kaum hier sein konnte, hatten die Grafen den Morgen zu ihrer freien Verfügung, was der von ihnen erzielten Einigung sehr zustatten kommen sollte.

Nach gemeinschaftlich genossenem Frühmahl wünschte Graf Botho von Stolberg eine nochmalige kurze Besprechung der Herren mit dem Ritter von Repgow, weil er ihnen einen Vorschlag zu unterbreiten habe.

Sie gingen willig darauf ein und saßen bald um ihn versammelt wieder in Hoyers Gemach. Dort nahm er das Wort und erklärte, er habe während der halb schlaflosen Nacht die ihm gemachten eindringlichen Vorstellungen auf das Genaueste erwogen und gestehe zu, dass sich die Geistlichkeit allerdings manche unerträglichen Übergriffe in weltliche Hoheitsrechte und Lehnsverhältnisse zuschulden kommen lasse, denen mit Ernst gesteuert werden müsse. Da ihm viel daran liege, sich mit seinen lieben Freunden und Wappengenossen in vollem Einklang zu befinden, ziehe er seine gestern erhobenen Bedenken gegen einige anfechtbare Bestimmungen des neuen Gesetzbuches hiermit zurück, wenn ihm der Herr Verfasser nur in einem Punkte nachgeben wolle. Es heiße, geistliches Recht und weltliches sollen miteinander gehen; er schlage jedoch vor, dass die Rechtsverfahren ganz voneinander getrennt würden und in rein geistlichen Angelegenheiten, die mit weltlichen Händeln nichts zu schaffen hätten, die geistlichen Gerichte allein urteilen sollten und ebenso umgekehrt. Eine derartige, streng durchgeführte Sonderung empfehle sich sowohl aus Gründen der Gerechtigkeit wie der Zweckmäßigkeit, um unbefugte Einmischungen, Misshelligkeiten und Reibereien in Zukunft zu vermeiden. Er bitte die Herren, sich über seinen Vorschlag zu äußern.

Sie blickten zu Eike hin, um erst die Meinung des Rechtsgelehrten zu hören.

Der sprach nach kurzem Besinnen:

»Das ist ein guter, annehmbarer Vorschlag, den ich als Kanon meinem Buche einverleiben werde mit dem Wunsche und unter der Voraussetzung, dass er überall richtig ausgelegt und gewissenhaft befolgt wird.«

Seinem Ausspruch stimmten die anderen gern zu, voller Freude, dass mit diesem Zugeständnis die angestrebte Einmütigkeit erreicht war, welchem Gefühl Graf Hohnstein Ausdruck verlieh, indem er die Hände zusammenschlagend ausrief:

»Na, da wären wir ja nun Gott sei Dank! alle ein Herz und eine Seele. Nun möge das strahlende Kirchenlicht aus Halberstadt den bischöflichen Segen über uns arme Sünder ausgießen. Wir wollen den Leisetreter mit Sammetpfötchen bewillkommnen und mit Blechhandschuhen verabschieden.«

Sie lachten über die von dem lustigen Helmgauer ausgegebene Losung, und die Sitzung war aus.

Darauf zerstreuten sich die Herren und vertrieben sich die Zeit bis zur Mittagsstunde jeder nach seinem Belieben. Der Mansfelder und der Stolberger besichtigten die Rosse in den Ställen. Graf Hohnstein ging mit Eike auf den Altan und schaute zu den Bergen hinüber und in den Forst, ob sein scharfes Jägerauge nicht äsendes oder ziehendes Wild entdeckte. Die beiden immer aufgeräumten Grafen von Blankenburg und Regenstein klopften bei der Gräfin an und machten ihr, da sie ihnen in ihre Kemenate einzudringen erlaubte, um die Wette den Hof, was sich Gerlinde in Huld und Gnade gefallen ließ. Graf Hoyer aber blieb in seinem Zimmer und streckte sich zu einer kurzen Ruhe aus, deren er dringend bedurfte. —

Als das Mittagessen längst vorüber war und es zu dämmern begann, erscholl vom Bergfried ein ungewöhnlicher Hornruf, der den Wissenden die Ankunft des Domdechanten verkündete und Gerlinde aus träumenden Gedanken aufschreckte, denn mit dem feierlich Angeblasenen nahte sich das dem Geliebten drohende Verhängnis.

Graf Hoyer stieg die Treppe hinab, um den Prälaten zu empfangen, mochte diesen auch eine so rücksichtsvolle Aufmerksamkeit Wunder nehmen und vielleicht kopfscheu machen.

Die Begrüßung war eine beiderseits ehrerbietige. Der Dechant hielt das Entgegenkommen des Schlossherrn für eine althergebrachte Gepflogenheit beim Ertönen der Fanfare vom Turm und fand dies einen sehr lobenswerten Brauch. Der Graf aber geleitete den neuen Gast in das für ihn bereite Losament, wo er ihn der Bedienung Folkmars überließ.

Wilfred hatte gesehen, dass ein hoher Geistlicher in den Burghof geritten war, und witterte sofort, dass dieser Besuch eine Folge von dem des Abtes von Gröningen war, der nun doch endlich Unkraut in Repgows 'blühenden' Weizen gesät zu haben schien. Also darum die festlichen Vorbereitungen, die ihm jetzt weniger zu einer Ehrung Eikes als zu einem Henkermahl für diesen geeignet däuchten. Teils frohlockend, dass das Verderben den Bücherwurm ereilte, teils bangend vor dem, was ihm selber dabei widerfahren könnte, verkroch er sich still in sein Kämmerlein.

In einem großen Gemache waren sämtliche Grafen mit Eike von Repgow um die Gräfin geschart, die durch ihre Gegenwart dem Empfang eine heiter gesellige Form geben sollte, welche Aufgabe, als es soweit war, Gerlinde auch mit Geschick und Anmut löste.

Beim Eintritt des Dechanten flog ein kaum merkliches Zeichen des Erstaunens über sein Gesicht, das aber ebenso schnell wieder verschwand, wie es aufgeblitzt war. Mit weltmännischer Gewandtheit verneigte er sich vor der Gräfin und wechselte ein paar artige Worte mit ihr. Jedem der Grafen, die ihm alle bekannt waren, reichte er die Hand und fragte nicht nach den Umständen dieses unverhofften Wiedersehens. Dann kam Eike an die Reihe, dessen Namen ihm Graf Hoyer nannte, obschon der geistliche Herr ohnehin nicht zweifeln konnte, dass er den jetzt vor sich hatte, den hier zu finden er sicher gewesen war.

Da standen sie nun, von allen Anwesenden heimlich beobachtet, die beiden, der Kapitular und der Ritter, Auge in Auge gegenüber und maßen sich mit prüfenden Blicken. Sie waren sich ihrer Stellung zueinander bewusst, aber ihre Mienen verrieten nichts Feindseliges, und die Ursache ihrer Begegnung hier auf dem Falkenstein wurde auch in ihrem flüchtigen Gespräch nicht berührt. In ihrem Innern waren sie kampfgerüstet, äußerlich wahrten sie eine achtungsvolle Höflichkeit.

Herr Anno von Drondorf war von hochgewachsener, hagerer Gestalt mit einem bleichen, scharf geschnittenen Antlitz, grauem Haar und einem paar tief in ihren Höhlen liegender Augen, über die sich dichte, geradlinige Brauen zogen. Seine Bewegungen waren gemessen, seine Redeweise kühl und überlegt, seine ganze Erscheinung würdig und vornehm. Aber unter der Maske der Ruhe und Zurückhaltung ließ sich seinem sicheren Auftreten nach unerschütterliche Willenskraft und Entschlossenheit vermuten.

Man kam alsbald in ein allgemeines Gespräch, das sich unter absichtlich reger Beteiligung der Gräfin in ebenen Geleisen hielt und sich mühsam bis zur Tischzeit hinschleppte.

Nachher, im Speisesaal, wurde das anders. Der Domdechant, der zwischen Gräfin Gerlinde und dem Grafen Johann von Blankenburg saß, wachte aus seiner Versonnenheit auf und unterhielt sich mit seinen Tischnachbarn sehr lebhaft über klösterliche Kunst und Wissenschaft und über geschichtliche Ereignisse der Vergangenheit, wobei er öfter das Wort an den ihm gegenübersitzenden Eike richtete, um dessen Kenntnisse auch in Dingen zu erforschen, die außerhalb seines Faches, der Rechtspflege, lagen.

Gerlinde freute sich zwar über die Zuvorkommenheit des Prälaten gegen den Gelehrten, ließ sich aber dadurch nicht bestechen und zu schmeichelnden Hoffnungen verführen, sondern war beständig auf der Hut, jeder etwa verletzenden Äußerung zwischen den beiden vorzubeugen. Es bedurfte jedoch solcher Fürsorge nicht, denn von keiner Seite kam es zu Erörterungen, die den Frieden hätten stören können.

Auch Graf Hoyer bemühte sich, seinem Gaste das Verweilen in einem Kreise, in dem er nur Gegner um sich hatte, so angenehm wie möglich zu machen und hielt seinen Freund Hohnstein, der immer auf dem Sprunge war, den Halberstädter herauszufordern und zu reizen, beschwichtigend im Zaume.

Als zum Nachtisch noch ein neuer Wein aufgetragen wurde, fragte der Dechant den Grafen Hoyer, ob es ihm recht sei, wenn er morgen früh in der Burgkapelle eine Messe läse.

Der Graf nahm das Anerbieten mit verbindlichem Dank an, worauf sich der Dechant erhob und die Gesellschaft nach einer leichten Verbeugung in die Runde schnell verließ.

Die anderen blieben noch beisammen, um ihre Eindrücke von dem ernsten, aber gefällig umgänglichen Mann auszutauschen.

Graf Burkhard von Mansfeld meinte:

»Nach dem äußeren Verhalten des hochwürdigen Herrn fürchte ich für morgen keine schweren Zerwürfnisse zwischen ihm und uns.«

»Trau' ihm nicht, Burkhard!« riet Graf Hohnstein.

»Er wird uns morgen die Krallen schon zeigen, die er heute noch versteckt hielt, und scheint in allen Sätteln gerecht zu sein; ich bin auf ein scharfes Rennen mit ihm gefasst.«

»Es wäre mir lieb, wenn wir einen allzu harten Zusammenstoß mit ihm vermeiden könnten,« sagte Graf Hoyer.

»Aber von Nachgeben unserseits kann doch keine Rede sein,« fuhr Graf Günther von Regenstein auf.

»Vielleicht kämen wir mit Milde weiter als mit Schroffheit,« sprach Botho von Stolberg.

»Mit Milde, Botho!« spottete Hohnstein. »Reich' einem Pfaffen den kleinen Finger, und er nimmt die ganze Hand. Du stehst ihm von uns allen am nächsten und solltest ihn doch besser kennen.«

»O Gott! Wie wird das werden?« seufzte Gerlinde.

»Es wird nicht so heiß hergehen, wie Ihr denkt, Frau Gräfin,« tröstete sie Johann von Blankenburg. »Der Prälat ist an Selbstbeherrschung gewöhnt und im Kapitel gut geschult.«

»Aber an Spitzfindigkeit uns allen über,« fiel der Hohnsteiner sofort wieder ein.

»Mich soll er nicht überlisten, Herr Graf,« mischte sich endlich auch Eike in das Gespräch. »Bei dem, was ich mit ihm auszumachen habe, lasse ich mich in keiner noch so fein gelegten Schlinge fangen.«

Diese Versicherung aus dem Munde des einzigen Gefährdeten freute die Grafen und wirkte auch auf Gerlinde beruhigend, so dass die Besprechung über den schwer zu durchschauenden geistlichen Herrn damit ihren Abschluss fand. —

Als am anderen Morgen das Glöcklein zum Gottesdienst rief, begaben sich sämtliche Insassen der Burg in die Kapelle, so viele darin Raum hatten, um die Messe zu hören, zu der die nötigen Prachtgewänder auf dem Falkenstein vorhanden waren. Ein junger Jäger versah das Amt des Ministranten, und Gräfin Gerlinde sang zur Erhöhung der Feier eine von Harfenspiel begleitete Hymne, die sie schon als Mädchen in ihrer fränkischen Heimat gelernt hatte.

Das Mittagmahl war heute später angesetzt als sonst, weil, sobald der Zelebrant seinen Morgenimbiss verzehrt haben würde, die Verhandlungen beginnen sollten, deren Dauer nicht im Voraus abzuschätzen war.

Laut Verabredung versammelten sich die Herren im Gemache des Grafen Hoyer, wo sie den Domdechanten nicht ohne einige Spannung auf das, was er hier vorbringen würde, erwarteten.

Als er eintrat, wunderte er sich aufs Neue, auch jetzt, zu dieser wichtigen Beratung, die Grafen wieder alle beisammen zu finden, und schloss daraus, dass er hier nicht bloß mit Eike von Repgow, sondern auch mit den gewiss zu dessen Beistand herbeigeeilten Machthabern zu kämpfen haben würde.

Er unterdrückte jedoch seine Überraschung, und nach dem er in der Mitte seiner mutmaßlichen Gegner am Tische Platz genommen hatte, hub er ohne Säumen an:

»Ihr erratet wohl, erlauchte, edle Herren, mit welchem Auftrage mich mein hochwürdigster Bischof hierher entsandt hat. Ich soll gegen das von dem hier anwesenden Herrn von Repgow verfasste Gesetzbuch Einspruch erheben, weil es in einzelnen Teilen seines Inhaltes den Grundsätzen und Überlieferungen unserer Heiligen Kirche zuwiderläuft und dem Ansehen der ihrem Dienste geweihten Geistlichen Abbruch tut.«

»Darf ich vorerst fragen, hochwürdiger Herr,« schaltete Graf Hoyer ein, »wie Ihr auf die Vermutung gekommen seid, dass die Rechtsauffassung des Ritters von Repgow den Grundsätzen der Kirche zuwiderläuft?«

»Wir sind gewarnt worden, Herr Graf,« entgegnete der Dechant, ohne den Namen des Warners zu nennen, und fuhr dann, sich an Eike wendend, sogleich fort: »Erklärt mir, Herr Ritter von Repgow, mit welcher Absicht Ihr Euer Buch geschrieben habt.«

»Mit der Absicht, in ganz Sachsenland Rechtseinheit zu schaffen, in allen Herzogtümern und Grafschaften, allen Städten und Dörfern, gleiches Recht für alle ohne Unterschied des Standes und der Geburt,« lautete unverzüglich Eikes Antwort.

»Habt Ihr auch wohl in Betracht gezogen, ob es Gottes Wille sein kann, dass Ihr den einen nehmt, was Ihr den andern gebt?«

»Ich gebe Gott, was Gottes ist, dem Kaiser, was des Kaisers ist, aber auch dem Volke, was des Volkes ist.«

»Das klingt fromm und christlich, Herr Ritter! Und doch geht Ihr in Eurem Buche auf eine Trennung von Recht und Glauben aus.«

»Nein, hochwürdiger Herr! Ich ehre Gottes heilige Gebote, aber der Glaube hat nichts zu schaffen mit der Erkenntnis des Guten und des Bösen beim Urteilen und Richten über eine vollführte Tat.«

»Unsere Erkenntnis von gut und böse ist Stückwerk wie all unser Wissen,« erwiderte der Prälat. »Das aber unterliegt keinem Zweifel: zwischen kanonischem und öffentlichem Recht besteht ein unvereinbarer Gegensatz.«

»Das bestreit' ich, Herr Domdechant! Wenn jedermann Recht geschieht und niemand Unrecht, kann die Kirche und die Laienwelt zufrieden sein.«

»Da täuscht Ihr Euch. Mit Gesetzen könnt Ihr der Menschheit den seelischen Frieden, der doch hienieden das Höchste ist, nicht gewährleisten.«

»Aber ihm ein gutes Fundament schaffen. Auf vernünftigen, allgemein gültigen Gesetzen beruht die Sicherheit und Wohlfahrt des einzelnen wie der Gesamtheit und eine geordnete Rechtspflege, zu der das Volk Vertrauen hat, ist eins der unschätzbarsten Güter, die man ihm bescheren kann.«

»Ein wahres Wort!« rief Burkhard von Mansfeld, worauf sich im ganzen Kreise unverhohlener Beifall kundgab.

»Euer gräflich Hochgeschlecht in unverbrüchlichen Ehren, edle Herren,« kehrte sich der Kapitular zu den Umsitzenden, »aber mit gnädiger Erlaubung frage ich Euch: sind wir etwa bisher ohne Rechtsprechung im deutschen Reiche gewesen? Seit unvordenklichen Zeiten ist von den Schöffenstühlen unter Königsbann nach alter, guter Gewohnheit geurteilt worden.«

»Und auf den althergebrachten Volks- und Gewohnheitsrechten habe ich mein neues Recht aufgebaut und von ihnen so viel darin beibehalten, wie nur möglich war,« beschied ihn Eike. »Aber mit dem schauderhaften Wirrwarr, dass in jedem Gau, nein, in jeder Stadt ein anderes Recht gilt, muss endlich von Grund auf aufgeräumt werden.«

»Ja, hochwürdiger Herr, das ist unser aller Meinung,« fiel Graf Hoyer ein, und die anderen stimmten ihm zu.

»Eure Dignität auch in unverbrüchlichen Ehren, Herr Domdechant,« spottete Graf Hohnstein, »doch wisset: unsere Landsassen, Semperfreien, Bürger und Bauern verlangen mit demselben Maße gemessen zu werden wie die Höchsten im Reiche, einzig den Kaiser ausgenommen, ob sie eine Krone auf dem Haupte tragen oder die Inful, oder ob sie barhäuptig und barfuß gehen. In den festen Schranken des Gesetzes soll der Schöffenstuhl über allem, auch über dem Bischofsstuhl stehen.«

Im Dechanten wallte es grimmig auf.

»Unerhört!« stieß er erregt aus. »Ihr treibt das Spiel zu hoch.«

»Spiel? Das ist kein Spiel, es ist uns allen bitterer Ernst damit, Herr Domdechant!« drohte der Graf von Regenstein.

»Wirklich? Fast sieht es so aus. Die Herren scheinen sich im Geheimen schon verständigt zu haben. Waret Ihr denn auf mein Kommen vorbereitet?«

»Wir sind auch — gewarnt worden,« versetzte Graf Hoyer anzüglich, »und jetzt, hochwürdiger Herr, wollet uns mitteilen, an welchen Satzungen des Ritters Ihr Anstoß nehmt.«

»Gern will ich das, Herr Graf! Dazu bin ich ja hier,« sagte der Halberstädter, der auf diese Aufforderung nur gewartet hatte. »Also zum ersten! Da steht: der Papst darf den Kaiser nicht bannen. Diese Bestimmung ist ein offenbares *sacrilegium*. Der Papst ist das unfehlbare Oberhaupt aller Christenheit und kann bannen und lösen nach seinem alleinigen Bedünken. Schon mancher Papst hat einen Kaiser gebannt, und erst vor ein paar Jahren hat der Heilige Vater seinen trotzigen Widersacher, den Hohenstaufen Friedrich den Zweiten in den Bann getan.«

»Kein Papst kann Ghibelline sein,« rief Graf Johann von Blankenburg.

Ohne den Zwischenruf zu beachten, fuhr der Prälat fort:

»Dem Papste das Bannen verbieten zu wollen, ist ein keckerer Angriff auf die unantastbare Hoheit der Kirche, als wenn Ihr dem Kaiser das Recht der Begnadigung absprechen wolltet. Aber höret weiter. In dem Buche steht geschrieben: kein Geistlicher, sei er Bischof, Abt oder Mönch, und kein Stift oder Kloster darf Laiengut erben.«

»Vortrefflich! Damit wird der geistlichen Erbschleicherei ein Riegel vorgeschoben,« lachte der Hohnsteiner. »Den Bettelstab ließet Ihr pfänden, wenn etwas aus ihm herauszuschlagen wäre, Euch und Eure Klöster zu bereichern.«

»Wir suchen nicht die Säckel, sondern die Seelen,« verwies ihn der Dechant. »Ferner heißt es: jedweder Christenmensch soll auf der Dingstatt einen Fürsprecher haben, aber kein Pfaffe darf es sein.«

»Wozu auch?« meinte einer der Grafen. »Auf der Dingstatt muss Wahrheit und Freiheit des Wortes herrschen, und die zu vertreten taugt kein Pfaffe.«

»Was ist Wahrheit? Was ist Freiheit? Kann mir das einer von euch sagen?« fragte stolz der Kapitular. »Ihr schweigt; dann weiter! Da steht: jeglicher Schatz, der tiefer in der Erde liegt, als die Pflugschar geht, kommt in des Königs Gewalt, auch wenn er auf bischöflichem Grund und Boden gefunden wird.«

»Grabt Ihr geistlichen Herren nach Schätzen, die weder Motten noch Rost fressen, und sammelt Euch welche im Himmel, wie die Heilige Schrift es lehrt,« ließ sich endlich auch Graf Botho von Stolberg vernehmen.

Der Dechant streifte ihn mit einem vorwurfsvollen Blicke, dass selbst er sich den anderen anschloss. Dann sprach er:

»Ich glaube, edle Herren, dass ich Euch nun der ketzerischen Stellen genug angeführt habe, die mich zur entschiedenen Verdammung des neuen Gesetzbuches drängen. Wenn —«

»Aha! Kreuzige! Kreuzige!« brüllte Hohnstein dazwischen.

»Wenn Ihr aber deren mehr begehret,« — er griff in die Tasche seines langen Priestergewandes und holte einige beschriebene Blätter daraus hervor, die er emporhielt, — »hier habe ich ihrer noch etliche.«

Eike von Repgow, der mit steigender Verwunderung den Reden seines Gegners gefolgt war, fragte jetzt:

»Habt Ihr mir beim Schreiben über die Schulter gesehen, Herr Domdechant? Denn alles, was Ihr hier vorgebracht habt, steht wörtlich so in meinem Buche.«

»Wir haben einen zauberkundigen Klosterbruder in unseren Diensten, der die Kunst besitzt, sich unsichtbar zu machen,« erwiderte der Dechant mit einem boshaften Lächeln auf den schmalen Lippen. »Der hat hinter Euch gestanden, Herr Ritter von Repgow, hat sich die ihm missfälligen Stellen aufgezeichnet und sie uns schwarz auf weiß in seiner schönen Mönchsschrift übereignet.«

»Wollt Ihr mir einen Einblick gestatten, hochwürdiger Herr?« mischte sich jetzt Graf Hoyer ein, von einer plötzlichen Unruhe erfasst.

»Hier, Herr Graf von Falkenstein!« triumphierte der Übermütige und gab dem Grafen die Papiere.

Der Graf blickte hinein und sank erschrocken an die Rücklehne seines Stuhles. Dann rief er erbittert:

»Eike, den Klosterbrüder kennen wir und seinen würdigen Abt auch!«

Damit reichte er die Schriften seinem jungen Freunde über den Tisch hin.

»Oh der Bube! Der schändliche Bube!« grollte Eike, nachdem er hineingesehen hatte.

»Eike,« fing der Graf wieder an, »draußen auf dem Gange wirst du Folkmar finden. Bitte, sag' ihm, er solle sofort den Torwart hierher bescheiden.«

Eike tat nach des Grafen Wunsch.

Die anderen saßen alle sprachlos und begriffen nicht, was das zu bedeuten hatte.

Der Dechant aber ahnte den Zusammenhang des hier Vorsichgehenden und schaute ärgerlich und bestürzt darein. Er hatte angenommen, die Abschrift rühre von niemand anders als von einem Mönche des Klosters Gröningen her, der ihren Inhalt den mündlichen Mitteilungen eines zufällig Eingeweihten verdankte, dessen Namen man dem Domkapitel nicht genannt hatte.

Nun bereute er, die Papiere aus der Hand gegeben und damit den arglistigen Trug enthüllt zu haben.

Es ward eine lange, unheimliche Stille, bis der Torwart eintrat.

»Goswig,« befahl der Graf, »die Zugbrücke hoch! Kein Mensch kommt aus der Burg hinaus ohne meine ausdrückliche Erlaubnis!«

Goswig verbeugte sich und verschwand.

Darauf wandte sich der Graf zum Kapitular:

»Der Famulus des Ritters ist in Eurem Aufträge bestochen worden und hat Euch diese Auszüge verräterischer Weise angefertigt und ausgeliefert; es ist seine Handschrift. Er wird es zu büßen haben; mit Euch, Herr Domdechant, verhandle ich nicht mehr; Ihr kämpft nicht mit ehrlichen Waffen.«

Zornbebend erhob sich der Dechant. Aber mit erzwungener Ruhe sprach er:

»Dann habe ich nur noch die Frage an den Ritter von Repgow zu richten, ob er widerrufen und die ketzerischen Bestimmungen in seinem Buche ändern und tilgen will.«

»Nicht ein Wort!« erklärte Eike.

»So wird der hochwürdigste Bischof nicht umhin können, den großen Kirchenbann über Euch zu verhängen,« entgegnete streng und finster blickend Herr Anno von Drondorf.

Da sprangen alle auf und schrien laut durcheinander.

»Er wage es!« hieß es. »Wir Harzer zittern nicht vor Kutte und Krummstab mit gefalteten Händen und gebogenen Knien.«

Graf Hoyer winkte ihnen: lasst mich reden! Und er sprach:

»Wenn das geschieht, Herr Domdechant, dass der Ritter von Repgow seines gar nicht hoch genug an zuschlagenden Werkes wegen gebannt wird, sage ich im Namen aller hier anwesenden Herren dem Bischof ab und kündige ihm die Fehde an. Mit unsern Lehnsleuten und unserm reisigen Volk werden wir ihn überfallen, ihn von seinem Sitz vertreiben, sein Land mit Feuer und Schwert verheeren und verwüsten. Das meldet Eurem Bischof!«

»Es geschehe nach Gottes gewaltigem Willen!« sagte der Dechant. »Ich habe hier nichts mehr zu reden und zu tun und verabschiede mich von Euch, erlauchte Herren, mit schwerem Herzen, aber mit dem Bewusstsein, meine Pflicht erfüllt zu haben.«

Graf Hoyer erwiderte nur:

»Für Euch, Herr, ist die Brücke frei.«

Eine stumme Verbeugung, und der Gesandte des Bischofs schritt langsam und mit steifem Nacken aus dem Gemach.

Sobald er hinaus war, brach der Sturm los. Sie drückten Hoyer und Eike die Hand und wussten sich vor Freude nicht zu lassen.

»Horrido!« jauchzte Graf Hohnstein, »die Gäule aus dem Stall! Fehde, Fehde mit dem Bischof von Halberstadt! Das klingt wie Hifthornschall und Rüdengeläut auf der Fährte eines geweihten Hirsches.«

»Und unser Feldgeschrei ist: 'Rechtseinheit in ganz Sachsenland!'« rief Graf Hoyer.

»Rechtseinheit in ganz Sachsenland!« wiederholten einstimmig und begeistert alle die anderen. Der Bund der Harzgrafen war geschlossen und besiegelt.

Nun gab es mittags doch ein freudigeres Mahl als gestern Abend. Wie nach einem erfochtenen Siege saßen sie alle frohgemut an der Tafel, und der Mann mit dem steinernen Gesicht und dem hohlen, verschleierten Blick war nicht mehr unter ihnen. Eike wurde der Ehrenplatz an der Seite der Gräfin zugewiesen, und das Tischgespräch drehte sich ausschließlich um die Verhandlung mit dem verfolgungssüchtigen geistlichen Gegner, wobei die Herren sich mit Behagen an die scharf gewürzten Reden und Antworten erinnerten, die sich wie blitzende Klingen gekreuzt hatten.

Als Gerlinde erfuhr, dass Wilfred heimlich für den Abt von Gröningen Auszüge aus dem Gesetzbuch angefertigt hatte, war sie einesteils über diese Schändlichkeit empört, andernteils aber beruhigt, dass sie sich nun keine Vorwürfe mehr zu machen brauchte, als hätte sie durch ihre Andeutungen zu dem hinterlistigen Aushorcher den gefährlichen Streit wider Willen angezettelt.

Sie flüsterte Eike zu:

»Also bin doch nicht ich die Verräterin, die das Unheil über Euch heraufbeschworen hat, Eike.«

»Das habe ich auch nie geglaubt, Gerlinde,« erwiderte er leise. »Ich wusste, dass Ihr daran unschuldig waret.«

»Was wird nun mit dem nichtswürdigen Menschen?« fragte sie.

»Er ist eingesperrt. Der Graf hat ihm den Befehl gesandt, sein Zimmer unter keinen Umständen zu verlassen; im nächsten Gauding soll über ihn abgeurteilt werden.«

Die Grafen unterhielten sich darüber, was der Bischof tun, ob er ungeachtet ihrer drohenden Haltung den Kirchenbann über Eike verhängen würde.

»Er wird sich dreimal besinnen,« sagte Graf Burkhard von Mansfeld. »Unsere Macht ist zu groß, und wir werden noch Bundesgenossen werben; ich nehme den Fürsten Heinrich von Anhalt auf mich.«

»Ich den Grafen Christian von Wernigerode,« fiel der Blankenburger ein.

»Und sollte der Bischof sein Aufgebot an Kriegsmannen etwa verstärken, so tun wir dasselbe und bringen wohl auch den Landgrafen Hermann von Thüringen und den Markgrafen Dietrich von Meißen noch auf unsere Seite,« meinte der Graf von Regenstein.

»Lasst euch doch darum keine grauen Haare wachsen,« sprach Graf Hoyer. »Der Bischof wird es nimmermehr wagen, uns durch Bannung unseres Freundes Repgow kecklich herauszufordern.«

»Oh er ist ein gar trutziger Herr, der, wo er Gelegenheit dazu hat, gern den streitbaren Kirchenfürsten her auskehrt,« behauptete Graf Botho von Stolberg.

»Mir soll's recht sein,« lachte der Hohnsteiner, »ich reite mit Vergnügen zur Abwechslung auch einmal gegen einen Bischof an.«

»Wenn es aber, was Gott verhüte, meinethalben zu einer großen Fehde oder gar zu einem weitschichtigen Kriege kommen sollte, dann möchte ich auch in Helm und Harnisch mit Euch zu Felde ziehen, Herr Graf,« sagte Eike.

»Der Wunsch ist begreiflich und wird Euch mit Freuden erfüllt werden, damit Ihr selber Eurem Gesetzbuch in den Reihen Eurer Feinde mit dem Schwerte Bahn brecht,« erwiderte der Hohnsteiner.

Und dann trägt er vielleicht mein Kursit einmal über der Rüstung, dachte Gerlinde.

Alle wollten sich gern für den Ritter schlagen, der dem Domdechanten so mannhaft die Stirn geboten hatte. Das ihm dafür reichlich gespendete Lob machte Gerlinde so stolz, als würde es ihr selber gezollt. Immer musste sie sich zu ihm hinwenden und den gefeierten Helden und Gelehrten zu ihrer Linken bewundernd ansehen.

Am anderen Morgen zogen die fünf Grafen mit ihrem Gefolge fröhlich vom Falkenstein ab, nachdem ihnen Eike für ihren entschlossenen Beistand noch einmal gedankt hatte. —

Nun wurde es wieder still und friedlich in der Burg.

Eike war wieder fleißig an der Arbeit, als wäre seit seinem Ritt nach Quedlinburg nichts Besonderes hier vorgegangen. Es fehlten nur noch wenige Artikel zur Vollendung seines Werkes, und er beeilte sich nicht damit, weil er das Scheiden von Gerlinde gern noch etwas verzögern wollte.

Sie wusste, dass es kaum Wochen, vielleicht nur noch Tage waren bis zur Trennung, vor der ihr graute. Soviel wie möglich suchte sie seine Gesellschaft, denn ihrer bemächtigte sich eine so verlangende Sehnsucht, wie sie sie glühender noch nie empfunden hatte. Wenn sie mit ihm allein war, was setzt häufiger geschah denn je, rollte ihr das Blut wie flüssiges Feuer durch die Glieder, und mehr als einmal war sie nahe daran, sich an seine Brust zu werfen und sich an dieser Zufluchtsstätte ihrer grenzenlosen Liebe aufzujubeln oder auszuweinen.

Eike war es, der den Kopf oben behielt und die Herrschaft über sich nicht einen Augenblick verlor, doch Gerlinde merkte es ihm an, wie schwer auch er mit sich kämpfte, und jeder las im Herzen des andern: o wärest du mein! Aber — ein blankes Schwert lag zwischen ihnen.

Graf Hoyer sah, was in den beiden sich regte, doch kein Groll stieg in ihm auf, denn er fühlte, auch seine Tage waren gezählt, nur in einem andern Sinn als die seines jungen Freundes. Nicht die leiseste Andeutung, auch nicht im Scherze, entschlüpfte ihm darüber, dass er wusste, wie es mit ihm bestellt war. Auch die Erkenntnis seines eigenen Schicksals verhehlte er ihnen sorgsam, und das Verhältnis zwischen den dreien blieb ein ungetrübt heiteres und trauliches wie es immer gewesen war.

Gerlinde trug Eike die schüchterne Bitte vor, er möge ihr erlauben, an Wilfreds statt die noch übrige Abschrift zu übernehmen.

Das freundliche Anerbieten rührte ihn, doch weigerte er sich, der geliebten Frau diese Mühwaltung aufzubürden.

»Ihr machtet mir eine Freude damit, Eike,« sprach sie. »Denkt doch, welche Erinnerung es für mich wäre, bei dem letzten Abschnitt Eures Buches ein klein wenig mitgewirkt zu haben!«

Da willigte er ein, denn ihm wäre es ein reiches Geschenk, einige Blätter, von Gerlinde geschrieben, zu besitzen, die er zeitlebens aufbewahren würde.

Nun saß sie in ihrem kleinen Gemach, ließ Stickrahmen und. Harfe bei Seite und schrieb, was der Liebste geschaffen hatte. —

Wilfred hockte in feinem Kämmerlein, obwohl er nicht eingeschlossen war, wie in einem Kerker, geknickt und reuevoll am leeren Tisch, von dem ihm die fertigen Abschriften durch Folkmar abgeholt worden waren.

Die Begebenheiten der letzten Tage hatten die schlimmste Wendung für ihn genommen. Er war, wie er es nach dem geübten Verrat schon gefürchtet, wirklich in die Grube gefallen, die er dem Ritter gegraben, und nicht diesen, sondern ihn selber hatte das Verhängnis getroffen.

Melissa war trostlos, ehe sie noch wusste, was eigentlich vorgefallen war. Sie besuchte den Gefangenen, und auf ihre Frage, was er denn Böses verbrochen, gestand er ihr seine Untat, zu der ihn der Abt von Gröningen verleitet hätte.

»Das ist also deine Rache für den Fuchs. Fred, Fred, was hast du angerichtet!« jammerte sie, »hast dich ins Unglück gestürzt, und deines Bleibens aus dem Falkenstein kann nimmer sein. Was wird mit dir geschehen? Und was wird aus mir ohne dich?«

»Das weiß der Himmel!« seufzte er. »Ich bin ein verfemter Mensch; sie werden mir auf der Richtstatt die Schreiberhand abhacken, mit der ich gesündigt habe.«

Ihr schauderte bei diesen Worten. Sie umschlang ihn, herzte und küsste ihn, um ihn aus seiner tiefen Kümmernis aufzurütteln.

In ihren Armen vergaß er das Verzweifelte seiner Lage und erwiderte ihre Liebkosungen mit einer Leidenschaft, gegen die sich das schmiegsame Mädchen nicht sträubte.

Dann setzte sie sich ihm aufs Knie, und ihren zerzausten Blondkopf an seine Schulter lehnend beriet sie mit ihm, ob nicht eine Rettung möglich wäre.

Aber Wilfred schüttelte zu allem, was Melissa vorschlug, ungläubig den Kopf und fand selber keinen Ausweg, den Banden zu entrinnen, in die er verstrickt war.

»Goswig ist mein geschworener Feind und wird mir gegenüber niemals ein Auge zudrücken,«
sprach er mutlos. »Er kann es auch gar nicht, denn er ist für mich verantwortlich und der Graf
würde ihn aus dem Dienst jagen, wenn er mich auskommen ließe. Gib jede Hoffnung auf!«

Mit tränenbenetztem Antlitz entwand sie sich ihm.

Zwei Tage später aber kam sie wieder zu ihm geschlichen in der Dämmerung und mit einem
Bündel, das sie vor ihm entfaltete.

»Hier hast du ein Kleid von mir,« sagte sie, »das ziehst du an und stiehlst dich darin zum Tor
hinaus; es dunkelt schon, aber die Zugbrücke ist noch nicht hoch. Goswig wird dich für eine
Magd halten, deren Friedel draußen auf sie wartet, und wird dich nicht anrufen. Auch habe ich
ihm soeben noch einen großen Krug Bier geschickt, von dem er so leicht nicht aufsteht.«

Wilfred dankte ihr, von der Hoffnung belebt, durch die klug ersonnene List zur Freiheit zu
gelangen, in der herzlichsten Weise, und Melissa half ihm schnell und geschickt in das Kleid
hinein.

Erst freute sie sich und lachte über seine Verwandlung in ein Mädchen, dann aber sprach
sie betrübt:

»O Fred! Werden wir uns jemals wiedersehen? Wohin gehst du nun?«

»Ich weiß schon, wo ich Unterschlupf finde, sobald ich aus der Burg heraus bin,« beruhigte
er sie. »Ich pilgere schnurstracks nach Gröningen und bitte um Anstellung als Schreiblehrer
in der Klosterschule, aus der sie mich einst verstoßen haben. Der Abt hat mir versprochen,
sich meiner anzunehmen, wenn ich in Not geriete. Vielleicht kann ich auch dort sogar einmal
Bibliothekar werden.«

»So geh' mit Gott!« schluchzte sie an seinem Halse, entwich und eilte in den Burghof hinab,
um aus einem Versteck den Verlauf der Flucht zu beobachten.

Sie sah, wie sich Fred in der Dämmerung dicht an den Hofgebäuden entlang drückte, manchmal horchend stehenblieb und dann behutsam weiterschlich. Ungeduld und fiebernde Angst
erfasste sie, dass er dabei so langsam vorwärts kam, und der Atem stockte ihr, als er beim Torstübchen noch einmal anhielt, um zu spähen und zu sichern, ehe er sich an der offenen Tür
vorüber traute.

Plötzlich schritt er rasch aus, aber in seiner großen Erregung nicht leise genug.

Goswig musste das Geräusch seiner Schritte vernommen haben und schaute auf. Die weibli-
che Gestalt da draußen schien ihm verdächtig; das war keine der Burgmägde. Er trat aus seinem
Häuschen heraus, und als die Eilige auf seinen Anruf nicht stand, sprang er ihr hurtig nach.

Nun wurde gerade das, was Wilfred retten sollte, Melissas Kleid, zu seinem Verderben, denn
weil es ihm oben etwas zu eng war und ihm unten die Glieder bis auf die Füße umbauschte,
hinderte es ihn im Laufen.

Goswig war ihm bei der Verfolgung bald auf den Fersen, holte ihn ein und hatte eine diebische
Freude an seinem Fange.

»Erbarmt Euch, Goswig, und lasst mich los!« bettelte der am Kragen Gepackte.

»Nichts da! Du und Melissa, ihr meintet einmal, ich könnte nach dem dritten Kruge Bier
nicht mehr Mann und Weib unterscheiden. Jetzt habe ich dir gezeigt, dass ich das trotz deiner
Verkappung doch kann, und ich bin dir auch noch den Lohn für die angeleimte Pelzkappe
schuldig,« höhnte Goswig. »Komm', mein Bürschlein! Jetzt sperr' ich dich fester ein.«

An einen Faustkampf mit dem noch sehr rüstigen und kräftigen Torhüter konnte Wilfred in
der ihn ein spannenden Frauenkleidung nicht denken, und so musste er sich von dem hartherzigen Alten widerstandslos abführen lassen in das mit Schloss und Riegel versehene Turmgewölbe,
aus dem ein Entweichen nicht möglich war.

Melissa, zu Tod erschrocken, flog die Treppe hinauf zur Gräfin, fiel ihr zu Füßen, erzählte
ihr mit halb von Weinen erstickter Stimme, was sich eben ereignet hatte, und flehte sie an,
beim Herrn Grafen die Begnadigung Wilfreds zu erwirken. Er habe sich nur auf Anstiften
des Abtes von Gröningen zur Herstellung der Abschriften bequemt und sich auch an Herrn
von Repgow für das Erschießen seines gezähmten Fuchses rächen wollen. Zugleich bekannte

sie, dem Schreiber bei seinem Fluchtversuche mit der Hergabe eines ihrer Kleider behilflich gewesen zu sein.

Die Gräfin wusste bis jetzt noch nichts von dem Fuchse, fühlte jedoch ihrer getreuen Zofe wegen, deren Neigung zu Wilfred ihr nicht verborgen geblieben war, Mitleid mit den beiden und versprach, für den Bösewicht bei ihrem Gemahl ein gutes Wort einzulegen, dessen Erfolg sie freilich nicht verbürgen könne.

Melissa küsste ihrer huldvollen Herrin die Hand und entfernte sich, Hoffnung im Herzen. —

Ganz glatt ging das schwierige Unternehmen, den erzürnten Grafen zu versöhnen, zwar nicht vonstatten, aber er ebnete unabsichtlich der wohlwollenden Vermittlerin den Weg dazu.

Am Abendtische lachte er gleich anfangs ein paar Mal vergnügt vor sich hin, und als ihn Eike und Gerlinde darob anstaunten, begann er schmunzelnd:

»Ihr werdet nicht raten, worüber ich lache. Denkt euch, vor kaum zwei Stunden ist der Taugenichts und Hansnarr, der Wilfred, vom Torwart bei einem verwegenen Fluchtversuch erwischt worden und noch dazu in Weiberkleidung! Der Affe muss also unter unseren Burgschönen eine Liebste haben, die ihn mit ihrer Sonntagswat ausstaffiert hat. Jetzt sitzt er aber in einem Gewahrsam, aus dem er nicht wieder auskommen wird. Was sagt ihr zu dem Possenspiel?« schloss er immer noch lachend.

»Ich kann dir mehr darüber mitteilen als du weißt, Hoyer,« sprach Gerlinde. »Die Weiberkleidung hat ihm Melissa geliehen, und als er von Goswig wieder eingefangen war, hat sie mich fußfällig angefleht, ihm deine Verzeihung zu erwirken.«

»Was? Dem Halunken soll ich verzeihen? Davon kann gar keine Rede sein,« entgegnete der Graf.

»Höre mich weiter!« bat die Gräfin. »Wilfred ist vom Gröninger Abt zu dem Verrat aufgestachelt und verführt worden. Daneben hat er sich an Eike rächen wollen, weil der ihm seinen gezähmten Fuchs, mit dem er im Walde wie mit einem folgsamen Hunde verkehrte, erschossen hat.«

Eike sagte höchst verwundert:

»Von Wilfreds Fuchse habe ich nie etwas gehört. Jetzt kann ich mir auch seinen Schrecken erklären, als ich ihm den toten Liebling an den Kopf warf, und ihm seinen Schmerz darüber und sein Rachegelüst vollkommen nachfühlen. Das sind nun doch Umstände, Herr Graf, die eine mildere Beurteilung des Falles erheischen und der Erwägung wert sind.«

Der Graf schwieg.

Aber Eike ließ nicht ab und fuhr inständig fort:

»Es ist, glaub’ ich, die erste Bitte, Graf Hoyer, die ich an Euch richte; erfüllt sie mir! Übt Gnade gegen den Verbrecher und gebt ihn frei.«

»Eike, du, der Mann des Gesetzes, verlangst, dass Gnade vor Recht ergehe? Das verstehe ich nicht,« erwiderte der Graf.

»Lass’ dich erweichen, Hoyer!« drang auch Gerlinde auf ihn ein, seine Hand ergreifend.

Graf Hoyer blickte den einen und die andere nachdenklich und noch unschlüssig an. Endlich gab er nach.

»Na, sei’s drum! Euren vereinten Bitten und besonders deiner hochherzigen Fürsprache, Eike, will ich mich nicht halsstarrig verschließen. Der windschaffene Gesell ist frei, vogelfrei und soll sich zum — Kuckuck scheren!«

»Ich danke dir, Hoyer!« sprach die Gräfin, »und wie wird sich Melissa freuen!«

»Halt einmal! Melissa!« rief der Graf, schon wieder lachend. »Sie ist seine Mitschuldige; was fangen wir mit der an? Sie auch verstoßen? Dann schweifen die zwei als fahrende Leute schnorrend und schnarrenzend, echtlos, rechtlos in der Welt umher, und dazu ist das Mädchen zu gut. Und sie als Nonne in ein Kloster zu vergraben, wäre doch auch nicht zu verantworten.«

»Das gäbe eine lustige Nonne,« lächelte Gerlinde. »Nein, nein! Von Melissa trenne ich mich nicht, sie bleibt, wo ich bleibe; ich will ihr Tugendwächter sein und ihr einmal einen wackeren Mann verschaffen.«

Achtundzwanzigstes Kapitel.

Der Winter zog frühzeitig ins Gebirge ein. Als die auf dem Falkenstein eines Morgens erwachten, sahen sie den Wald ringsum voll Raureif, in dessen feinen Nadeln und Kristallen sich die vom klaren Himmel scheinende Sonne flitternd und glitzernd spiegelte. Das Jungvolk, die Sträucher und Stauden, hatte sich bräutlich zarte Spitzenschleier umgehängt, als wollten sie alle zur Kirche gehen, und die alten, ernsthaften Bäume machten das mit und taten, als wollten sie den Weihnachtsmann oder Knecht Ruprecht spielen. Aber für eitel Mummenschanz war das Gepränge doch viel zu schön, zu feierlich und herrlich; nur schade, dass der holde Zauber nicht lange Stand hielt.

Im Laufe des Vormittags verfinsterte sich der Horizont, und es fing an zu schneien. Große Flocken wie aufgeplusterte Daunen schwebten langsam nieder gleich einem gekräuselten Vorhang, der die jenseitigen Halden und Höhen verhüllte. Dächer und Zinnen wurden weiß und den Burghof bedeckte ein blendendes Leilach, auf dem die frischen Fußstapfen von Menschen und Tieren schnell wieder verschwanden.

Und seltsam! Mit dem ersten Schnee in das Selketal kam die letzte Zeile in Eikes Buch hinein. Gegen Mittag war es, als er sie niederschrieb und einen dicken Strich darunter machte. Dann lehnte er sich im Stuhle zurück und schaute sinnend in das stille Geriesel vor seinen Fenstern.

Es war ihm ein erhebendes Bewusstsein, das Werk, mit dessen Plan, Vorbereitung und Ausarbeitung er sich Jahre lang beschäftigt und gemüht hatte, glücklich vollendet und damit etwas geschaffen zu haben, was ihm der giftigste Hass und der geschwollenste Neid nicht im Geringsten vereiteln oder verkleinern konnten.

Hier auf dem Falkenstein hatte er es vollführt. Hätte er es bei sich zu Hause auf dem von seinen Vätern ererbten Lehen zu Reppechowe geschrieben, wäre es genauso ausgefallen wie hier, und kein Abt, kein Domdechant wäre ihm dort mit böswilligen Ränken und der Forderung des Widerrufs gekommen. Aber auch keine Gerlinde hätte ihn als seine Muse dabei hold umschwebt und mit ihrer Liebe begnadet.

Und nun musste geschieden sein von der gesegneten Stätte des Wirkens und des höchsten Glückes.

Niemand vertrieb ihn, allein sich untätig hier zu verliegen, beständig Gerlindes sehnendes Leid vor Augen zu haben und den Kampf mit seinen eigenen rebellischen Gefühlen immer noch weiter zu führen, das brachte Eike von Repgow nicht fertig. Kurz entschloss er sich, morgen früh abzureisen.

Er begann, seine Papiere zu sichten, legte die losen, ungehefteten Bogen seines zu einem beträchtlichen Umfang angewachsenen Manuskriptes vor sich auf den Tisch, blätterte darin, las den Anfang von den zwei Schwertern, zu beschirmen die Christenheit, den Schluss von der Schuldlosigkeit des Wirtes gegenüber einem Friedensbrecher in der Herberge, hie und da die Überschriften einzelner Artikel und klappte es befriedigt wieder zu. —

Wilfred war aus Berg und Tal auf dem Wege zur Klosterschule in Gröningen. Nach einem herzzerreißenden Abschied von Melissa war er, nur von Goswigs höhnischem Fahrwohl geleitet, über die Zugbrücke weggewandert, an seinem Wamse den Pelzkragen aus dem Balg des Fuchses, den er so oft im Walde auf seinem Schoß gestreichelt hatte.

An den Abenden in der Dirnitz vermisste man anfangs den durchtriebenen Schelm und erzählte sich noch manchen seiner tollen Vagantenstreiche, aber eine Träne weinte ihm, außer Melissa, keiner vom Gesinde nach.

Sie hatten vom Wildmeister seinen an dem allverehrten Ritter von Repgow begangenen Verrat erfahren und verurteilten diese Treulosigkeit in den schärfsten Ausdrücken.

Weder der Graf noch Eike hatte ihn nach der Entdeckung seines Frevels noch gesehen. Graf Hoyer hatte ihn aus den Ringmauern der Burg verbannt, und damit war der Lump für beide abgetan.

Eike überlegte jetzt, wie er es seinen lieben Gastfreunden beibringen sollte, dass er sie nun verlassen würde.

Aber da galt kein Hinausschieben; er musste es ihnen ohne Umschweife sofort ankündigen.

Darum war er heute Mittag der erste im Speisesaal und empfing den Grafen und die Gräfin mit der gewichtigen Nachricht:

»Mein Buch ist fertig, der letzte Federstrich daran getan.«

Die Wirkung dieser Mitteilung auf die beiden war eine wesentlich verschiedene.

Graf Hoyer empfand aufrichtige Freude über den Abschluss des Werkes, dessen gedeihliches Werden sie tagtäglich miterstrebt und miterlebt hatten. Gerlinde wurde jedoch schwer davon getroffen und suchte ihren Schmerz über die nun unmittelbar bevorstehende Trennung nur dadurch zu verbergen, dass sie schnell einspringend sagte:

»Aber ich habe ja noch nicht alles abgeschrieben; das kann doch das Ende nicht sein, was ich zuletzt von Euch erhielt.«

»Nur ein Blatt fehlt noch, dessen Abschrift ich heute Nachmittag selber besorgen werde,« erwiderte Eike.

»Nein, gebt es mir!« bat sie, »ich will auch den Schluss noch schreiben.«

»Gut! So werd' ich's Euch schicken,« versprach er.

»Heute Nachmittag? Ist's denn so eilig?« fragte der Graf. »Wann willst du denn fort?«

»Morgen früh.«

»Warum denn morgen früh schon?«

»Es muss sein, Herr Graf! Jeder Tag mehr macht mir den Abschied schwerer.«

»Hast recht,« sprach der Graf. »mir geht es ebenso.«

Sie setzten sich zu Tisch, redeten aber wenig und aßen auch wenig; auf allen dreien lastete die Trauer über das Scheiden.

Als sie aufstanden, sagte der Graf: »Heut' Abend wollen wir noch fröhlich sein. Schaff' ein würziges Mahl, Gerlinde, und einen guten Trunk.«

Dann verfügten sie sich jeder in sein Gemach.

Dort schritt Gerlinde erregt und ruhelos auf und nieder.

Es wollte ihr nicht in den Sinn, dass morgen alles aus und vorbei sein sollte, was seit dem knospenden Frühling, im blühenden Sommer und welkenden Herbst bis zum eisfrierenden Winter ihre Tage und Gedanken erfüllt hatte.

An die Zukunft mochte sie nicht denken, und da kam die Vergangenheit mit leisen Fittichen zu ihr herangeschwebt, umwob sie mit einem lichten Schimmer wie sanftes Abendrot, zeigte ihr freundliche Bilder, mahnte sie an frohe Stunden, und die Betrachtungen, die sich daran knüpften, senkten Frieden in ihre wunde Seele.

Worüber hatte sie sich denn zu beklagen? War scheiden und meiden nicht Menschenlos, so lange Staub geborene auf Erden wandelten? Und war ihr Schicksal ein grausameres als das tausend anderer, die ihr Liebstes mit blutendem Herzen hingeben mussten?

Eike schied von ihr nicht spurlos wie ein im nächtlichen Dunkel verlöschender Stern. Sie wollte seine aufsteigende Lebensbahn weit in die Ferne verfolgen, und er hinterließ ihr etwas, was ihr nie entschwinden und was kein noch so feindliches Geschick ihr jemals rauben konnte, — ein beseligendes Glück. Oder wäre eine tiefinnige Liebe, und zwar eine ebenso heiß erwiderte wie empfundene Liebe, selbst unter der harten Bedingung und mit dem schweren Opfer der Entsagung, kein Glück? Sie hatte es innerhalb dieser Schranken sattsam genossen, und kein grauer Schatten trübte, keine bittere Reue vergällte ihr die traumhaft süße Erinnerung.

Ihr wurde freier und leichter zumute; klar und bestimmt, mit hausfraulichem Pflichtgefühl traf sie ihre Anordnungen für das Abschiedsmahl.

Danach stapfte sie in schützender Umhüllung durch den Schnee zum Altan und pflückte, weil es kein anderes Grün mehr gab, einige Efeuranken, um daraus für Eike einen Kranz zu winden.

Von diesem Gange in ihr Zimmer zurückkehrend fand sie dort das Blatt, das sie zur Abschrift noch von ihm verlangt hatte. Ohne Aufhören schrieb sie, bis das letzte Wort auf dem Papiere stand, und schickte beides Eike durch Melissa zu.

Dann flocht sie den Kranz, bog und formte ihn, hier locker und lustig, dort dicht und gedrungen, dabei leise singend und summend und stets den im Geiste vor sich, dem sie das Laubgewinde auf die Stirn drücken wollte.

Darauf holte sie das Kursit hervor, das sie Eike heut' überreichen wollte, prüfte es noch einmal mit Kennerblick und legte es dann sorgfältig wieder zusammen.

Inzwischen war es Zeit geworden, sich zum Mahle anzukleiden. Sie wählte ein helles, festliches Gewand, ein reich verziertes, goldenes Schapel für ihr Rabenhaar und ein von Edelsteinen blitzendes Geschmeide für Hals und Brust. So geschmückt wollte sie heute vor Eike erscheinen, ihm zu Ehren und zu ihrem Gedächtnis in seinem Sinn und Herzen.

Im Speisezimmer hängte sie das Kursit über die Rücklehne seines Stuhles, und als die Herren zugleich eintraten, ging sie mit dem Kranz in der Hand auf Eike zu und sagte:

»Bückt Euch ein wenig, hoher Ritter! Ich will Euch für Eure gloriose Arbeit feierlich krönen.«

Er beugte sich etwas herab, und während sie ihm den Kranz auf dem Haupte zurechtrückte, fuhr sie fort:

»Lorbeer, wie er Euch von Rechts wegen gebührte, habe ich leider nicht; darum müsst Ihr mit Efeu von unserem Altan fürlieb nehmen.«

»Von Euch bekränzt dünk' ich mich doch ein *laureatus* zu sein,« erwiderte er, stolz auf die ihn berauschende Huld und Auszeichnung.

Sodann führte sie ihn an seinen Platz, wies auf das Kursit und sprach:

»Diesen Wappenrock bitte ich Euch zu meinem Angedenken mitzunehmen; tragt ihn stets als Sieger im Turnier!«

Staunend besichtigte er die kostbare Stickerei und sagte:

»Lasst mich die fleißigen Hände küssen, die mir ein solches Prachtkleid gewoben haben!«

Graf Hoyer hatte den beiden Vorgängen mit einem verschmitzten Lächeln beigewohnt. Jetzt nahm er das Wort:

»Das Beste kann doch ich dir bescheren, Eike!«

Er griff in die Tasche, schwenkte dann einen Brief in der Rechten und rief:

»Hier eine Botschaft, die ihr gewiss mit Freuden hören werdet! Es gibt keine Fehde, der Bischof von Halberstadt duckt sich vor der verbündeten harzgräflichen Kriegsmacht. Die Äbtissin Osterlindis schreibt mir, und diesmal eigenhändig, sie wisse aus sicherster Quelle, dass der Bischof auf dringendes Anraten des von dem greisen und weisen Dompropst Meinhard von Kranichfeld stark beeinflussten Kapitels davon absehe, den Bann über dich zu verhängen. Dagegen will er dich gräulichen Ketzer beim Kanzler und Hofrichter des Kaisers, Herrn Petrus de Vinea, verklagen und hofft von ihm ein entschiedenes weltliches Einschreiten gegen dein verruchtes Gesetzbuch. Graust dir davor, Eike?«

»Nein, Herr Graf!« lachte Eike. »Kaiser Friedrich spricht noch viel weniger die Reichsacht über mich aus als Papst oder Bischof den Kirchenbann.«

»Nun, dann können wir uns getrost zu Tische setzen. Schenk' ein, Gerlinde, auf dass auch der Wein unsre Herzen erfreue!«

Die Gräfin füllte mit vor Erregung zitternder Hand die silbernen Pokale, die heut' aufgestellt waren, und der Graf fuhr fort:

»Auf den Frieden und auf unsere treue Freundschaft!«

Sie stießen miteinander an, und nachdem sie getrunken hatten, sprach der Graf wieder:

»Du hast mit deinem Werke eine große, befreiende, ewig denkwürdige Tat vollbracht, Eike, und jetzt richte ich eine Frage an dich, auf deren Beantwortung ich sehr begierig bin. Wie willst du es nennen?«

»Der Sachsenspiegel soll es heißen,« erwiderte Eike mit erhobener Stimme.

»Der Sachsenspiegel?«

»Ja! Der Titel stand bei mir fest, ehe ich eine Zeile geschrieben hatte, und dem Kaiser Friedrich verdanke ich ihn. Er sagte in Cremona zu mir: 'Du willst also den Sachsen einen Spiegel des Rechtes vorhalten.' Das treffliche Wort merkte ich mir, Graf Hoyer, und unter dieser Flagge soll mein hochgetakelt Schiff mit vollen Segeln in die Flut des Lebens hinausfahren.«

»Dann: Gott segne den Sachsenspiegel!« rief der Graf, den Pokal noch einmal schwingend.

»Und seinem Verfasser Ruhm und Ehre!« fügte Gerlinde mit strahlenden Augen hinzu. »Das Sachsenvolk wird Euch jauchzend auf den Schild heben und Euren Namen mit goldenen Lettern in die Chroniken schreiben.«

Eike tat mit dem Becher Bescheid, schwieg aber zu diesem Lobgesang und betrachtete Gerlindes liebreizende Gestalt. Wie wunderschön sie heut' wieder war mit dem blinkenden Schapel, das wie ein Diadem ihr über den Rücken lang herabfließendes Haar an Stirn und Schläfen umzirkte, und mit dem funkelnden Geschmeide auf der wogenden Brust.

Nun plauderten sie fröhlich und gedachten der ganzen Zeit ihres traulichen Beisammenhausens von dem Tage der Ankunft Eikes bis zur gegenwärtigen Stunde.

»Weißt du noch, Eike,« erinnerte ihn der Graf, »wie wir oberhalb des Reißaus — so nennen sie nämlich dort dein Gasthaus am Scheidewege — im Walde unter der alten Eiche lagen, du mir von deinem Plan er zähltest, und wie ich dich darauf einlud, zu uns auf den Falkenstein zu kommen und hier dein Buch zu schreiben? Du schlugst das erst aus mit allerlei schrulligen Bedenken, von denen ich dich jedoch bald bekehrte, und dann schlugst du ein in meine Hand, unser Pakt war geschlossen, und heut' ist er bis auf den letzten Buchstaben erfüllt.«

»Ich weiß alles noch, Graf Hoyer, nur nicht, wie ich Euch für Eure hingebende Gastfreundschaft danken soll.«

»Mit dem, was du uns in den sechs Monden hier gewesen bist, hast du uns mehr gegeben als wir dir, und wer hier dem anderen Dank schuldet, das mag ein Klügerer raten.«

»Mir aus der Seele gesprochen! Ich schulde Euch mehr als ich sagen kann,« stimmte Gerlinde zu, und Eike verstand, wie tiefinnerlich sie das meinte.

Dann kamen sie auf den Abt von Gröningen und den Domdechanten von Halberstadt zu reden und machten sich über beide lustig.

»Die Verhandlung mit dem Dechanten vergesse ich mein Lebtag nicht,« sprach der Graf. »Das war ein gefährlich Ding, Eike, und hätten nicht die anderen alle so treulich zu uns gehalten, hätte eine böse Saat daraus aufschießen können. Dann hätten wir uns zu einer großen Fehde wappnen müssen, und im Sachsenlande hätte es geraucht von brennenden Städten und Dörfern. Übrigens, — vom Fehderecht steht nichts in deinem sonst alles umfassenden Bande.«

»Das ist Sache der Ritterschaft, Graf Hoyer, und geht das Volk im Großen und Ganzen nichts an,« erwiderte Eike. »Auch der Krieg erfordert menschliche Gesetze, und je ritterlicher sie sind, desto besser, aber es ist nicht meines Amtes, sie aufzuschreiben. Rechtseinheit lässt sich nicht mit bluttriefendem Schwert erzwingen, dazu muss Friede auf Erden sein.«

Und ritterlich, herrlich schaute er aus, wie er das sagte.

Gerlinde trank ihm freudig zu und konnte den Blick nicht von ihm wenden.

Graf Hoyer brach auf.

»Ich habe genug und will mich zu Bett legen. Nein, du bleibst noch, Eike!« gebot er, »meine Frau leistet dir gern Gesellschaft, und ich sehe dich noch morgen früh. Also zum letzten Male: Gute Nacht, Eike von Repgow!«

Er winkte ihm und seiner Gemahlin freundlich zu und begab sich zur Ruhe. —

Da saßen die zwei nun wieder allein am Tische wie bei dem Fest in der Dirnitz, als der Graf ebenso von ihnen gegangen war und ehe sie hinauf zum Altan gestiegen.

Sie sahen sich an, aber keiner konnte sprechen; die Stunde der Trennung war da.

»Lasst uns scheiden, Gerlinde!« fing Eike aufstehend endlich an. »Wir wissen alles einer vom anderen, zwischen uns waltet Herzenseinheit; machen wir uns den Abschied nicht allzu schwer.«

Sie nickte stumm und erhob sich zögernd.

»Werdet Ihr wiederkommen, Eike?« flüsterte sie.

»Ich — komme wieder, Gerlinde!«

Sie gab ihm die Hand, deren Beben er fühlte.

»Fahre wohl!« hauchte sie.

»Lebewohl, Gerlinde!«

Rasch schritt er zur Tür. Doch ehe er hinaus war, hörte er hinter sich gedämpfte Schmerzenslaute.

Er wandte sich um. Gerlinde stand regungslos und starrte ihn an mit Augen, in denen verzehrende Sehnsucht glühte.

Da hielt ihn keine Macht im Himmel und aus Erden mehr von ihr zurück. Er sprang in ihre ihm entgegengestreckten Arme, und sie küssten sich heiß und lange.

Dann riss er sich los, ging davon und zog die Tür sacht hinter sich zu.

Gerlinde sank neben ihrem Stuhle nieder, legte das Antlitz auf den Sitz und weinte, — sie wusste selbst nicht, ob vor herzbrechendem Leid oder vor überschwänglichem Glück.

Neunundzwanzigstes Kapitel

Kurz nach Weihnachten war es, da wehte auf dem Bergfried des Falkensteins die schwarze Todesfahne. Graf Hoyer hatte das Zeitliche gesegnet. Ein Herzschlag hatte den urwüchsigen Stamm gefällt.

Die Trauer um den Hingang des hochgemuten, milden und gerechten Herrn war in der Burg, seiner Grafschaft und im ganzen Gebirge überall, wo man ihn gekannt hatte und wohin der Ruf seines ritterlichen Wesens gedrungen war, eine große und aufrichtige.

Gräfin Gerlinde war tief erschüttert. Der Verblichene war ihr in ihrer kurzen Ehe ein treuer Gefährte gewesen, der sie mit selbstloser Liebe gehegt und gepflegt sie auf Händen getragen, ihr jeden Wunsch von den Augen abgelesen und mit Freuden erfüllt hatte. Sie wollte sein Andenken allezeit in Ehren halten.

Seinen beiden Söhnen, die am kaiserlichen Hof in Sizilien weilten, wurde die schmerzliche Kunde sofort zugesandt. Das nahm freilich eine lange Frist in Anspruch und geschah von der Abtei Walkenried aus, die im Deutschen Reich und bis nach Welschland hinein Zweigniederlassungen hatte. Diese schickten Laienbrüder als stets wechselnde Boten von einem Kloster zum anderen und beförderten auf solche Art von geregeltem Nachrichtendienst Briefschaften und Meldungen in die entlegenste Ferne. Den Harzgrafen, den Adelsgeschlechtern in den benachbarten Gauen und vor allen Eike von Repgow überbrachten Knechte vom Falkenstein die wehmütige Ansage. —

Eike hatte nicht geglaubt, dass er schon so bald wieder dahin zurückkehren würde, von wo er vor fünf Wochen geschieden war. Still ritt er, von zwiespältigen Gefühlen ergriffen, durch den winterlich schweigenden Wald zwischen kahlästigen Eichen und Buchen und dunkeln, in dicke, weiße Schneepelze gehüllte Tannen. Er hatte seinen väterlichen Freund wahrhaft verehrt und geliebt, und der unerwartet früh eingetretene Tod des edlen Mannes ging ihm sehr nahe, aber — Gerlinde war nun frei. Dieses Gedankens konnte er sich trotz dem nicht entschlagen.

Das Wiedersehen der beiden war ein tief bewegtes.

Nur einen festen Händedruck und einen ernsten Blick tauschten sie, kein einziges Wort.

Auch die Harzgrafen, die unlängst so einmütig mit Hoyer gegen den Domdechanten gestritten und so fröhlich mit ihm gebechert hatten, fanden sich alle ein, um der Trauerfeier beizuwohnen und ihrem treuen Wappengenossen die letzte Ehre zu erweisen.

Der Prior des Klosters Hagenrode hielt vor den in der Kapelle versammelten Leidtragenden die Exequien ab, und die ihm begleitenden Mönche sangen an der Bahre das düstere *De profundis*. Nach der Seelenmesse wurde der entschlafene Burgherr in der Gruft unter dem Altar in seinen Steinsarg gebettet.

Dann ritten die Herren den Berg wieder hinab, und auch bei seiner Verabschiedung von Gerlinde blieb Eike so stumm wie bei seiner Ankunft. —

Die junge Witwe schloss sich von allem Verkehr mit der Außenwelt unnahbar ab und lebte in völliger Einsamkeit. Nur ihre Freundin Gräfin Irma von Mansfeld machte ihr einen Beileidsbesuch. Als sie aber eine Andeutung in die Zukunft mit Bezug auf Eike wagte, wehrte Gerlinde mit einer Handbewegung jede Aussprache darüber ab.

Niemand konnte ihr ins Herz sehen, ob sich dort Wünsche und Hoffnungen regten, aber verschwiegene, sehnende Grüße flogen durch die Lüfte zwischen ihr und Eike hinüber und herüber. —

Eike nahm aus einem Kloster unweit seiner Heimat ein paar Mönche zu sich nach Reppechowe und ließ durch ihre Hände seine Arbeit vervielfältigen, die er nun an die Harzgrafen und andere ihm befreundete Herren schickte. Von allen erhielt er Dankschreiben voll lobender Anerkennung und geriet dadurch in einen Briefwechsel, der ihm zu großer Genugtuung. gereichte und seine Tage ausfüllte.

Als die wärmere Jahreszeit herankam, fing er an zu bauen und sein festes Herrenhaus behaglich einzurichten, als hätte er über kurz oder lang vornehme und verwöhnte Gäste zu beherbergen, und auch diese Beschäftigung machte ihm Freude, besonders im Hinblick auf den Zweck der wohnlichen Veränderungen.

So verging ein Monat nach dem andern. Immer mehr Abschriften des Sachsenspiegels wanderten ins Land zu Fürstenhöfen, Rittersitzen, Schöffenstühlen und Ratskollegien, und bald klang der Name des Verfassers bewundert von Gau zu Gau. — —

Fast anderthalb Jahre waren seit der Vollendung des Werkes verstrichen. Es war wieder Mai, und Eike saß wieder unter den blühenden Apfelbäumen im Garten des Gasthauses am Scheidewege, hatte wieder zwei Becher vor sich auf dem Tische und unsichtbar sich gegen über seinen unvergesslichen Freund Hinrik Warendorp, mit dem er stumme Gedankenzwiesprache hielt.

Was sagst du nun, Hinrik? begann er lautlos ohne die Lippen zu bewegen. Jetzt bin ich auf der Brautfahrt und hole mir die in mein Haus, der mein ganzes Herz zu eigen ist. O könntest du mitkommen, Hinrik, und Gerlindes Brautführer sein! Ach, und könntest du mein Buch lesen, Hinrik, über dessen Entstehen und Werden wir so manches Mal beraten und gebrütet haben, in Bologna schon und hier unter diesem blütenstrotzenden Apfelbaum! Erinnerst du dich? Hinrik, Hinrik, du hast mir oft gefehlt im letzten *Lustrum*, aber niemals so wie jetzt auf dem Ritt zum Falkenstein, hoch über dem waldesgrünen Selketal.

So dachte Eike, nahm die zwei Becher in seine Hände, stieß mit dem einen an den andern und trank aus beiden zu des lieben, toten Freundes ehrendem Gedächtnis. — —

In der Schlosskapelle wurde das Paar vom Hagenröder Prior getraut. Graf Otto, der jetzige Gebieter der Grafschaft, war Gerlindes Brautführer, und bei dem prunkvollen Hochzeitsmahl waren die Mansfelder Herrschaften und die Grafen Heinrich von Hohnstein und Johann von Blankenburg geladene und freudig teilnehmende Gäste.

Dann entführte Eike seine in Schönheit blühende, von Glück strahlende junge Frau nach seiner Heimat an der Elbe, machte aber auf dem Wege dahin Rast mit ihr im Gasthaus am Scheideweg und erzählte ihr an seinem Lieblingsplatz im Baumgarten von seinem Freunde Hinrik Warendorp.

Zu Reppechowe, in der fruchtbaren, doch jedes landschaftlichen Reizes ermangelnden Ebene, fand sich Gerlinde schnell in ihre neue Häuslichkeit hinein und genoss an der Seite des geliebten Gatten eine Herzensseligkeit, der sie oft mit Gesang und Harfenspiel schwärmerischen Ausdruck gab.

In Eikes Arbeitszimmer entdeckte sie ein Andenken, dessen Aufbewahrung sie innig freute. Seinem Schreibtisch gerade gegenüber, so dass, wenn er den Kopf hob, sein Blick darauf fallen musste, hing an der Wand über dem Schrein, der seine gesammelten Urkunden und Papiere barg, der nun welke Efeukranz, den sie ihm zum Abschiedsmahl auf dem Falkenstein gewunden hatte

Der Sachsenspiegel hatte einen ganz unvergleichlichen Erfolg und wurde in mehr als zweihundert schönen Pergamentabschriften, zum Teil mit farbenprächtigen, goldgehöhten Initialen, Majuskeln und Randverzierungen verbreitet, Handschriften, die zu den kostbarsten Schätzen staatlicher und städtischer Büchereien gehören. Obwohl nach Eikes Tode von Papst Gregor XI. als ketzerisch verdammt, wurde er doch sehr bald das allgemein und am höchsten geltende Recht im Sachsenlande zwischen Elbe und Weser, dann bis an den Rhein, an Nord- und Ostsee, in den baltischen Provinzen, im slawischen Osten und in den Niederlanden. In manchen Gegenden Deutschlands ist er mit einzelnen seiner Sätze und Bestimmungen noch immer lebendig, und die Rechtsgelehrten finden selbst in vielen neueren Gesetzen seine unverkennbaren Spuren. Auch wurde er die einflussreiche Quelle und das Vorbild für das süddeutsche Gesetzbuch, den noch zu Eikes Lebzeiten entstandenen Schwabenspiegel.

Unbestritten ist der Sachsenspiegel das bedeutendste gesetzgeberische Werk zwischen den Kapitularien Karls des Großen und unserm heutigen Bürgerlichen Gesetzbuch.

Seine Bedeutung reicht aber über das Juristische des Inhalts noch hinaus. Er bewirkte überall, wo er Fuß fasste, einen geistigen, sittlichen und wirtschaftlichen Aufschwung des nationalen Lebens und brachte dem Volke das Bewusstsein nahe, einem durch ihn geschaffenen Ganzen anzugehören, das, ob auch in verschiedene Stämme geteilt, fortan unter einem einheitlichen Recht und Gesetz stand. —

Das Geschlecht derer von Repgow blühte nach seinem gelehrten Ahnherrn noch fast sechs Jahrhunderte. Der letzte seines Stammes, Johann von Repgow, war Oberstleutnant in einem preußischen Füsilierbataillon und starb 1812 ohne männliche Nachkommen.

Um Eikes Stirn aber flocht an Stelle des Efeukranzes, den ihm die Liebe wand, die dankbare Nachwelt den Lorbeer unvergänglichen Ruhmes.

9 788027 312078